Claudine Adams

un*fair*bindlich?

#tinderblues #und #dategestöber

un*fair*bindlich?

#tinderblues #und #dategestöber

Claudine Adams

Für die Suchenden.
Für die Neugierigen.
Für die Offenen.
Für die Fragenden.
Für die Zweifelnden.
Für dich.
Für mich.

Alle Begegnungen haben sich so ereignet. Zum Schutz der Persönlichkeitsrechte aller Mitwirkenden sind Namen, Orte und zum Teil die Berufe geändert. Ähnlichkeiten zu real existierenden Personen, die sich daraus ergeben sind rein zufällig.

Es wäre toll, ...

... von dir eine kurze (oder gerne auch längere) Rezension zu bekommen. Als Selfpublisherin bin ich leider auf Rezensionen angewiesen. Damit hilfst du mir sehr auf meinem weiteren Weg als Autorin. Ich freue mich über jede Rezension, jedes Feedback, jede Anregung, auch gerne über meine Website: claudineadams.com.

Vielen, lieben Dank!

Lektorat, Korrektorat: Astrid Rösel

ISBN Softcover: 979-8-425616-44-9

Inhalt

Ich arbeite als Retoucherin. Für den Laien – ich bin eine von denen, die die Frauen und Männer in Mode und Werbung makelloser, schlanker und perfekter aussehen lässt. Die damit alle Welt zu der Annahme verführt, das sei gottgegeben. Ist es aber nicht – das war ich.

Prolog

Die Balkontür steht weit auf, ein warmer Luftstrom streichelt meine Haut. Es ist Sommer. Eine milde Nacht. Sternenklar und mondlos. Meine Augen sind geschlossen, die Bilder der vergangenen Stunden noch farbenprächtig und eindringlich. Wie Flashbacks verteidigen sie ihr Revier in meinem Kopf. Dieser Tanz unserer Körper, nicht einstudiert und doch sinnlich im gleichen Takt. Sein Mund, der mich erkundet und auffordert, provoziert und lockt. Das Salz seiner Haut brennt leicht auf meinen Lippen. Seine Hände, seine Berührungen explodieren auf meinem Körper, mein Bewusstsein konzentriert sich immer mehr auf diese Quadratzentimeter der bis zum Bersten gereizten Sinneszellen. Sie zwingen mich, in diesen Empfindungen zu versinken, bis sich alles um mich herum immer mehr auflöst, aufhört zu existieren, und es nichts anderes mehr gibt als uns und den Rausch dieser goldenen Stunden.

06.30 Uhr. Laut tönt das Quaken einer Ente in mein Ohr. Gleichmäßig und penetrant. *Oh No, Emma. Shit! Du brauchst dringend einen neuen Klingelton.* Der Wecker reißt mich aus meinem nächtlichen, zweiten Leben. Ich träume intensiv. Oft fühle ich mich so geborgen in diesen Parallelwelten, dass ich mir wünsche, dort länger zu bleiben. So auch heute Morgen. Ein Blick aus dem Fenster bekräftigt meinen Wunsch. Der Schneeregen schreit mich lautlos an, ihm besser nicht zu begegnen.

Ungern stehe ich auf, hoffe, dass zumindest die Vorpubertät meiner Tochter noch im Tiefschlaf ist. Dass ich nicht mit Sätzen wie »Mama, ich hab nichts zum Anziehen.«, »Mama, warum krieg ich keinen Hund? Du bist so gemein. Ich dachte, du willst, dass ich glücklich bin.« begrüßt werde. Dass ich sie nicht zehn Mal daran erinnern muss, dass sie in 30 Minuten mehr schaffen könnte, als eine Socke anzuziehen, während sie die zweite minutenlang anstarrt. Wie paralysiert. Als hätten sich Zeit und Raum für sie aufgelöst.

Ein verhältnismäßig reibungsloser Ablauf, der sie zur Schule und mich durch den morgendlichen Stau ins Büro bringt, wäre ein zuversichtlicher Start in den Tag. Eine Umarmung zum Abschied, begleitet von einem »Mama, ich hab dich lieb,« würde ihn nahezu versüßen. Diese Art der Verabschiedung verschwindet aber immer mehr in mütterlicher Wehmut kleinkindlicher Vergangenheit.

Ein neuer Tag. Ein Tag, an dem ich mich irgendwann fragen werde, wann das alles angefangen hat. Dieses subtile Spiel um Aufmerksamkeit, Sex – und wie könnte es anders sein – Liebe. Denn ich stecke mittendrin, in diesem täglichen Wahn- und Irrsinn der Singles, Bald-Singles, Halb-Singles, Fake-Singles und Noch-Singles im Zeitalter von Dating-Apps. *Fuck!*

Schon seit ein paar Jahren liegt einiges hinter mir. Ein Umzug aus dem Rheinland nach München, die »40«, eine kurze Ehe – und noch mehr.

Also wie funktioniert das heute mit der Liebe, wenn Vollzeitjob und Kind den Alltag bestimmen?

In meinem Job gibt es nichts, was nur im entferntesten als potenzielle Kontaktbörse dienen könnte. Wir sind ein kleines Team, mein Kundenkontakt beschränkt sich auf das Telefon. Überhaupt ist einer der Nachteile meines Jobs, die meiste Zeit des Tages vor dem Monitor zu sitzen. Und das in einem abgedunkelten Raum.

Ich arbeite als Retoucherin. Für den Laien – ich bin eine von denen, die die Frauen und Männer in Mode und Werbung makelloser, schlanker und perfekter aussehen lässt. Die damit alle Welt zu der Annahme verführt, das sei gottgegeben. Ist es aber nicht – das war ich.

Mein Büroalltag geht meist hektisch zu, am Abend bin ich oft erschöpft. Bis meine Tochter zufrieden im Bett liegt und alles geklärt ist, müssen noch jede Menge kindliche Bedürfnisse erfüllt werden. Mein Tag ist Routine.

Wo soll er also herkommen, der Mann?

So war es fast eine logische Konsequenz, meine analoge Komfortzone zu verlassen und digitales Datingland zu betreten.

Tinder, Lovoo, Bumble und Co. tischen auf. Sie präsentieren sich als riesiges, opulentes Büffet menschlicher Vielfalt. Nie gab es mehr Auswahl. Nie hatten wir so leicht und so schnell die Möglichkeit, so viele potenzielle Was-auch-immer-Partner kennenzulernen. Dank Smartphone ist das alles absurd mühelos. Klingt zunächst vielversprechend. Aber Theorie und Praxis sind bekanntermaßen oft nicht einmal verwandt.

So führte mich die Bekanntschaft mit M. in die Abgründe der Google-Suche und ich entdeckte die Stalkerin in mir. Der Chat mit dem Mann vom Bodensee brachte eine überraschende Wendung in einen trüben Januartag und K. wollte vorher wissen, was ich anziehen würde, wenn wir uns daten. B. hielt sich für unwiderstehlich und der kleine Maurer war es fast. Ich stellte fest, dass Dickpics und Tränen eng beieinanderliegen können und war genervt von kurzen und flüchtigen Chats, die vielversprechend anfingen und absurd endeten. Ich erlebte Kontaktabbrüche, gelöschte Matches, beschäftigte mich mit dem Charme von Profiltexten, Nicknames und damit, wie das Ganze überhaupt funktioniert. Ein Gedanke nahm dabei immer mehr Gestalt an. *Du solltest es aufschreiben, das kann doch alles nicht sein. Und ein Glossar muss ans Ende, für all die, für die diese Welt eine fremde ist.*

Irgendwann befiel mich dann der Tinder-Blues – bis plötzlich jemand auftauchte, der so ganz anders war.

Ich erzähle von Verlangen, Sex, Sinnlichkeit und Selbstzweifeln. Von Glücksgefühlen, in denen ich baden wollte, und tränenreichen Stunden. Und von unserem Wunsch nach (Ver)Bindungen, unseren Bedürfnissen, die nie aufhören, egal wie alt wir werden.

Subjektiv, ungeschönt und pur.

Wir swipen doch jeden Tag, an dem wir auf Menschen tref-fen. Nur eben innerlich.

Der Ablauf

Als Erstes richtete ich mir mein Profil ein. Ich nannte mich »Emma Peel«, lud ein paar Fotos verschiedenster Art hoch und schrieb ein bisschen was über mich. Es dauerte nicht lange und hunderte Männer besuchten mein Profil. Darüber hinaus bekam ich schnell zahlreiche Likes.

Das Prinzip der Dating-Apps beherrscht jedes Kleinkind. Man bekommt durch einen Algorithmus mögliche Partner vorgeschlagen. Dies lässt sich eingrenzen, indem man in seinen Einstellungen z.B. die gewünschte maximale Entfernung oder das Alter des Wunschkandidaten angibt. Das funktioniert – warum auch immer – mal mehr, mal weniger. Wischt man das empfohlene Profil nach rechts, heißt das »Ja«, wischt man es nach links, bedeutet das »Nein«. Ob nah – ob fern, ob München oder Südamerika ... ein bisschen swipen – ein Match und zack! Das Spiel beginnt. Das erste Stadium des Onlinedatings ist erreicht.

Oft habe ich gehört oder gelesen, dass Menschen die Rechts- und Linkswischerei eines Kandidaten für eigentliche Augenwischerei halten. Swipen sei oberflächlich. Trivial und substanzlos. Ein typisches Merkmal dafür, welche Prioritäten wir heute bei der Partnerwahl setzen. Ich sehe das anders.

Ist sie nicht nur die Visualisierung von dem, was wir tagein, tagaus auch in unserem realen Leben machen? Und schon immer gemacht haben? Wir begegnen einem Menschen, wir schauen ihn an und im Bruchteil einer Sekunde entscheiden wir, ob dieser Mensch unser Interesse geweckt hat. Ob wir uns intensiver mit ihm befassen, ihn kennenlernen wollen. Das geschieht völlig unbewusst und individuell, ohne das kleinste Mitspracherecht unseres Kopfes. Der Bauch entscheidet. Ob wir wollen oder nicht. Wir wischen ihn nach rechts oder links. Nur eben innerlich.

Und auch wenn digital Geruch, Stimme, Mimik – die ganze

Ausstrahlung und vor allem die Chemie fehlen, ist ein Foto nicht bloß ein Foto und sagt viel über diesen Menschen aus. Weitaus mehr als manch Mann oder Frau bewusst ist. Man muss nur genau hinschauen.

Leider ist nicht alles, was man dort visuell geboten bekommt, gleichzeitig eine Bereicherung für das eigene Auge. Aber auch dann bleibt es ein Statement.

Der Ablauf des ersten Kontaktes war meist der gleiche. Zunächst wurden ein paar Basics und typische Floskeln ausgetauscht. Damit wurde das zweite Stadium des Onlinedatings eingeläutet. Nicht selten begann der eigentliche Chat mit der Frage der Fragen:

»Was suchst du hier?«

Ja, was zur Hölle suche ich eigentlich hier? Als hätte ich mir diese Frage nicht schon selber unzählige Male gestellt. Ist »suchen« das richtige Wort? Müsste ich dafür nicht zuvor etwas verloren haben? Aber vielleicht habe ich das ja auch. Manche der vergangenen Beziehungen und Begegnungen haben mich sehr berührt, mir Vertrautheit, Innigkeit, Leidenschaft oder auch Liebe gezeigt. Als ihre Zeit vorbei war, nahmen sie diese Gefühle mit. Sie waren für mich verloren. Aber nicht vergessen. Sie fehlten mir.

Trotzdem wurde meine Antwort bald Routine und floss schnell auf das digitale Papier.

»Suchen ist das falsche Wort. Eine funktionierende Affäre wäre klasse. Eine neue Freundschaft aber auch. Was Festes halte ich für unwahrscheinlich. Aber wer weiß. Wenn es passt, wäre es mir willkommen.«

Ich stellte im Laufe der Zeit fest, dass das Wort Affäre nicht mehr zeitgemäß ist. Es redeten alle nur von Freundschaft+. Ich ersetzte es zunächst auch durch diese Wortkomposition. Ich wollte ja nicht missverstanden werden, sondern Klarheit schaffen.

Dann die Gegenfrage:

»Und du?«

Mit meiner Vorstellung, was in diesen Apps zu finden ist, befand ich mich oberhalb des gesunden Mittelfelds. F+ ist ein recht begehrtes Ziel. Schon nach den ersten Sätzen wurde immer schnell klar, ob man in irgendeiner Weise miteinander harmoniert, ähnlich ticken könnte und es somit einen Grund gab, sich den anderen genauer anzusehen.

Oftmals erstickte aber jegliche abwesende Fähigkeit zur normalen Form der Kommunikation den zweiten Blick im Keim. Vielen schien es weder wichtig zu sein, halbwegs fehlerfrei zu schreiben, noch einigermaßen sinnbezogen zu antworten. Geschweige denn, wirkliches Interesse zu zeigen. So ist es nicht verwunderlich, dass die Zahl der Männer, mit denen ich Lust hatte, in Stadium drei zu treten, ein weiteres Mal sank. Doch dann ist das dritte Stadium das Date, welches rein theoretisch das Ziel, oder besser gesagt, der Zwischenstopp auf dem Weg zum Ziel des Ganzen sein sollte. Ein reales Kennenlernen in 3-D, ohne den Schutz der digitalen Anonymität.

Zunächst die äußere Erscheinung. Stellten die Bilder ihn realistisch dar? Oder erkenne ich ihn kaum? Dazu die Physis, die Chemie, der Blick, Worte und Reaktionen, Gestik, Mimik, Geruch und Stimme. All das entscheidet mit darüber, ob das Kartenhaus des Bildes, welches ich mir digital erschaffen habe, in sich zusammenfällt. Oder ob es das Potenzial zu einem Haus aus Stein und Zement hat – na ja – oder zumindest zur vorübergehenden Wellblechhütte. Aber auch das wäre ja ein Anfang ... und manchmal besser als nichts. Denn ab und zu schläft es sich dort besser, als draußen ständig vom Regen durchnässt zu werden.

Meine persönliche Hölle ist, wenn ein Mann sächselt. Das ist ein ziemlich verlässliches und natürliches Verhütungs-mittel.

M. aus Münchhausen

Nach den ersten oberflächlichen Chats, die alle schnell wieder versiegten, stieß ich auf M. Er hatte nur ein Foto in seinem Profil und kaum Profiltext. Dem gab ich keine Bedeutung. Anfang 40, kurze Haare, ein wenig ergraut, schlank. Er trug einen Hoodie und eine locker sitzende Jeans. Mir gefiel sein Style. Seine hellen Augen strahlten etwas Freundliches aus. Sein Lächeln wirkte leicht verunsichert, das ließ ihn authentisch wirken. So hob er sich ab – aus diesem Einheitsbrei an zahllosen Angeboten. Nach kurzem Zögern und Überlegen schrieb ich ihn an. Schließlich war ich dafür dort.

Kurze Zeit später antwortete er und es ergab sich schnell eine intensivere Kommunikation. Er suchte etwas Festes, arbeitete in der Verwaltung eines Radiosenders und kam ursprünglich aus Hannover. *Puhhh, Glück gehabt ...*

Denn – ich habe ein Problem mit manchen Dialekten. Mit jedem Dialekt assoziieren wir etwas und jeder löst Gefühle aus. Schöne oder unangenehme. Meine persönliche Hölle ist »Sächsisch«. Es ist nicht nur die fehlende Weltoffenheit, die ich damit verbinde. Schlimmer ist, dass es für mich extrem unsexy klingt. Es ist eine Art natürliches Verhütungsmittel. Ein sächselnder Mann könnte so heiß, witzig, cool, klug und tiefgründig sein, wie ich ihn mir nicht besser backen könnte. Er spricht und mein Kopfkino stürzt ab ins Trash-TV.

Ist das oberflächlich oder ungerecht? Nein, ich finde nicht. Letztlich ist es doch so: Jeder hat seinen Geschmack und irgendein No-Go, wie auch immer das aussieht. So sind wir Menschen eben. Bei mir ist es Sächsisch und das ist völlig in Ordnung.

Zurück zu M. Schnell waren wir uns einig, dass wir uns daten wollten, aber als ich ihn konkret fragte, wann er Zeit und Lust habe, kam keine Antwort. Wir hatten inzwischen Handynummern ausgetauscht und da selbst mir mit meinen übersichtlichen und unbedarften Erfahrungen in der digitalen Datingwelt klar war, wie schnell eine Nachricht auf der Plattform untergeht, schrieb ich ihn ein zweites Mal per WhatsApp an. Ich fragte erneut, ob und wenn, wann er Zeit und Lust hätte, mich zu treffen. Diesmal kam zügig seine Antwort und er schlug die darauffolgende Woche vor. Vorher wollte er aber gerne mit mir telefonieren. *Ähmm?? Telefonieren? Einfach so? Ohne sich zu kennen? Puhhh.* Das war neu und überraschend.

Ich stellte fest, dass der Gedanke Unbehagen in mir auslöste. Ich sträubte mich innerlich dagegen. Worüber konnte ich mit einem Wildfremden am Telefon sprechen? Ich war überfordert, traute mir das nicht zu und war der Überzeugung, dass das nur verkrampft werden könnte. Damit es mitunter nicht allzu schweigsam wird, fühlte ich mich schon fast gezwungen, mir eine Art Fragenkatalog zuzulegen, um die eine oder andere unangenehme Stille beleben zu können. Zumindest im Geiste.

Emma, bist du zu digital? Oder nur zu feige?

M. verstand weder meine Bedenken, noch teilte er sie. Man bekäme alleine durch die Stimme einen besseren Eindruck von dem anderen. Zunächst zu telefonieren wäre doch früher selbstverständlich gewesen. *Ja M., schon möglich. Aber das war früher … als es eben noch kein WhatsApp gab, kein Smartphone und jede SMS mit Kosten verbunden war. Wenn zu dieser Zeit überhaupt schon Handys existierten, die leichter als 1 kg und kleiner als ein mittelgroßer Aktenkoffer waren.*

Innerlich und etwas widerwillig gab ich ihm ein wenig recht. Aber zu diesen vergangenen Zeiten war ich nicht Teil des Internet-Datings und dementsprechend nicht Teil dieser Erfahrung. Ich habe sie auch keinen Tag vermisst.

Ungeachtet dessen ließ ich mich darauf ein. *Verlass ruhig mal deine Komfortzone. Sei offen für Neues,* flüsterte mein Kopf meinem, sich sträubenden, Bauch zu.

Ein paar Tage lang wurde der Telefontermin geschoben, was

aber wiederum nicht an mir lag, sondern daran, dass ihm immer irgendetwas dazwischenkam.

Als besagter Abend dann da war, breitete sich doch eine gewisse Unruhe in meiner Magengegend aus. *Wie lächerlich! Meine Güte – was ist schon dabei? In deinem Job telefonierst du ständig mit Menschen, die du nicht kennst. Es wird schon nicht so schwer sein, mit einem Fremden ein bisschen zu smalltalken.*

Seine Stimme war höher als erwartet, jedoch nicht unsympathisch oder unmännlich. Und nach ein paar holprigen ersten Sätzen ergab sich tatsächlich ein Gespräch. Er erzählte von seinem Job, der ihn nervte und langweilte. Von seiner Leidenschaft für Mallorca, das mehr zu bieten hat als Ballermann und Sangria-Eimer. Dass er nicht der Internet-Typ sei und sich bei dieser Dating-App bald wieder abmelden würde. Schräge Begegnungen kannten wir beide schon. Wir schafften es, fast 20 Minuten mehr oder weniger pausenfrei zu sprechen. Dann hatte ich genug Input – und er schätzungsweise auch.

Mit einem leichten Hochgefühl ging ich schlafen. *Cool. Endlich einmal ein Mann, der gleichermaßen Interesse hat.*

In den nächsten Tagen schrieben wir regelmäßig und immer häufiger. Morgens beim Aufstehen bekam ich die ersten Nachrichten, verteilt über den Tag immer wieder kleine Bemerkungen oder Fragen.

Nicht, dass diese ganzen Nachrichten substanziell oder bedeutsam waren. Oftmals ein simples »Was machst du gerade?«, eine Frage, die unter der Woche, mitten am Nachmittag, keine ernsthafte Frage sein konnte. Schließlich hatten wir die Basics hinter uns und er war darüber im Bilde, dass ich im Büro saß und arbeitete. Diese und ähnliche Nachrichten kamen mir eher vor wie eine Aufforderung. »Mir-ist-grad-langweilig-los-unterhalte-mich!« Hatte ich keine Zeit zu antworten und war im Stress, dauerte es nicht lange, bis er nachhakte und fragte, ob ich untergetaucht sei.

Er entpuppte sich als der Typ, der ungern eine zusammenhängende WhatsApp schrieb. Er unterteilte diese lieber in mehrere kurze, inklusive Emojis und davon viele. Was dazu führte, dass ständig mein Handy brummte, ohne dass irgendetwas inhaltlich Wertvolles oder Spannendes eintrudelte.

Zunächst irritierte und nervte mich das. Ich bin nicht der Mensch, der ständig jeden noch so kleinen Mist kundtun oder teilen muss. Schon gar nicht mag ich es, wenn mir jemand erneut auffordernd schreibt, sobald ich seinem Aufmerksamkeitsdefizit-Syndrom nicht augenblicklich nachkomme. Es ist nicht mein Job, jemanden zu entertainen, nur weil diesem gerade langweilig ist. Abgesehen davon lenkt es enorm von der Arbeit ab.

Also ignorierte ich sein Nachhaken und verlegte die Schreiberei größtenteils auf den Feierabend. Das schütze mich nicht vor seinem Bedürfnis nachzufragen, dies war eher ein Charakterzug. Er hielt es nicht aus, wenn er schrieb und ich nicht direkt antwortete. Damit meine ich Stunden – nicht Tage. Er fragte immer zügig nach, ob ich in den Urlaub abgedampft, verschollen sei oder ein Date hätte. Aber er war nie zickig oder am nächsten Tag beleidigt, wenn ich es ignorierte. So gab ich dem nicht so viel Bedeutung. Manche Menschen stehen gerne im Mittelpunkt und meist werden sie darüber hinaus auch gerne bewundert. Für mich war er so ein Mensch. Wir haben alle unsere Macken. Die einen halt mehr und größere als die anderen.

Es gelang ihm, dass ich mich schnell daran gewöhnte, ständig mit jemandem zu schreiben, und bald freute ich mich sogar darüber. Endlich geschah etwas Neues, Spannenderes in meinem Leben. Endlich mal ein Licht am Ende des Tunnels – *na, hoffentlich kein mickriges Teelicht ...*

Unsere Chats entwickelten sich immer mehr zu einem Bestandteil meines Alltags. Er betonte oft, dass er das Leben genießen wolle. Dass er nichts erwarte, es für ihn nicht wichtig sei, was ein Mensch besäße, sondern dass er das Herz am rechten Fleck hätte und ehrlich sei.

Mit so einer Einstellung zum Leben und zu dem Wert eines

Menschen sammelte er bei mir Pluspunkte. Er erschien alles andere als oberflächlich und wurde für mich immer interessanter.

Zwei Wochen später hatten wir endlich einen Termin gefunden, an dem wir beide Zeit hatten. Am kommenden Samstagabend wollten wir uns in München treffen. Ich bat ihn auszusuchen, wo. Da der Frühling gerade erst begann, kamen weder Biergarten noch Isar infrage.

Mittlerweile war ich sehr neugierig auf ihn und freute mich darauf, ihn zu sehen und mehr kennenzulernen.

Am Samstagmorgen schlief ich aus und schaltete erst gegen 09.30 Uhr den Flugmodus meines Handys aus. Ich hatte bereits die erste Nachricht von ihm (zusätzlich zu denen, die ich abends nicht mehr gesehen hatte ... »Was is´n da los? Bestimmt ´nen Date.«).

06:39 »Guten Morgen. Alles fein bei dir?«

09:44 »Yep. Und selber?«

10:01 »Alles fein.«

11:25 »Oh nein, jetzt sitze ich gerade im Auto Richtung Würzburg.«

What? Willst du mich verarschen? Was ist das denn jetzt für eine Nummer?

Da mir sofort klar war, worauf das gerade hinauslief, stellte ich mich zunächst blöd und ging nicht auf dieses bescheuerte Ohh-hab-ich-ja-total-vergessen-Spiel ein.

»Wollten wir uns heute Abend nicht treffen?«, hakte er nach.

Ja, du Arsch, und ich glaub dir kein Stück, dass du das vergessen hast ..., dröhnte es in meinem Kopf und Bauch.

»Ähmm ... ja. Müsstest mir mal sagen, wann und wo.«

»Können wir das bitte auf morgen verschieben? Wir machen eine spontane Geburtstagsüberraschung für einen Freund in Würzburg. Wie blöd von mir.«

»Nee. Da kann ich nicht. Ich hab das jetzt so organisiert, dass meine Tochter heute bei ihrem Vater ist.«

Daraufhin kehrte Stille ein. Ich war sauer, mich ärgerte diese

Wendung meines Samstags. Nicht weil ich kein Verständnis dafür hatte, wenn Pläne sich ändern. Auch nicht spontan. Aber ich war mir instinktiv und absolut sicher, dass dem mitnichten so war. Auch wenn ich viele Menschen kenne, die ständig alles Mögliche und Unmögliche vergessen. Für mich war völlig klar, dass das hier nicht der Fall war. Es passte nicht zu ihm.

Was er schrieb, die Art und Weise, wie er das schrieb, verbunden mit den Zeitabständen. Nein. Mein erster Impuls war, dass M. schon morgens um 06.30 Uhr wusste, dass er an diesem Abend lieber mit seinen Jungs losziehen wollte, und nur zu feige war, mir das zu sagen. Er suchte nach einer Möglichkeit, dieses Date zu canceln, ohne »schuld« zu sein. Es auf diese Art zu tun, erschien ihm wohl sehr schlau. Ich fand seinen Versuch eher schlicht und sehr durchschaubar. Das empfand ich als respektlos. Quasi eine Beleidigung an meine Intelligenz.

Abgesehen davon habe ich ein grundsätzliches Problem mit Lügen. Kleine Alltagslügen klammere ich hier aus, aber auch die finde ich unnötig. Ehrlichkeit lässt mich Beweggründe nachvollziehen und die Motivation des anderen verstehen. Das schmälert das Geschehene in seiner vermeintlichen Schwere. Es zeigt Respekt und Mut.

Wir lügen aus Angst vor Konsequenzen. Wir bilden uns ein, zu wissen, was mit uns passiert, wenn wir ehrlich sind. Wir lügen aus Bequemlichkeit, um uns nicht mit etwas auseinanderzusetzen. Womöglich bringt es unangenehme Gefühle mit sich. Denen gehen wir lieber aus dem Weg. Das betrifft die kleinen, alltäglichen Dinge genauso wie die großen Lebenslügen. Ich schätze Ehrlichkeit sehr. Es macht jede Auseinandersetzung, jeden Konflikt und jede Uneinigkeit besser. Leichter. Egal wie dramatisch sie ist.

Aber das hier war nicht mal ansatzweise dramatisch. Nur schade. Weil wir beide und ich im Besonderen nicht so viel und oft Zeit für ein Date hatten.

Knapp eineinhalb Stunden später schrieb er erneut. Er bot an, um 18.00 Uhr wieder nach München zu fahren, damit wir uns um

21.00 Uhr in der Stadt treffen könnten. *Was? Deine Jungs zeigen dir doch einen Vogel.* Klang alles abenteuerlich.

Ich lehnte das dankend ab und sagte ihm in meiner rheinländischen Direktheit deutlich, was ich davon hielt. Daraufhin war er total beleidigt, so etwas würde er nie machen. Was ich ihm unterstellen würde, sich so eine komplizierte Ausrede einfallen zu lassen, und überhaupt sei er ein Mensch, dem Ehrlichkeit sehr wichtig wäre. Da hätte ich mir ja ein feines Bild von ihm gemacht.

Ein kleiner Teil in mir schlug immer noch Alarm. Manchmal trifft man so sehr ins Schwarze und überrascht sein Gegenüber mit einer Konfrontation, dass diesem nichts anderes übrig zu bleiben scheint, als um sich zu schnappen und zu beißen. Der andere Teil in mir wollte aber nicht überreagieren und nachdem er sich entschuldigt hatte, gewann mein Harmoniebedürfnis. Wir einigten uns auf einen zweiten Versuch. Ich wollte das einfach vergessen.

Den Samstagabend verbrachte ich auf meiner Couch, schaute einen Film und war wieder zuversichtlich. Alleine auf der Couch zu liegen macht umso mehr Spaß, wenn es tief in einem eine Stimme gibt, die spekuliert, dass das zukünftig seltener vorkommt.

Unser neues Date planten wir eine Woche später. Bis dahin schrieben wir wieder gewohnt viel und regelmäßig. Wir tauschten Fotos aus und ich war gespannt, was für ein Mensch mir an diesem Abend begegnen würde. Keiner von uns sagte ab und nun stand unserem Kennenlernen nichts mehr im Weg.

Er war das erste Onlinedate über diese Plattform. Jedoch das zweite Blind Date in meinem Leben. Das Erste lag etwas zurück und war katastrophal. Dieser Mann sah völlig anders aus als auf seinen Fotos. Ich habe selten in meinem Leben einen Menschen getroffen, bei dem die Chemie so wenig stimmte und der im gleichen Maße meinen Fluchtinstinkt so sehr triggerte.

Die Chemie zwischen uns war so mies, dass ich mich am liebsten direkt umgedreht hätte und gegangen wäre. Es dauerte nur einen Wimpernschlag des Augenkontaktes, ein Atom seiner

Gegenwärtigkeit und mir stellten sich die Nackenhaare auf. Ja, das gibt es tatsächlich. Ich konnte und wollte diesen Menschen nicht in meiner Nähe haben.

Heute frage ich mich, warum ich das nicht direkt abgebrochen habe. Nicht wortlos. Aber warum gestattete ich es mir nicht, höflich festzustellen, dass es nicht passte? Wir können nicht jedem Date irgendetwas Positives abgewinnen. Manchmal passt es überhaupt nicht und wir haben uns wirklich nicht das Geringste zu sagen. Ist es dann nicht ehrlicher, weder die eigene Zeit noch die des Gegenübers zu verschwenden? Denn nichts anderes ist es dann.

Stattdessen hielt ich eine Pizza durch und war im Anschluss zwar satt, aber ebenso desillusioniert. Zumindest war es durch meine Mittagspause begrenzt. Ein paar Stunden später schrieb er mir, dass er mich gerne wiedersehen würde. Es war mir absolut schleierhaft, wie er das anders empfinden konnte. Es gab nicht mal einen akzeptablen Small Talk zwischen uns. Völlig absurd. Ich musste ihm deutlich bekunden, dass ich es nicht wollte.

Ich war mir sicher, dass mein Date mit M. besser würde. Wir trafen uns nach der Arbeit in einem Lokal seiner Wahl in München. Das war, wie bei unserem ersten Versuch, mein Wunsch. Nicht ohne Hintergedanken. Im besten Fall dachte er gar nicht darüber nach, welche Art von Lokal mir gefiele, sondern entschied sich spontan für etwas, in dem er sich wohlfühlte. So hatte ich einen prima Eindruck, welche Welt die seine war.

War er der Typ, der ein typisches Touristenlokal wählt? Das war für mich ein Laden mit unzähligen Tischen und einer wahl- und planlosen Auswahl an Gerichten. Gedruckt auf einer endlosen Karte, die mit allen Schriften und Cliparts, die das heimische Office Programm zu bieten hat, vollgestopft ist. Frei nach dem Motto »Viel hilft viel«. In solchen Lokalen schmeckt jedes Essen ähnlich einsam und trostlos, völlig uncharmant und lieblos. Dort versteht man sein eigenes Wort nicht und die genervte Bedienung wischt genau in dem Moment den Tisch ab, in dem man sich hinsetzt. Meist mit dem entsprechenden Gesichtsausdruck.

Oder wählt er einen fancy Chichi-Laden, in dem man sich immer latent aufgefordert fühlt, gerade zu sitzen? In dem es nur so von Menschen wimmelt, die auffallen wollen, einer toller und wichtiger als der andere?

Vielleicht aber mag er sogar etwas Individuelleres, Kleines, Gemütliches und Überschaubares? Egal, wofür er sich entscheidet. Es ist ein Statement, ein Einblick in seine Welt, seine Sicht auf die Dinge, sein Geschmack.

Er entschied sich für einen 08/15 Laden, nähe Franzosenviertel. Riesig. Laut. Touristenküche, die auf laminierten Speisekarten präsentiert wurde. Von Kreativität oder Herzblut keine Spur. Ich war schon einmal dort. Jahre zuvor und zufällig. In meinen ersten Tagen in München. Ahnungslos – und nie wiedergekommen.

Als ich an dem Tag unseres Dates Feierabend hatte, machte ich mich auf den Weg Richtung Franzosenviertel. Meine Kollegin und Freundin N. begleitete mich ein Stück. Es dämmerte bereits und die herankriechende abendliche Kühle erinnerte uns daran, dass es erst März war. Wir schlenderten die Straßen entlang und mutmaßten darüber, was mich wohl erwarten würde. Kurz hätte ich am liebsten gekniffen. Ich war nervös. Kann das aber meist gut verbergen, ohne mich anzustrengen. *Gott sei Dank ...* Am Bordeauxplatz sprang die Ampel auf Rot. Vertieft in unser Gespräch blieben wir stehen und warteten auf Grün. Mitten im Satz verstummte N. plötzlich, als von rechts ein hochgewachsener, schlanker Mann über die Straße ging, der sich schnellen, aber federnden Schrittes in Richtung meines Treffpunktes bewegte. Er wippte hoch und runter, bei jedem Schritt. Als wolle er etwas Imaginäres über sich erreichen. Oder als liefe er auf einem Trampolin. Unser Blick blieb an ihm hängen, folgte ihm, wie er zügig davon federte.

»Ich hab noch nie jemanden so gehen sehen.«, staunte N. und unterdrückte ihren spontanen Drang zu lachen. *Oh je, ich auch nicht. Gleich hüpft er,* stimmte ich ihr innerlich zu.

»Meinst du, das ist er?« Sein Gesicht konnten wir nicht erkennen.

»Gut möglich«, pflichtete ich ihr bei. Innerlich war ich mir fast sicher. Style, Haare, Größe und Richtung stimmten. *Na, das kann ja was geben ...* Eine Ampelphase später verabschiedete ich mich von N. und lief nun alleine weiter. Es war nicht mehr weit bis zum Lokal.

Als ich um die letzte Ecke bog, sah ich von Weitem einen großen, schlanken Mann davor stehen, der ganz offensichtlich auf jemanden wartete. Die Hände in den Jackentaschen vergraben, trat er leicht nervös von einem Fuß auf den anderen. Verborgen im Halbdunklen, konnte ich ihn nicht gut erkennen. *Komm schon, geh einen Schritt nach vorne unter die Lampe,* murmelte ich vor mich hin. Plötzlich blickte er auf und als hätte er mich gehört, ging er einen Schritt nach vorne. *Fuck! Er ist es. Tatsächlich. Die gleiche Outdoorjacke.*

Von seinem Gesicht sah ich immer noch nicht viel. Ich ging langsam auf ihn zu, er sah mich kommen und als wir uns erkannten, lächelte er mich an. Ich konnte ihm seine Erleichterung an seinem Gesicht ablesen. Auch ich atmete tief aus. *Also Emma, Wipper hin oder her, zumindest sieht er so aus wie auf seinen Fotos.*

»Hey Emma, freut mich. Ich bin M.«, begrüßte er mich leicht verunsichert.

»Hallo M. Ja, freut mich auch.«

Flüchtig umarmte ich ihn zur Begrüßung. Roch ein herbes Parfum. *Na, das ist grad noch akzeptabel, dürfte aber auch keinen Hauch intensiver sein,* entschied mein Bauch.

Ich sah ihn an und seine blauen Augen waren noch intensiver als auf seinen Fotos. Das brachte ihm einen klaren Pluspunkt. Ich habe eine Schwäche für helle Augen.

»Wartest du schon lange?«

»Nee. Bin auch eben erst gekommen. Komm, lass uns reingehen.«

Ich drehte mich um und ging vor. Als ich die Eingangstür öffnete, schlug mir eine Wand aus Wärme und schlechter Luft entgegen.

Aus den Boxen dröhnte Antenne Bayern. Es roch nach Frittierfett, Einheitsküche und Langeweile. Vorsorglich hatte ich schon gegessen.

Wir gingen weiter zur Bar, M. fragte nach einem Tisch für uns. Ohne eine Miene zu verziehen verwies uns eine blonde Bedienung an einen der kleinen Tische, inmitten der vielen anderen kleinen Tische, die an diesem Abend überwiegend frei blieben. *Na, die hat aber auch richtig Bock auf ihren Job,* rauschte es kurz durch meinen Kopf.

M. überließ mir die Entscheidung, wo ich sitzen wollte. Ich wählte die Bank, mit Blick in den großen Raum, und er setzte sich gegenüber. Er zog seine Jacke aus, hängte sie hinter sich an seinen Stuhl und verschränkte die Arme auf dem Tisch. Nervös wechselte er schnell seine Position. Stützte sein Kinn auf seine Hände, betrachtete mich. Wechselte wieder seine Position.

Dieser Moment, diese ersten Minuten waren befremdlich und ungewohnt. Da saß ich nun mit einem Mann, den ich schon ein paar Wochen meinte zu kennen, der mir in dieser Zeit vertraut wurde und über den ich mittlerweile auch schon einiges wusste. Ich hatte mir mein eigenes Bild erschaffen, dachte gerne an ihn. Dachte positiv über ihn. Nur war alles im Schutz des digitalen Raums entstanden, der manch Phantasie viel zu bunt beflügelt. Der innere Floh kann wahrlich ein großer sein. Egal, wie oft ich mir seine Bilder angeschaut und gemutmaßt hatte, wie er real aussehen und sein würde. Es blieb Spekulation.

Die Chemie zwischen zwei Menschen lässt sich nicht vorhersagen und ist doch das Zünglein an der Waage. Sie lässt nicht mit sich verhandeln. Mein Körper ist ein empfindlicher Seismograf, der sie erfasst. Der die feinsten Schwingungen wahrnimmt und sie in ein Gefühl transformiert. Verheißungsvoll. Oder desillusionierend.

Und jetzt war sie da, die Realität, und er saß dort – keine 70 cm von mir entfernt. Aus Fleisch und Blut.

Er schaute mir in die Augen und ich merkte, dass mich nur ein

Fremder ansah und er mir gar nicht mehr vertraut war.

Ich hatte vorher keine klare Vorstellung davon, wie er sich bewegte, wie er roch. Oder wie seine Arme, seine Haut, seine Hände aussähen und was das alles in mir auslösen würde. Und doch passte die Realität nicht hinein. Die Chemie hatte entschieden.

Ich griff nach der Karte, gab vor, sie zu studieren, fragte nebenbei nach seinem Arbeitstag und beobachte ihn gleichzeitig. Die kleinen Lachfalten um seine Augen gefielen mir, aber sein leicht verkniffener Mund lud mich nicht ein ihn zu küssen. Seine helle Haut, seine eher knochigen Hände erinnerten mich an meinen Bruder. Seine Haut wurde sicherlich im Sommer auch nur rot, erreichte nie ein entspanntes Braun.

Mit fahrigen Bewegungen schnappte er sich ebenfalls die Karte, las mir daraus vor, machte schlichte Witze über die Namen der zahlreichen Cocktails. Flache Scherze, die ich nicht nachvollziehen konnte. Zumindest konnten wir so die anfängliche Scheu überspielen.

Schließlich bestellten wir Getränke, er ein Helles, ich Weißwein, und gaben beide zu, dass es merkwürdig sei. Er sah mich musternd an und gestand überraschend, dass er mich niemals angesprochen hätte, wenn wir uns so begegnet wären.

Bitte? Na danke auch! Dieser Gedanke spiegelte wohl mein Gesicht wider und er schob eilig hinterher, dass er sich schlichtweg nicht getraut hätte. Gut, ist jetzt auf den ersten Blick ein Kompliment an meine Attraktivität, wirft aber auf den zweiten Blick auch die eine oder andere Frage an mich selbst auf.

Zumal ich tatsächlich nicht zu den Frauen gehöre, die von Männern angesprochen werden. Die paarmal in meinem Leben kann ich an einer Hand abzählen. Ich habe das immer auf mein nicht ausreichendes Äußeres geschoben. Diskussionen von zwei meiner männlichen Kollegen förderten nicht gerade mein Selbstbewusstsein. Die ließen sich schon einmal gerne darüber aus, wie stressig es ist, mit einer attraktiven und hübschen Frau auszugehen, weil sie ständig von Kerlen angesprochen und angemacht wird. Ist mir noch nie passiert – ergo – bin ich wohl nicht attraktiv genug. Aber das ist ein anderes Thema.

Nach weiterem Austausch von Höflichkeiten und Oberflächlichkeiten entspannte ich mich von Minute zu Minute mehr. Unsere Gespräche wurden langsam persönlicher, wir erzählten von bisherigen Beziehungen, von Ups and Downs.

»Wie lange bist du denn schon Single?«, fragte ich ihn.

»Hmmm, glaub seit ungefähr neun Monaten. Wir waren zwei Jahre zusammen und irgendwie hat es einfach nicht mehr geklappt. Haben uns nur noch gestritten. Dann habe ich mich von ihr getrennt. Haben auch keinen Kontakt mehr.«

»Und hattest du seitdem Dates?«

Ich war neugierig, wie seine Erfahrungen beim Onlinedating waren.

»Ja, zwei. Aber es blieb bei einem Date ... war nicht so geil. Beide waren überhaupt nicht so, wie sie sich in ihrem Profil beschrieben hatten, und sahen auch nicht so aus wie auf ihren Bildern. Ich hab mich da auch wieder abgemeldet. Das is nix für mich. Find das auch total anonym. Und du?«

Fragend sah er mich an. Ich erzählte ihm von einigen schrägen Chatbegegnungen und dass er mein erstes »Blind Date« auf dieser Plattform war. Dass Onlinedating Neuland für mich war.

Wir sprachen noch etwas über Beziehungen und anschließend über seine Arbeit. Sie langweilte ihn nach wie vor sehr, aber ließ ihm auch viel Freiheit. Er konnte oft kommen und gehen, wann er wollte. Das kontrollierte keiner so genau und er nutze das gerne zu seinen Gunsten. Ich hatte nicht das Gefühl, dass er Interesse hatte, an seiner Arbeitssituation irgendetwas zu ändern. Langweile hin oder her.

Nach zwei Stunden schob er ein, langsam loszumüssen. Was mir sehr recht war. Wir zahlten jeder unsere Drinks und verließen das Lokal.

Ich weiß gar nicht mehr, ob wir zu irgendeinem Zeitpunkt geflirtet haben, ich erinnere mich eher an ein aufmerksames verbales Umkreisen. An seine Unsicherheit, die auch nach längerer Zeit nicht verschwand und mich irritierte. Aber auch an seine Neugier, mehr über mich zu erfahren. Alles in allem waren es zwei Stunden, die Spaß machten. In denen wir uns begutachteten und real etwas kennenlernten. Zwar hatte die Chemie zwischen uns meiner digitalen Vorstellung den Mittelfinger gezeigt. Aber doch war er mir sympathisch. *Hätte weitaus schlimmer laufen können, Emma.* Ich hatte für mich schon beschlossen, dass ich ihn wiedersehen wollte. Ich mochte ihn auch nach unserem Date.

Zum Abschied nahmen wir uns kurz in den Arm, gaben uns das obligatorische Abschiedsküsschen und ich war fein damit. Er schrieb mir schon auf dem Nachhauseweg, dass ihm der Abend gefallen hatte. *Prima.* Zufrieden und gespannt auf ein Wiedersehen fuhr ich nach Hause. Einem neuen Date stand nichts im Weg.

Wie schon erwähnt kam M. ursprünglich aus Hannover, wo seine Mutter immer noch lebte. In regelmäßigen Abständen besuchte er sie und seine alten Kumpels. Von dort schrieb er mir ebenso oft. Dass er mit seinen Jungs abhinge, wie anstrengend alles sei, der viele Alkohol, die Feierei und überhaupt, er sei froh, wenn er wieder in München sei.

Eine Woche vor Ostern flog er erneut hoch. *Schon wieder? Hmmm* ... Ich erinnere mich noch genau an einen Moment, in dem mein Bauchgefühl diffus grummelte. Ich fand es merkwürdig, dass er ohne einen erkennbaren Grund so kurz hintereinander hinflog. *Merkwürdig. Ostern besucht er doch sowieso seine Mutter.*
Nach allem, was er über seine Familie und alten Freunde erzählt hatte, kam es mir unsinnig vor. So nah schienen sie ihm nicht zu sein, der Kontakt eher oberflächlich. Dazu kamen kurze Momente, in denen er zusammenhanglose Kommentare schrieb. Ich nahm das zwar zur Kenntnis und fragte ihn, ob er zuweilen im falschen Chat sei. Er verneinte dies und letztlich wollte ich das auch nicht überbewerten. Wir standen in keinerlei Beziehung zueinander und hatten uns ein Mal gesehen.

Ich bin zuweilen erschreckend gut, mich in negativen (Vor-)

Ahnungen zu verlieren. Mein Kopf kann mühelos spekulieren. Von dort ist es nur ein schmaler Grat zu anschließenden Grübeleien. Die Schattenseiten einer lebhaften Phantasie.

Das Osterwochenende kam und wieder flog er nach Hannover. »In die Provinz« nannte er es immer und es stresste ihn erneut, weil er die meiste Zeit mit seinen Jungs und viel Alkohol um die Häuser zog. Das betonte er zumindest, als er mir schrieb. Ich nahm das auch diesmal etwas verwundert zur Kenntnis, dachte aber nicht weiter darüber nach.

»Fahr heute Abend wieder los.«

»Verstehe. Darfst du überhaupt schon ans Steuer nach so viel Feierei? Bin ja schon übers Netz nicht mehr nüchtern bei der Alkoholmenge.«

»Ich denke, später geht's wieder. Bin froh, wenn ich wieder im Süden bin.«

Seine Worte hatten etwas Jammerndes an sich und ich konnte noch nicht so recht einordnen, was er damit bezweckte.

»Sicher?«, hakte ich deswegen nach.

»War gar nicht so schlimm. Okay, doch. Etwas.«

»Was? Das Wegfahren aus München oder das Ankommen in der Provinz?«

»Das Feiern und der Alkohol.«

Mittlerweile schrieben wir ständig, zunehmend mit mehr zweideutigen Anspielungen. Unsere Themen wurden freizügiger, aber ohne digitalen Sex zu haben. Doch wir schienen die gleichen Vorstellungen zu haben, was wir mögen, wie wichtig er uns ist und was Sex zu gutem Sex macht. Zumindest theoretisch. Ob das der Realität standhalten konnte, blieb abzuwarten. *Es muss ein neues Date her. Dringend,* stellte mein Kopf klar. Ich war gespannt auf die Praxis.

Es waren immer noch Osterferien. Meine Tochter besuchte ihre Großeltern und ich war in meiner Freizeit- und Abendgestaltung flexibel. Ich schlug vor, dass wir uns noch in der gleichen Woche treffen könnten, und er stimmte zu. Ich hatte den Eindruck, dass er ebenso Lust hatte, mich wiederzusehen. Es war selbstverständlich, ständig mit ihm zu texten, und schon ungewöhnlich ein paar Stunden nichts von ihm zu hören. Insgeheim ärgerte es mich, dass mir das dann nicht nur auffiel, sondern dass ich sogar darauf reagierte.

»Vor Erschöpfung eingeschlafen oder wieder in die Heimat getürmt?«, schrieb ich am Abend.

»Ich hab das Gefühl ... ich brüte was aus.«

»Ein Kuckucksei?«

»Was!?«

Für meinen Humor hatte er wohl kein Verständnis.

»Sorry ... nee, im Ernst, ist ja gut möglich. Feiern und Alkohol sind bekanntlich nicht gerade stabilisierend. Geht auch gerade wieder was um ... glaub ich.«

»Ich denke, bissl Schlaf hilft.«

Schon wieder stellte er dieses Gewinsel so betont zur Schau. Klang komisch. Zu gewollt. Zu absichtlich.

»Bestimmt«, pflichtete ich ihm trotzdem bei.

»Männerschnupfen??«, hakte er nach.

»Na, das wäre ja geradezu fatal. Dann schlaf gut und gute Besserung. Wenn's nicht besser wird, schick ich dir 'ne hübsche, blonde, vollbusige Krankenschwester vorbei.«

»Oder dich vielleicht? Dankeschön.«

»Aber ich bin doch nicht blond und vollbusig. Wollte nur ne Männerphantasie bedienen. Völlig klischeehaft.«

»Ach. Ich bin recht flexibel.«

Das ließ ich so stehen und ging schlafen.

Der nächste Morgen ...

»Guten Morgen Emma. Ich geh jetzt erst mal zum Doc.«

Etwas später ...

»Und, was sagt er?«

»So Grippezeug.«

»So Grippezeug? Erkältung oder die echte Grippe?«

»Matschig und liege flach.«

»Fieber?«

»Nein, nein. Denke, ich hab mir am Osterfeuer was weggeholt.«

»Also tatsächlich der gefürchtete Männerschnupfen. Dann schlaf dich mal gesund.«

So richtig ernst konnte ich das nicht nehmen. Es klang zu konstruiert. Irgendwas bezweckte er damit. Aber das war nur wieder eine vage Stimme in meinem Inneren. Also fragte ich abends noch mal nach seinem Befinden und ignorierte mein Bauchgefühl.

»Und wie geht‘s dir? Was machen die Killerviren?«

»Puhhh ... nervt.«

Die nächsten zwei Tage kommunizierten wir in ähnlicher Form. Dann ging es ihm besser. Jetzt war aber die flexible Zeit bei mir vorbei und so wurde aus seinem Gegenvorschlag für ein Date wieder nichts. *Emma ... das Date, inklusive potenziellem Sex, ist hiermit einem Männerschnupfen zum Opfer gefallen. Üble Zeiten.* Es blieb wieder bei Texterei.

Einen neuen Termin für ein Date zu finden, gestaltete sich als äußerst schwierig. Mal konnte er nicht, mal konnte ich nicht. Zwischendurch flog er ein Wochenende nach Mallorca, um die neuesten Pläne für seine Zukunft voranzutreiben. Es zogen wieder Tage ins Land, bis wir endlich einen Freitag gefunden hatten, an dem wir uns treffen konnten.

Bis dahin schrieben wir immer intensiver. Und das ständig. Es schien klar zu sein, dass unser nächstes Date erschöpft bei ihm oder mir enden würde.

Kurz vor unserem Date zog dann plötzlich Stille auf. Ohne erkennbaren Grund bekam ich keine Nachrichten mehr von ihm. Drei Tage schwieg mein Handy und je länger es dauerte, umso unruhiger wurde ich.

Mir war völlig klar, dass so eine Änderung im Verhalten bei jemandem, der mir seit Wochen ständig schreibt, irgendeinen Grund hat. Und dieser Grund konnte nicht schmeichelhaft für mich sein. Nicht mit Stress erklärbar sein. Oder mit etwas anderem, was wir uns dann gerne einreden.

Nach vier Tagen fragte ich ihn, ob alles in Ordnung sei, ob unser Date noch stünde oder ob er mich nicht mehr treffen wollte. Als diese Frage unbeantwortet blieb, kippte meine Laune vollends. Eine Mischung aus völlig unangebrachter Verlustangst und Enttäuschung. Zusätzlich breiteten sich Wut und Ärger in mir aus. *Warum bist du sauer, Emma? Du bist ja nicht verknallt. Hast ihn nicht einmal geküsst.* Nein, diese Gefühle hatten andere Auslöser. Es ging mehr um sein Verhalten als um ihn.

Schnell wurde mir klar, dass er mich ghostete. Dieses Verhalten kannte ich. Ich hatte es selber schon erlebt und versichere jedem, dass es viele schmerzhafte Gefühle auslöst. Eine Erfahrung, die keine Menschenseele braucht.

Meine fand vor einigen Jahren außerhalb des Onlinedatings statt und ich hatte eine Affäre mit jenem Mann. Daran erinnerte ich mich direkt. Ich stellte mich plötzlich infrage und das war das eigentliche Problem. Ich dachte darüber nach, was ich falsch gemacht hatte. Das Wesen des Ghostings.

Ich gehöre zu den Menschen, die sehr direkt sind. Meine Herkunft aus dem Rheinland mischt sich da mit einer tiefen Überzeugung, dass es mir immer besser geht, wenn ich weiß, woran ich bin. Mir ist klar, dass es für viele Menschen verstörend ist, und ich bin mit meiner Direktheit schon oft im Leben auf die Nase gefallen. Es gibt viele Menschen, die sich lieber alles auf irrwitzigste Weise ein- und schönreden, nur um sich nicht aus ihrer Barbie- und Ken-Seifenblase zu wagen.

Ich kam nicht umhin, ihm noch mal zu schreiben und diesmal direkt zu fragen, was passiert und ob er mittlerweile anderweitig liiert sei.

»Weißt du M., wenn du wieder mit deiner Ex zusammen bist oder sonst wie liiert, dann sag mir das doch bitte, aber plötzlich einfach ignoriert zu werden und nicht zu wissen, warum bzw. was los ist oder ob ich was falsch gemacht habe, fühlt sich für mich ziemlich beschissen an und ist verletzend. Das wolltest du im umgekehrten Fall vielleicht auch nicht.«

»Huhu, sorry, alles fein ... gerade im Stress, kennt der Herr gar nicht ... melde mich morgen.«

Ja M., is klar. Ich glaubte kein Wort davon. So war ich überrascht, als ich am nächsten Tag tatsächlich eine Nachricht von ihm bekam.

»Guten Morgen liebe Emma, momentan bin ich wirklich in Freizeitstress geraten, was aber nicht so schlecht ist. Frauen sind da keine im Spiel.«

Ja sicher M., warum fühlt sich das dann so gelogen an? Worauf lief das hinaus? Warum schrieb er das? Kurz war ich geneigt, ihm zu glauben und aufzuatmen. Aber das Knurren in meinem Bauch ließ es nicht zu und forderte mich auf nachzuhaken.

»Hmm ... warum kannst du dann nicht 30 Sek. aufbringen, um kurz zu antworten?«

»Ich denke ... vielleicht soll es dann nicht sein.«

What??? Was ist das denn für ein blöder Spruch? Da hatte aber jemand einen ziemlichen Sinneswandel durchgemacht. Ich verstand es nicht. Wusste aber, dass ich es dringend verstehen musste, um damit konstruktiv für mich umzugehen.

»Sollen wir nicht mal telefonieren? Bietet nicht so viel Raum für Missverständnisse als WhatsApp und ist auch persönlicher«, schlug ich ihm vor.

»In Ordnung«, willigte er ein.

Seine Reaktion beschwichtigte mich, stellte sich aber als Masche raus. Die nächsten Tage kam ihm immer etwas dazwischen. Mir jedoch ließ es keine Ruhe und ich merkte, wie ich mehr und mehr in Grübeleien verfiel. Ich geriet in einen Sog voller Gedanken und schlechter Laune und suchte die Schuld bei mir. Ich fühlte mich klein. Irgendetwas musste ich unternehmen. Wegen mir und für mich. Ich wollte den Grund erfahren.

Leider waren meine Möglichkeiten sehr begrenzt. Wir hatten keine gemeinsamen Freunde oder Bekannte und ich wusste aus meiner Ghosting Erfahrung, dass man keinen Menschen der Welt davon überzeugt, einem das so nötige Gespräch der Klärung zu gewähren, wenn dieser das nicht will. Keine Chance. So sehr man es braucht. So sehr man es sich wünscht. So wenig Grund es für eine Verweigerung gibt. Außer die eigene Feigheit – und der Egoismus.

Ich weiß nicht, was mich bewog, mich an meinen Schreibtisch zu setzen. Wahrscheinlich war ich nicht mehr bereit, mich mit Schweigen und Nicht-Verstehen zufriedenzugeben. Ich wollte aktiv werden. Ich klappte meinen Laptop auf und fing an ihn zu googeln. Das hatte ich zu Beginn schon einmal getan und festgestellt, dass es nicht viele Informationen über M. im Netz gab. Ich fand nur eine uralte, selbst gebastelte Website mit alten Urlaubsbildern. Der unterirdischen Gestaltung nach zu urteilen war dies aber ein vergessenes Relikt aus den Anfängen des weltweiten Netzes. Mehr fand ich nicht.

Trotzdem glaubte ich, jetzt erfolgreicher sein zu können. Über jede Person gibt es was im Internet. *Wenn ich nur über Facebook oder Instagram sein soziales Netz einsehen könnte.* Beschäftigt man sich intensiver mit Likes und Vernetzungen zu anderen Menschen, erfährt man so viel über diejenigen, dass es – nüchtern betrachtet – erschreckend ist. Aber es war nichts zu finden.

Irgendetwas in mir konnte dies jedoch weder glauben noch akzeptieren. Ich suchte weiter. Suchte und suchte. Gab immer wieder andere Suchbegriffe ein, klickte mich durch diverse Seiten.

Ich weiß nicht, wie ich es angestellt habe, aber einige Stunden und Kaffee später, stieß ich auf eine kürzlich ans Netz gegangene Website. Ich starrte verblüfft auf die Headline:

»Happiness! In 100 Tagen zurück zum Glück«

Was ist das denn? Ich war verwirrt. Ich brauchte ein paar Sekunden, um zu verstehen, was ich gefunden hatte. Es war eine Website von und über M. Es war sein digitales Tagebuch. Die Einträge begannen ein paar Wochen, bevor wir uns kennenlernten, und der letzte Text war gerade wenige Tage alt. Verdutzt schaute ich auf meinen Monitor, mein Puls raste schlagartig, als ich anfing, mir seine Einträge durchzulesen. Jeder mit Datum versehen. Ich brauchte nicht mehr zu tun, als alles zu lesen, und konnte jede Notiz mit unseren WhatsApp-Chats abgleichen. *Ha! Großartig! Das ist ja besser als jeder Lügendetektortest. Du willst wissen, was los ist? Dann lies.* Und ich las ...

Ungläubig bis gar nicht verwundert, bestätigt in manch Bauchgefühl bis fassungslos über seine Dreistheit. Das beschreibt mein Gefühlschaos bei seiner Lektüre am ehesten. Und hätte ich mit mehr innerlichem Abstand sein Tagebuch lesen können, wäre ich aus dem Lachen gar nicht mehr herausgekommen. Das konnte ich aber zu diesem Zeitpunkt nur bedingt.

M. war kein Single. Er hatte bereits seit einem halben Jahr wieder eine Freundin, die ebenfalls aus Hannover kam und dort auch lebte. Er hatte sich schon in den ersten Monaten ihrer Beziehung ziemlich danebenbenommen. Launisch und unzufrieden hatte er sie alles andere als nett behandelt, zu einer Zeit, in der der Großteil der Frischverliebten noch mit der rosaroten Brille den Tag verbringt. Wutausbrüche folgten, mit anschließenden, reumütigen Entschuldigungen und – natürlich – großem Gelöbnis zur Besserung. Seine Freundin war wohl in der Tat sehr verliebt, die Brille größer, das rosa intensiver. Sie war nie lange sauer, verzieh ihm stets schnell sein Benehmen.

Kurz vor Weihnachten hatte sie dann aber doch ihre persönliche Schmerz- und Toleranzgrenze erreicht und trennte sich von ihm. Verletzt und traurig. Was genau der Auslöser dafür war, konnte ich seinem Tagebuch nicht entnehmen. Aber aus seinen Zeilen wurde deutlich, dass sie nicht die Einzige in seinem Umfeld war, die seine Launen abbekam.

Für ihn war ihre Konsequenz der Wendepunkt. Er hielt kurz inne und dachte darüber nach, wie sehr er die Menschen in seiner Nähe mit seinem Verhalten verletzte. Er entschloss sich, dem ein Ende zu setzen, er wollte seine Ex-Freundin zurückgewinnen und allen beweisen, dass er sich geändert hatte. Ihr zeigen, dass er sie liebt. Und als Beweis für all seine Anstrengungen, all seine Veränderungen hielt er seine Fortschritte und Gedanken in einem digitalen Tagebuch fest. Die Domain hatte nichts mit seinem Namen gemeinsam – er wird sie den Personen genannt haben, von denen er wollte, dass sie Zeuge wurden. Zeuge seiner ach-so-wundervollen Metamorphose. Um Feedback zu ermöglichen, gab es ein Gästebuch. *Ha!* Das wiederum gefiel mir und konnte sich noch als ausgesprochen praktisch erweisen.

M., ganz ehrlich, du erschaffst eine Bühne für deine Selbstfindung? Um zu beweisen, dass du ein besserer Mensch wirst? Mit Zeitlimit? Wer kommt bitte auf so eine schwachsinnige Idee? Was stimmt denn nicht mit dir?

Zunächst las es sich nur als eine Aneinanderreihung diverser Aktivitäten. Und zum Zeitpunkt dieser Einträge kannte ich ihn auch noch nicht.

M. entschloss sich, mehr Sport zu treiben und gesünder zu leben. So zog es ihn fast täglich aufs Rennrad, er legte enorme Strecken zurück oder quetschte zwischen Arbeit und abendlicher Entspannung auf der Couch einen 15-km-Lauf dazwischen. Jeden Tag ein bisschen mehr, jeden Tag merkte er, wie sein Geist klarer und sein Körper stärker wurde. Der Zusammenhang zwischen seiner suboptimalen Bindungsfähigkeit und seiner plötzlichen Sportwut blieb mir schleierhaft. Doch kurze Zeit später erzielte sein Einsatz die gewünschte Wirkung. Seine Ex-Freundin gab ihm eine zweite Chance.

M. verkündigte glücklich, dass sie es noch einmal miteinander versuchten. Er betonte, wie dankbar er sei, sie sicher nicht wieder enttäuschen würde. *Ja klar M. ... und warum kam ich dann ins Spiel?*

Nun begann die Zeit unseres Kennenlernens. Leicht nervös stellte ich meine Kaffeetasse ab und vertiefte mich in seine Zeilen. Was würde ich finden?

Und da stand es. Das Wochenende, an dem er erstmalig zu »meiner Zeit« nach Hannover flog, um seine Mutter zu besuchen.

Davon war er weit entfernt, ich fand nicht mal den kleinsten Drive-in-Besuch bei seiner Mutter. Er verbrachte das Wochenende exklusiv mit seiner Freundin. »Auch den Sonntag ganz entspannt angehen lassen. Grippe verschwindet ebenfalls endlich. Wir beide genießen die Zweisamkeit und die Ruhe.« Ich scrollte unsere Chats zu diesem Tag durch.

»Ich hab die ganze Zeit hier so ein Männerding, Alkohol, Männergespräche und Fußball. Bin froh, wenn es wieder heimgeht.«

Leicht und flüssig kam ihm das über die digitalen Lippen. Aber warum überhaupt? Er musste mir doch gar nicht schreiben, schon gar nicht in dieser Form. Warum diese ausgeschmückten Märchen?

Zeile für Zeile, Eintrag für Eintrag bekam ich mehr Einblick in seinen Kopf.

Ich kam zu dem Tag unseres ersten geplanten, aber geplatzten Dates. Was geschah wirklich an diesem Tag? Was hatte es auf sich mit dieser spontanen Geburtstagsüberraschung für diesen Freund?

»Heute lass ich es ruhig angehen. Bin entspannt auf dem Sofa und werde heute faulenzen.«

Bitte? ... das ist alles? So simpel? Es gab nicht einmal die Tour mit deinen Buddies? Ernsthaft? Ja. Er konstruierte sich diese umfangreiche Geschichte nur, weil er an diesem Tag keine Lust auf ein Date hatte. Jetzt ergab es plötzlich Sinn, dass er an besagtem Tag kurze Zeit später einlenkte und anbot, früher aus Würzburg wegzufahren, um mich doch noch zu treffen. Ich erinnerte mich genau daran, dass dieses Angebot nur mein Bauchgefühl bestätigte, dass er gar nichts vergessen hatte. Aber all seine Verteidigungen? Total beleidigt und erbost war er über meine Vermutungen und Unterstellungen.

Und dieser Arsch hatte es damit sogar geschafft, dass zumindest ein Teil in mir mich selbst für leicht wahnhaft hielt und den warnenden Instinkt schimpfend zum Schweigen brachte. Jetzt war ich zusätzlich noch ein klein wenig sauer auf mich selber.

Die nächsten Einträge brachten keine Überraschungen. Er beschrieb die Fortschritte seines Trainings und wie er immer mehr sein Leben genoss. Erzählte von den Telefonaten oder Chats mit seiner Freundin, betonte, dass ihre Beziehung besser und stabiler wurde. Schätzungsweise waren das genau die Chats, bei denen ich das Gefühl hatte, er vertausche sie. Und klar, vermutlich waren das auch die Telefonate, bei denen er den Chat mit mir unterbrach, um anschließend wieder einzusteigen.

Das nächste aufschlussreiche Datum war der Montag, an dem wir uns tatsächlich trafen. *Hoffentlich steht über diesen Tag etwas drin ...* Vorsichtig schielte ich auf seine Einträge. *Ja! Da ist er, der 20. 03.:* »Früh Feierabend gemacht, ein bisschen Motorrad gefahren. Abends musste ich dann noch nach München in die Stadt. Ein Arbeitskollege feierte seinen Abschied.«

Aha ... okay. Ich meine, natürlich war mir klar, dass er mich dort nicht erwähnte, aber auch hier fragte ich mich, wozu überhaupt diese erfundenen Storys? Warum hat er den Tag nicht ausgelassen? Er führte sein Tagebuch nicht täglich. Es schien fast, als mache ihm das Spaß. Oder er brauchte es, um sich seine Ehrlichkeit ein- und schönzureden. Um in seine Rolle schlüpfen zu können. Um sich mit diesem Menschen, der für seine Liebe an seinen Defiziten arbeitete, zu identifizieren.

Kurz darauf kam das Osterwochenende. Er war wieder in Hannover bei seiner Freundin und weit entfernt von Freunden und Mutter. Erneut schmückte er aus, wie entspannt das Wochenende mit ihr war, wie sie ihre gemeinsame Zukunft planten. Wie glücklich er war. Seine Worte sollten sie wirklich beeindrucken – und überzeugen.

Moment ... kurzer Chatvergleich für den gleichen Tag: »Immer ein bisschen stressig hier, der Alkohol ... ich denke, später geht's wieder.«

Boah M., es ist ja nicht zu fassen. So viel Schauspiel, so viel Lügen.

Was konnte noch kommen? Viele Tage kamen ja nicht mehr, aber es gab noch den zweiten Versuch für ein Date mit mir. Wo er krank wurde. Zum Arzt ging und total genervt von dem »Grippezeug« war.

Ich las weiter, aber von seinem viralen Leiden war in seinem Tagebuch nichts, nicht einmal etwas in homöopathischer Konzentration zu finden. Es ging ihm die ganze Woche hervorragend, er machte früh Feierabend, genoss das Frühlingswetter, fuhr Fahrrad und Motorrad. Selbst von einem Bonsai-Männerschnüpfchen war weit und breit keine Spur. Mir fehlten schon ein bisschen die Worte.

Ich war sauer und enttäuscht. Was ich von Lügen halte und wie gut ich damit umgehen kann, habe ich erwähnt. Aber ich war auch verwirrt, verunsichert, traurig, desillusioniert über so viel konstruierte Falschheit. Die Frage nach dem »Warum« beschäftigte mich und ließ mich nicht los. Das war für mich viel mehr als ein bisschen Flunkern. Das waren richtige, handfeste Lügen. Geplant, zurechtgelegt und ausgelebt.

Je mehr ich darüber nachdachte, umso mehr tat mir auch seine Freundin leid. Sie hatte nicht die geringste Ahnung, was er tat. Wurde eiskalt belogen und hintergangen. Ihr wurde ein herzzerreißendes Schauspiel über seine ehrlichen Anstrengungen, ein besserer Mensch zu werden, vorgeführt – eine einzige Farce.

Mir wurde immer klarer, dass sein Verhalten pathologisch war. Er erzählte die unmöglichsten Geschichten, um nicht Stellung zu beziehen. Sich nicht zu entscheiden. Er wollte sich nicht verpflichten. Niemandem gegenüber. Nicht mal bei der kleinsten Verabredung. Er wollte aber nicht die Konsequenz seiner Launen tragen, die er traurigerweise als Freiheitsdrang, als »Ich-will-das-Leben-genießen« interpretierte.

Ich bin mir sicher, dass ihm nicht klar war, was er den Menschen, die davon betroffen waren, antat. Ich glaube, ihm fehlten Empathie und die Fähigkeit, Schuld oder Unrecht für sein Benehmen zu empfinden. Er lebte in dieser Welt. Er glaubte an all das, was er schrieb.

Da war es also. Das Ende der Geschichte. *Puhhh. Was mache ich jetzt mit all diesen Informationen?*

Ich konnte es unmöglich darauf beruhen lassen. Meine Gedanken kreisten um die feinsten Pläne, ihn hochgehen zu lassen. Fügten sich zu den buntesten Szenen zusammen, in denen er bereute und seine Freundin sich wutentbrannt von ihm trennte. Alle ihn verließen und er endlich so etwas wie Schuld empfand. In denen er die Konsequenz seines Verhaltens sah und verstand.

Jeder kennt solche inneren Bilder, Wünsche und Phantasien,

wenn wir enttäuscht werden und uns ungerecht behandelt fühlen. Aber in meinem Fall waren sie nur Theorie. Ich fand zwar Namen und Arbeitsstätte samt E-Mail-Adresse seiner Freundin heraus, brachte es aber nicht übers Herz. Ich denke, es war auch nicht meine Aufgabe. Sie musste das alles selber rausfinden. Oder eben nicht.

Aber was war mit ihm? Mich überkam das drängende Bedürfnis, ihn wissen zu lassen, dass ich alles herausgefunden und seine Homepage entdeckt hatte. Ich wollte ihm zeigen, dass er sich für wesentlich schlauer hielt, als er war.

Ich kopierte drei Chats von uns mit den entsprechenden Einträgen seines Tagebuchs zusammen und schickte es ihm per WhatsApp. Soweit ich mich erinnere, habe ich das gar nicht groß erläutert – wozu auch. Es sprach für sich. Ich ging davon aus, dass er genug klaren Verstand besaß, um meine Nachricht zu verstehen.

»So viel zum Thema – ich finde Wahrheit sehr wichtig.«, war das Einzige, was ich dazu schrieb. Ich war mir sicher, dass er innerhalb der nächsten Stunden die Seite vom Netz nahm.

Aber die Zeit verging und nichts geschah. *Puhhh, der hält sich immer noch für einen Helden, das gibt's ja gar nicht*, wunderten sich Kopf und Bauch. Ich überlegte wieder, ob es nicht doch noch etwas gab, was ich machen sollte und konnte, ohne irgendwelche Wutmails an seine ahnungslose Freundin zu schreiben. Ich dachte nach, den Kopf auf die Hände gestützt. Ein paar Minuten später war es mir klar. Ich hob meinen Kopf, stand auf, holte meinen Laptop und öffnete seine Seite. Sie war immer noch online. Langsam und plötzlich innerlich ruhig, klickte ich mich zu seinem Gästebuch durch. Gab es das nicht deswegen?

»Wow M., aufschlussreiche Tagebucheinträge hast du da. Du suchst deine Mitte? Du willst andere nicht verletzen? Vielleicht fängst du mal mit Ehrlichkeit an. Emma (oder ... der Kollege, dessen Abschied man gefeiert hat).«

Danach wartete ich ab. Es dauerte zwei geschlagene Tage, bis die Seite offline war. Zum gleichen Zeitpunkt schrieb er mir die letzte Nachricht.

»Ich versuche es zumindest!«

Glaubte er das wirklich selber? *Krass. Danke M ... danke für nichts.*

Nach ein paar Tagen mischte sich zu all der Enttäuschung noch ein anderes Gefühl. Offenbar konnte ich mich auf mein Bauchgefühl, auf meinen Instinkt mehr verlassen, als mir bewusst war. Ich hatte so oft einen spontanen Impuls gespürt, der mich diffus gewarnt hatte. Er war für mich nie klar einzuordnen gewesen, entpuppte sich jetzt aber als absoluter Treffer. Das fühlte sich noch sehr ungewohnt an. Neu. Oder lange nicht beachtet. Aber es war etwas Positives, was ich dem Ganzen abgewinnen konnte. Und bedurfte einer genaueren Betrachtung. Dann also doch ...

... danke M. Danke dafür.

»Herr Architekt, das sieht mir aber arg nach Statikproblemen aus.«

Des Stoamandl

Neue Plattform – neues Glück. So könnte man am ehesten den Grund beschreiben, warum ich mich ein paar Wochen später dazu entschloss, die Datingplattform zu wechseln.

Gedacht – getan. Ein paar Klicks, ein paar Bilder hochgeladen, den Profiltext kopiert und zehn Minuten später war mein neues Profil online. Erwartungsvoll wischte ich mich durch diese neue Auswahl an Männern. Die meisten nach links ... links und wieder links ... *Meine Güte. Wirklich erstaunlich bis erschütternd, was manch Mann glaubt, tun und zeigen zu müssen, um sein Gegenüber zu beeindrucken.* Manchmal juckte es mich in den Fingern, dem einen oder anderen einen Rat dazulassen. Aber die Chance, dass meine, durchaus gut gemeinten Tipps missinterpretiert würden, war unverhältnismäßig groß. Also ließ ich es.

Kurze Zeit später gab es trotzdem das erste Match und wiederum kurze Zeit später schrieb er mich an. Sein Nickname war Stoamandl und er war Architekt. Er hatte vier Bilder in seinem Profil, sah aber auf allen so unterschiedlich aus, dass ich keine wirkliche Vorstellung von seinem Äußeren hatte. Er in einem roten Cabrio. Stolz auf sein Auto lachte er in die Kamera. Sein Poloshirt ließ ihn sehr konservativ aussehen. Er vor einem bunten Haus. Ein Urlaub in südlichen Gefilden? Sein Gesicht versteckt im Halbschatten. Ein nichtssagendes Bild. Er in einer Hängematte. Er versuchte, sehr sexy in die Kamera zu schauen. Ohne Erfolg. Zu gestellt. Das Foto bearbeitet. Schlecht bearbeitet. Das vierte Bild zeigte ihn auf einem Felsen sitzend. Abwesend schien er die Kamera nicht bemerkt zu haben. Er schaute auf das Meer. Ein schönes Foto. Sympathisch. Sympathisch genug, um einen zweiten Blick zu riskieren. Nach ein paar Sätzen der Einleitung und der typischen Basics kam er dann recht zügig zum Punkt.

»Ich war eben noch am Viktualienmarkt und weißt du, wo ich

auf dem Rückweg zufällig vorbeigekommen bin?«

So formuliert kann das nur eins heißen und du brennst schon darauf, es mir auf die Nase zu binden ...

»Nee. Wo denn?«

»Bei Beate Uhse.«

Welch Überraschung. Mir war durchaus klar, dass er eine exakte Vorstellung davon hatte, was er mir eigentlich mitteilen wollte. Aber es juckte ihn, meine Neugier zu wecken, damit ich weiter fragte. Oder er wollte mich provozieren, um seinerseits seine Matches zu separieren. So konnte er die Frauen, die beim Thema Sex abblockten, aussortieren.

Ich entschied mich, sein Spielchen mitzumachen. Schockieren oder provozieren konnte er mich damit nicht.

»Und fündig geworden?«

»Hi hi, ja ... hab mir so Ringe gekauft.«

Seine leicht beschämte, nur andeutende Antwort war sehr durchschaubar, trotzdem amüsierte mich dieser Versuch und ich tat ihm den Gefallen. Mal sehen, wo das hinführte.

»So Ringe ... du meinst Penisringe?«

»Ja genau!«

»Und? Zufrieden mit deinem Kauf?«

»Willst du ein Foto?«

Aha, daher weht der Wind. Auch so einer. Nein, ich will nicht direkt ein Foto von deinem Penis. Weder mit noch ohne Ring. Was ist bloß los mit euch Kerlen?

»Nein danke. Dafür kennen wir uns doch etwas zu wenig.«

»Schade. Dann schick ich dir nur ein Foto von den Ringen.«

Gesagt, getan. Zwei Minuten später bekam ich ein Foto, auf dem er sein Bett mit den beiden Cockringen und der Plastiktüte dekoriert hatte. *Puhhh ... okayyy.*

Es war nicht so, dass ich nicht wusste, wie ein Cockring aussieht. Oder mir dessen Einsatzgebiet nicht geläufig war. Es war ebenfalls nicht so, dass mich das schockierte, abstieß oder Ähnliches. Aber es machte mich auch nicht an. Es machte gar nichts mit mir. Genauso gut hätte er mir ein Foto seiner Waschmaschine schicken können. Ein leicht verwackelter Schnappschuss zweier Penisringe, die auf bunt gemusterter Biber-Bettwäsche liegen, daneben eine Plastiktüte. Was sollte das in mir auslösen? Lust?

Ebenso oft fragte ich mich Ähnliches schon beim Versenden von Dickpics. Manche Männer schickten zügig und ungefragt die unterschiedlichsten Fotos von ihrem Penis. Als wäre es das selbstverständlichste von der Welt und jede Frau wartete schon ungeduldig darauf. Diese Erfahrung ist leider weit verbreitet. All meine Fragen an eben diese Männer blieben unbeantwortet. Ich glaube, sie waren eher beleidigt. Dabei war ich aufrichtig daran interessiert, ihre Intention zu verstehen.

Ich erkläre mal genauer, über was für eine Art Bilder ich rede. Denn Foto ist nicht gleich Foto. Da ich selber aus der Fotobranche komme und auch in derselben arbeite, bin ich ein großer Fan von ästhetischen Bildern. Es gibt kunstvolle und heiße Akt- und Erotikfotografie. Ein Spiel mit Perspektiven, mit dem, was man sieht – und eben auch nicht sieht. Mit Licht und Schatten. Mit Unschärfen, Kontrasten und Farben.

Doch leider waren alle Bilder, die mir zugesendet wurden, weit davon entfernt sinnlich oder sexy zu sein. Sie waren ungeschickte Close-up-Fotos urologischer Natur. Sie erinnerten mich meist an eine Fallstudie in einer medizinischen Fachzeitschrift und waren entsprechend erregend.

Sorry, Männer. Mir ist klar, dass ihr euren Penis über alles liebt, ihn für das tollste und zudem schönste Gottesgeschenk erachtet. Dass ihn jede Frau zutiefst bewundern sollte, wenn nicht sogar müsste. Dass er sie augenblicklich dazu bringt, in Ekstase zu verfallen. Und das ist auch völlig in Ordnung.

Aber leider ist zum einen die Natur auch dort sehr ungerecht und nicht jeder Penis preisverdächtig. Manch Penis ist derart in Szene gesetzt kein Augenschmaus und das vermeintliche Ziel – was immer es sein mag – meilenweit verfehlt. Zum anderen braucht selbst der schönste Penis ein fotografisches Talent seines

Besitzers, um so abgelichtet zu werden, dass das Foto erregt.

Dies wiederum ist eine grundsätzliche Sache und gilt gleichermaßen für das weibliche Geschlecht. Denn wie mir einige Männer schrieben, bekommen sie ebenfalls Nacktfotos von Frauen, die weder sinnlich noch sexy sind. Doch scheinbar seltener und nicht mit diesem Hang zur Nahaufnahme.

Meine Reaktion auf Stoamandls Cockring-Foto war relativ zurückhaltend. Daraufhin verabschiedete er sich für diesen Tag, er hätte noch diverse Verpflichtungen.

Ich konnte mir auf ihn keinen richtigen Reim machen. Ich mag Offenheit, sowohl in sexueller Theorie als auch in der Praxis, doch ich hatte den Eindruck, dass sein Interesse weniger meiner Person, sondern hauptsächlich seinen Ringen galt. Vielleicht eine Art Fetisch.

So entwickelte sich der Kontakt zu ihm eher zäh, er bot kaum etwas an, worauf ich aufbauen oder anknüpfen konnte. Er gab nicht viel von sich Preis und schien nicht wirklich Interesse an mir zu haben. Ein paar Tage später startete ich trotzdem einen weiteren Versuch.

»Hey you, wie geht's dir? Ich hoffe, der Tag ist nett zu dir?«

»Ja hallo, das ist ja ein Zufall ... gerade habe ich die Ringe an.«

Ernsthaft? Das ist dein Einstieg? Du bist echt kreativ.

»Ach was ... und? Bist du mit dem Ergebnis zufrieden?«

»Wenn du willst, schicke ich dir ein Foto. Dann kannst du dich selber davon überzeugen.«

»Nein, danke. Ich möchte immer noch kein Foto. Sag mal, was suchst du eigentlich hier?«

»Na ja, mal sehen, was sich so ergibt. Ein bisschen Spaß haben halt.«

Seine Antworten waren stets unklar und boten jede Menge Raum für Spekulationen. Er fragte nicht nach einem Date. Ich hatte keine Ahnung, ob er überhaupt an realen Treffen interessiert war. Oder was er sonst suchte. Das nervte mich und machte ihn nicht interessanter. So schlief – wie so oft auf diesen Plattformen – unser

Kontakt zunächst wieder ein.

Ein paar Wochen später fuhr ich mit meiner Freundin N. in den Urlaub. Das machen wir seit einigen Jahren regelmäßig. Diesmal flogen wir nach Mallorca, an einen winzigen Ort an der Ostküste. Wir ticken in unserer Vorstellung von perfektem Urlaub absolut gleich. Wir wollten ein bisschen klettern, ein bisschen die Insel erkunden und uns ganz viel treiben lassen. So gestalten sich unsere Urlaube meistens und sie sind oft ein Highlight des Jahres.

Ich hatte ihr erzählt, dass ich die Plattform gewechselt hatte und hoffte, dort auf mehr Herz und Verstand zu stoßen. Damit hatte ich ihre Neugier geweckt und am Flughafen beim Check-in gestand sie mir, dass sie sich am Vorabend zwischen T-Shirts, Kletterequipment und Koffer packen, auch ein Profil eingerichtet hatte. *Jaaa.* Das gefiel mir. Endlich eine Gleichgesinnte, mit der ich mich nach allen Regeln der Kunst austauschen, debattieren und lachen konnte über all das, was dort auf uns wartete.

Kurz vor dem Start, auf dem Rollfeld, zeigten wir uns unsere Profile. Ich stolperte wieder über den Chat mit Stoamandl und erzählte ihr von diesem nicht einschätzbaren Kerl. Ich ging auf sein Profil und wollte ihr seine Bilder zeigen. Als mir dort sein momentaner Standort angezeigt wurde, musste ich schmunzeln.

»Ach was, schau mal, der ist gerade auf Mallorca. Und gar nicht so weit von uns entfernt.«

»Ernsthaft?«, fragte N. ungläubig.

»Ja, schau doch.«

Als ich N. sein Profil zeigte, fing sie direkt an zu lachen.

»Den kenn ich doch. Mit dem habe ich auch ein Match. Aber wir haben noch nicht geschrieben. Lustig Emma, schreib ihm doch noch mal.«

Kurz hinterließ ich ihm eine Nachricht, wie es ihm ginge und dass ich gerade mit einer Freundin im Flieger nach Mallorca säße, wo er offensichtlich momentan auch sei. Dann schaltete ich mein Handy aus und genoss den Moment des Starts. Diesen herrlichen Augenblick, in dem die Beschleunigung mich sanft in den Sitz drückte und die Realität des bevorstehenden Urlaubs endlich aufregend und mir bewusst wurde.

Malerisch in einer Art Lagune versteckt, hatten wir ein kleines Appartement über Airbnb gebucht. Als wir dort ankamen, entpuppte es sich nicht nur als klein, sondern auch als ausgesprochen einfach und lieblos. Ich bin mir auch nicht sicher, ob man das Wort »Geschmack« im gleichen Atemzug mit der Einrichtung überhaupt benutzen darf. Die Küche war so schmal, dass es schwierig war, aneinander vorbeizugehen, ohne dass einer von uns sie verlassen musste. Wir spielten Küchentetris. Badezimmer? Nicht wirklich. Ein kleines Waschbecken befand sich im Flur. Eine dünne Plastikfalttür trennte Toilette und Dusche davon ab. Intimsphäre Fehlanzeige. Jedes restliche Schamgefühl zwischen uns erlosch in diesen Tagen. Glücklicherweise sind wir beide in solchen Dingen unkompliziert und auch aufeinander eingespielt. Der Ausblick von unserem Balkon in die pittoreske Bucht und ihren Fischerort entschädigte uns schnell.

Die ersten Tage vergingen. Wir genossen unsere freie Zeit und ließen uns treiben. Erfreuten uns an Köstlichkeiten, Sonne und Wein. Immer wieder waren wir online, staunten über so manch Profil, interpretierten Bilder und Texte und hatten jede Menge Spaß dabei. Kurz war ich allerdings ernüchtert, als ich merkte, dass diese Plattform sich wenig von der alten unterschied. Da hatte ich mir sehr naiv ein anderes, vielversprechenderes Publikum erhofft. Wenn nicht sogar ein klein bisschen erwartet. Aber wir beide saßen im selben Boot und geteiltes Leid ist bekanntlich halbes Leid. Außerdem war ich zu diesem Zeitpunkt noch ziemlich frisch dabei und konnte mich über vieles, was dort geschah, köstlich amüsieren.

N. und ich sehen beide ein Profilfoto und scannen in Sekunden jeden Millimeter ab. Anschließend haben wir eine Fülle an Informationen über den Inhaber. Darüber wäre er sicher überrascht. Vermutlich hat er seine Bilder eher unbedacht gewählt. Vermutlich sind ihm ihre Aussagekraft nicht klar. Und meistens denken und interpretieren wir das gleiche über und in ein Profil.

Wir chatteten mit dem einen oder anderen, meist kurze Wortwechsel, die schnell wieder versiegten. Zu unterschiedlich die Welten, in denen man sich bewegte. Stoamandl hatte mir nicht geantwortet – ein komischer Kauz.

Ein paar Tage später machten wir es uns zu nächtlicher Stunde im Bett gemütlich. Hinter uns lag ein fantastischer, entspannter Abend auf dem Balkon. Die in die Jahre gekommenen Plastikmöbel konnten wir schon am zweiten Tag übersehen. So hatte die Behaglichkeit im Schein unserer verteilten Kerzen gesiegt. Vor uns ein Topf mit großen Garnelen in Weißweinsauce und Brot, neben uns fruchtig kalter spanischer Weißwein. Ein leicht angeheiterter Blick in die beleuchtete Bucht. Ein perfekter Tag. So hatten wir ihn ausklingen lassen.

Wir beide wollten noch in der Dating-App stöbern und schauen, was oder ob es irgendetwas Neues und Interessantes gab. Wir holten unsere Handys, öffneten die App und ein paar Sekunden später fing N. an zu lachen.

»Emma, das glaubst du nicht. Rate mal, wer mir geschrieben hat?«

»Mhmm ... wer?« So spontan fiel mir niemand ein.

»Stoamandl.«

»Nee, ne? Was hat er geschrieben?«

»Hey, bist du auf Mallorca?«, war sein Einstieg.

»Na, immerhin fängt er nicht direkt mit Penisringen an. Antworte ihm doch. Meine Nachricht hat er zwar gelesen, aber das war‘s auch.«

»Also wenn er eins und eins zusammenzählen kann, und das wäre als Architekt ja gar nicht schlecht, müsste er sich doch denken können, dass ich vielleicht die Freundin bin, mit der du nach Mallorca geflogen bist. Beide aus München und beide exakt die gleiche Entfernung zu ihm«, warf N. ein.

»Du glaubst doch nicht, dass ihm das auffällt, er hat mir ja nicht geantwortet. Dafür müsste er schon auf mein Profil gehen. Erst dann sieht er die gleiche Entfernung zu uns beiden. Dir wäre das bestimmt aufgefallen. Aber du bist ja auch intelligent. Sein Kopf hingegen ist möglicherweise ein wenig blutleerer. Hat ja ständig Penisringe an.«

Diese Vorstellung ließ uns lachen. N. antwortete ihm und wir beide waren gespannt, ob sich ein Gespräch entwickeln würde und was er ihr in diesem Fall alles zu sagen hatte.

»Ja, ich bin mit einer Freundin im Urlaub. Wir bleiben eine Woche. Und du?«

Ihre Antwort schien gleichermaßen sein Signal und Startschuss zu sein. Als hätte er nur genau darauf gewartet.

»Ich bin Architekt und gerade beruflich hier.«

»Verstehe. Und was genau machst du hier?«

Als er zurückschrieb, bekam N. den ersten Lachanfall und beruhigte sich nur mit Mühe, um mir seine Antwort vorzulesen.

»Also gerade war ich etwas essen. Komme aus dem Restaurant und rate mal, wo ich auf dem Rückweg zufällig vorbeigekommen bin?«

Schon während sie das vorlas, brach sie erneut in Gelächter aus und mir blieb nichts anderes übrig, als mit einzusteigen. *Sein Ernst jetzt? Jetzt kommt die gleiche Nummer wie bei mir? Also exakt die gleiche Nummer?* Wir berieten uns kurz und beschlossen, dass sie ebenfalls auf dieses Spielchen eingehen sollte. Sein schlechter Versuch zu beeindrucken oder zu provozieren amüsierte uns.

»Wo denn?«

Bei seiner Antwort ließ der nächste Lachflash nicht lange auf sich warten. Das konnte doch unmöglich sein Ernst sein.

»Ich bin zufällig an einem Sexshop vorbeigekommen.«

Es war sein Ernst. *Wie geil ist das denn.*

»Und? Was Schönes gefunden?«

»Ja, hi hi ... ich hab mir so Penisringe gekauft.«

»Ach was.«

»Ja ... hi hi ... willst du ein Bild?«

Das gibts doch nicht. Wir wogen ab, ob wir uns jetzt doch ein

Dicpic schicken lassen sollten, und verloren uns immer wieder in herzerfrischenden, befreienden Lachanfällen. Uns beiden war völlig klar, welche Qualität und welchen Charme sein Penisbild haben würde.

»Komm N., sag ja, er soll dir eins schicken.«

»Boah ... ich weiß nicht, das ist bestimmt eklig. Das brauch ich eigentlich nicht.«

»Komm schon, das wird lustig.«

Alleine die Vorstellung und die Absurdität der Situation entfachten erneut unsere Phantasie und potenzierten die Bilder in unserem Kopf. Sie ließen uns kaum Luft zum Atmen, so sehr mussten wir lachen.

N. schrieb ihm, er solle ein Foto schicken und wir warteten gespannt, ob er dies machte oder doch ein kleiner Kläffer war, der nur provozieren wollte.

Jedoch war keine Minute vergangen, als N. ein Bild bekam. Sie lachte los, ließ sich zurück aufs Bett fallen und die ersten Tränen rollten ihre Wangen runter, während sie sich den Bauch hielt. Ohne sein Kunstwerk überhaupt gesehen zu haben, konnte ich nicht anders als mit einzustimmen. Es war höchst infektiös. Ich verlangte, das Bild zu sehen, und was sich meinen Augen bot, goss Öl ins Feuer. So liefen schließlich auch mir die Tränen die Wangen herunter. *Was zur Hölle ...? Was bitteschön IST DAS? Was will er denn mit so einem Bild erreichen? Hat ihm noch nie jemand gesagt, dass das kein guter Plan ist? Mein lieber Stoamandl, das sieht echt und wirklich alles andere als einladend, geschweige denn erregend aus. Nicht einmal gesund.*

Ich kann es nur folgendermaßen beschreiben: N. bekam ein Closeup Foto (klar ... was sonst) seines Penis. Dieser war durch den Cockring erigiert, aber auch dunkelrot bis leicht blau angelaufen. Er schien alles andere als einsatzbereit und der Cockring schon einige Zeit dran – möglicherweise viel länger als gesund sein kann. Recht klein und äußerst unschön bot sich uns ein eher mitleiderregendes Bild seines ehemals besten Stücks. Wir starrten auf das

Foto und waren gleichermaßen betroffen wie belustigt. Er tat uns leid. Gleichzeitig amüsierte uns sein Versuch, N. damit zu erregen. Es hätte ein Foto aus der Notaufnahme sein können. Kurz bevor man dem Patienten sagen muss, dass es übel um seinen Penis steht. Eine Amputation nicht unwahrscheinlich ist. Unser Kopfkino entfachte immer wieder unsere rauschhaften Lachanfälle. Wir mussten kurz pausieren und feilten unter Tränen an einer passenden Antwort.

»Herr Architekt, das sieht mir aber arg nach Statikproblemen aus. Du weißt aber schon, dass man den zwischendurch auch mal ablegen muss?«, antwortete N.

Offenbar wusste er das nicht. Und irgendwie drängte sich schon der Gedanke auf, dass er genau darauf stand. Es gibt ja wenig zwischen Himmel und Erde, was es nicht gibt, und es passte dazu, dass er nie Anstalten machte, sich treffen zu wollen.

Er antwortete nicht und so beruhigten sich unsere Lachmuskeln allmählich. Jetzt hatten wir Zeit, um seine Beweggründe und Verhaltensweise etwas zu durchleuchten. Das versuchten wir auch.

Doch keine fünf Minuten später sah ich ungläubig in mein Handy und lachte erneut laut los.

»Was?«, fragte mich N.

»Das glaubst du nicht. Jetzt schreibt er mir, genauer gesagt, er beantwortet meine letzte Nachricht.«

»Echt jetzt? Was schreibt er denn?«

»Er schreibt: Hey, du bist ja online.«

»Sag mal, ist der dumm? Spätestens jetzt muss der doch begreifen, dass wir beide exakt die gleiche Entfernung zu ihm haben? Das gibt's echt gar nicht.«

Wir überlegten kurz, ob ihm das zwar bewusst, aber egal war. Doch das passte nicht. Dann hätte er versucht, uns in irgendein Dreierding reinzuziehen. Es zumindest thematisiert. Nein, wir waren uns sicher, dass er nicht die geringste Ahnung hatte, dass er die gleiche Masche bei zwei Freundinnen anwendete. Bei zwei Freundinnen, die gerade 10 cm auseinander saßen und ihm gemeinsam antworteten. Wir beschlossen ihm ein wenig Hilfestellung zu geben und bastelten kichernd und lachend wie die Teenies an einer passenden Antwort.

»Du bist wirklich immer online, wenn ich zufällig gerade den Ring anhabe«, schoss es von ihm hinterher.

Na, das nenne ich mal einen nahtlosen Übergang. Was will der denn? Wir beschlossen, dass es an der Zeit war, ihm zu zeigen, dass seine Vorgehensweise stark verbesserungswürdig war und er auf diese Art eher erfolglos bleiben würde. Dass seine beiden Match- und Chatpartnerinnen N. und Emma gemeinsam mit ihm kommunizierten. Meine Antwort war kurz, aber präzise und sollte nach ein paar Minuten erhöhter Gehirnaktivität bei ihm zur Erleuchtung führen.

»Ach, echt jetzt? Na, wenn das nicht mal der Architekt mit den Statikproblemen ist.«

Er las es direkt und wir konnten das Rattern in seinem Kopf durch die Leitung spüren. Den Zusammenhang musste er jetzt herstellen. Meine Andeutung auf N.s vorheriger Bemerkung zu ihm war mehr als offenkundig.

Wie würde er reagieren? Beleidigt? Sauer? Gar nicht? Oftmals werden Menschen unangebracht empfindlich, sobald man ihnen einen Spiegel vorhält. Die Antwort ließ auf sich warten und kurze Zeit später war er offline. War dann wohl doch zu viel fürs Steinmännchen. Over and out.

Wir beruhigten uns langsam und ließen die letzte Stunde Revue passieren. Wir verstanden den Benefit nicht, den er aus diesen »Dialogen« zog. Möglicherweise erfuhr er durch das abgeschnürte Gefühl an seinem Penis extremere sexuelle Befriedigung. Vielleicht erregten ihn auch die Schmerzen, die dabei durch seinen Körper strömten. Aber was erwartete oder erhoffte er sich von den Frauen, mit denen er schrieb? Er brauchte doch den Dialog mit ihnen nicht, um sich mitsamt Cockring selber zu befriedigen. Treffen wollte er sich offenbar gar nicht. Oder kam es nicht dazu, weil sich schätzungsweise die meisten Frauen dadurch nicht animiert fühlten? Selbst wenn sie selber nur One-Night-Stands (ONS) suchten? Wollte er vielleicht heiße Sextalks, zu denen es aus dem gleichen Grund nie kam?

Am nächsten Tag bekam ich dann doch noch meine Antwort, die lediglich aus einem Zwinkersmiley bestand. Immerhin. Spuren von Humor waren vorhanden. Mehr aber auch nicht.

So neigte sich unsere Erfahrung mit Stoamandl dem Ende zu. Wir beide begegneten ihm in den nächsten Wochen und Monaten immer wieder in dieser Dating-App. Jedes Mal hatte er ein neues Profil, immer wieder bekamen wir Likes von ihm. Doch wir konnten uns leicht verkneifen, erneut mit ihm in Kontakt zu treten.

Die stets neuen Profile erklärten wir uns damit, dass ihn Frauen meldeten, die darüber nicht so lachen konnten wie wir. Die sich von ihm belästigt fühlten. Und aufgrund ihrer Beschwerden wurde sein Profil gesperrt. Also richtete er sich kurz danach ein neues ein. Dass er uns immer wieder likte, konnten wir uns weniger erklären. Es blieb die Frage, ob ihm überhaupt klar war, dass wir die beiden Frauen waren, die in seinem Prachtstück von Penis nichts anderes als Statikprobleme gesehen hatten. Vielleicht hatte er das aber auch schon längst vergessen und likte alles, was ihm halbwegs attraktiv erschien.

Aber was auch immer ihn antrieb, warum auch immer er das tat, was er tat, wie schräg und verwunderlich das alles war ... Stoamandl – du hast dafür gesorgt, dass N. und ich einen der größten Anfälle unseres Lebens bekamen. Mit Bauchschmerzen und Tränen – aber ohne Verlust.

Danke dafür.

Und ab wann wird aus groß zu groß? Um dieser Frage auf den Grund zu gehen, brauchte ich visuelle Unterstützung. Ich holte mir einen Meterstab aus der Werkzeugkiste und versuchte, meine Erfahrungen im Geiste auf Zentimeter zu adaptieren.

#what #about #sex?

Manchmal steuerte die Konversation mit einem Match schnell in Richtung Sex. Vorlieben, Erlebtes, Wünsche und Phantasien. Und ganz manchmal hatte ich Lust, darauf einzusteigen und zu sehen, wohin das führte.

Auch hier trennte sich schnell die Spreu vom Weizen. Es gab flache Plattitüden, die über Dreiwortsätze nicht hinauskamen. Die trotz ihrer Kürze und Schlichtheit der deutschen Sprache und Rechtschreibung alles andere als mächtig waren. Das war die Regel. Es gab aber auch Dialoge, die mein Interesse und meine Neugier auf diesen Fremden weckten und Lust auf mehr von ihm machten. Das war die Ausnahme. So wurden die Dreiwortsätzler höflich ausgesondert, die Unangenehmen ignoriert. Mit den interessanteren Männern trat ich in ein neues Stadium. Ist man als Frau offen für derlei Gespräch, geht es ins Detail.

Vielseitig und vielschichtig. Vom reinen Faktenaustausch, wann wer was wie und wo ausprobiert hat oder gerne möchte bis hin zu digitalen und sinnlichen Reisen im Geiste. Phantasievoll, erotisch und heiß. Auch da trennte sich ein weiteres Mal die Spreu vom Weizen. Ich merkte schnell, mit wem ich die gleiche Sprache sprach und mit wem ich nur den gleichen Planeten bewohnte. Und das erstaunlicherweise. Somit wird verständlich, dass diese gemeinsamen erotischen Reisen und der damit verbundene Sextalk mit einem wildfremden Mann sehr, sehr selten waren. Dafür musste es für mich richtig passen. Für ein sachliches, informatives Gespräch über Sex hing die sprichwörtliche Latte nicht ganz so hoch. Das hatte ich häufiger – und mitunter aufschlussreich und bereichernd.

In einem dieser sachlichen Gespräche bekam ich auch das einzige Dickpic mit meiner Zustimmung. Ich hatte ein Match mit jenem Mann und wir schrieben kurz darauf ein wenig hin und her. Zunächst nur die typischen Basics, bis die Fragen ein paar Tage später sexueller wurden. Erst allgemeiner Natur, bis sich unser Gespräch zielstrebig, aber sachlich zu einer Diskussion über die Größe des männlichen Geschlechts entwickelte. Wie groß sollte ein Penis sein? Was heißt das genau, wenn ein Mann einen großen Penis hat? Wie groß ist groß? Das waren drei seiner Fragen. Dass es nicht auf die Größe und den Umfang, sondern rein auf die Technik ankommt, halte ich für ein hartnäckiges Ammenmärchen. Es ist unglaubwürdig. Wer weiß schon, wo es seinen Ursprung hat, aber es wunderte mich nicht, sollte es der Feder eines Mannes entsprungen sein.

Also, was heißt groß genau? Was heißt das in Zentimetern? Darüber hatte ich noch nie nachgedacht. Dieses eher im Geiste Revue passieren lassen. Was war mir diesbezüglich begegnet? Wie hatte ich was empfunden? Und ab wann wird aus groß zu groß? Um dieser Frage auf den Grund zu gehen, brauchte ich visuelle Unterstützung. Ich holte mir einen Meterstab aus der Werkzeugkiste und versuchte, meine Erfahrungen im Geiste auf Zentimeter zu adaptieren. Gar nicht so leicht. Ich teilte ihm meine Erkenntnisse mit und er lächelte nur müde bis dezent amüsiert. Da konnte er einiges drauflegen.

Long story short, er fragte mich, ob ich ein Bild seines Penis sehen wolle. Ich wollte. Jetzt war ich neugierig, was er genau meinte. Ein paar Minuten später bekam ich sein Bild und konnte ein Staunen nicht verhindern. Er hatte recht damit amüsiert zu sein. Dieser fremde Mann war extrem großzügig bestückt auf diese Welt gekommen und ich kurz irritiert. Sofern sein Bild echt war. Das lässt sich in diesem kleinen Pixelmaß nicht zweifelsfrei klären. Doch alles, was er über die Vor- und Nachteile erzählte, ergab für mich absolut Sinn. Problemlos ist ein Leben mit einem so großen Penis sicher nicht. Das fängt beim Alltag an. Zur Hosenauswahl kommt ein neuer Aspekt hinzu. Ein Abzeichnen des Penis ist in vielen Situationen unpassend und unangenehm. Im Schwimmbad lässt sich die Größe kaum Verbergen und nicht jeder Mann wird sich als Held fühlen, wenn er die Blicke diesbezüglich auf sich zieht. Auch der Sex ist in vielem anders. Der Spontanität sind Grenzen gesetzt. Dem Zügellosen. Die weibliche Anatomie ist begrenzt. Danach schmerzt es.

Er erzählte von seinen Erfahrungen und erklärte seine Sicht der Dinge. Ich fand das interessant. Wieder etwas dazugelernt.

Dass Frauen auf ein offenes Gespräch über Sex Lust haben, ist wohl nicht die Regel, sondern eher selten. Viele Männer erzählten mir, dass genau an dieser Stelle die Unterhaltung beendet und somit der Kontakt Vergangenheit wurde. Aber warum? Das überraschte mich und ich glaubte es zunächst auch gar nicht. Hielt es für eine Schmeichelei an meine eher offene und direkte Art, über Sex zu sprechen. Doch ich hörte es immer wieder. Und letztlich zu oft, um es als Ausnahme zu betrachten.

Leben wir nicht in einem Zeitalter, in dem der Großteil der Teenies (und manchmal auch die, die es erst werden wollen) bestens über Sex Bescheid wissen? In dem oft die 20-Jährigen schon mehr Sexualpartner hatten als ihre Eltern, Großeltern, Tanten und Onkel zusammen? In dem es für viele, gerade der Gen Z zugehörigen jungen Männer und Frauen normal zu sein scheint, sich zu Sexdates zu verabreden? Diese selbst dann nicht abbrechen, wenn sich das Date als Katastrophe entpuppt?

Es scheint fast Pflicht zu sein, sich zu fühlen, als sei man selber schon jahrelang im Geschäft. Als hätte man gevögelt, was das Zeug hält. Als sei man diesbezüglich ein absoluter Professional. Ein echter Gourmet in Sachen Lust und Genuss. Und zwar auf beiden Seiten. Denn dank unserer digitalen Möglichkeiten ist es so leicht, sich Informationen, Geschichten, Bilder und Pornos zu besorgen.

Soweit die Theorie. Die Praxis scheint anders. Was ist verwerflich oder unangenehm daran, ein intensives, offenes Gespräch über Sex zu führen? Die Anonymität des Netzes sollte es doch sogar leichter machen. Warum scheuen sich viele? Fühlen sie sich reduziert? Aber wenn, auf was? Ist es eine Frage der Generation? Ich verstehe es nicht. Klar ist es ein intimes Thema. Aber doch auch ein wichtiges. Und sogar in heimischen Schlafzimmern innerhalb von Paarbeziehungen wird das scheinbar oft lieber totgeschwiegen. Zumindest hat sich der eine oder andere Mann bei mir darüber beschwert bis ausgekotzt. Traurig. Warum heißt intim hier auch Tabu?

Sex ist für mich ein großer Bestandteil von Paarbeziehungen, F+ oder Affären. Sogar des gesamten Lebens. Er ist wichtig. Man sollte dort am besten gleich oder aber zumindest sehr ähnlich empfinden. Dem Sex eine ähnliche Bedeutung beimessen. Im besten Fall die gleichen Dinge mögen oder wenigstens neugierig drauf sein. Die eigene Lust und Befriedigung zum gleichen Ziel setzen wie die des (Sex-)Partners.

Bei fast all meinen Chats dieser Art hatte ich den Eindruck, dass die Männer aufrichtig daran interessiert waren, dass Frauen den gleichen Spaß am Sex haben wie sie selber. Auch wenn die Vorstellungen, dies zu erreichen, oftmals verbesserungswürdig waren. Aber wer kann es den Männern verdenken, solange Frauen nicht sagen, was sie möchten?

Und selbst für das Gespräch mit einem Fremden gilt: Wenn ich feststelle, dass es meinem Chatpartner um plumpe Anmache geht und nicht um einen Dialog auf Augenhöhe oder Interesse an meiner Sicht, kann ich das jederzeit beenden. Mit klaren Worten und höflich. Es sei denn, das virtuelle Gegenüber wird beleidigend, dann hilft nur noch Deutlichkeit.

Oder liegt das Problem ganz woanders? Vielleicht ist es die eine Sache, so früh Sex zu haben und theoretisch alles über Sex zu wissen. Aber eine ganz andere, für sich selber zu erfahren, sagen zu können, was einem wie und in welcher Form wirklich gefällt. Was Lust bereitet, sinnlich ist, befriedigt und ein tiefes Bedürfnis ist. Jüngere Frauen kennen oft ihren Körper noch nicht so genau und können Lust noch nicht so intensiv und frei erfahren. Je älter

Frauen werden, umso mehr wissen sie, was sie sexuell wollen. Sie sind intensiver in der Lage, den Sex zu genießen, geben sich entspannter hin. Entdecken wirkliche Leidenschaft. Kommt der beste Sex also mit steigendem Alter?

Ich selber kann das nur bestätigen. Die Qualität des Sex' lässt sich mitnichten mit dem von Anfang 20 vergleichen. Auch nicht die Lust. Ich gehörte zwar schon immer zu den Frauen, die sehr gerne Sex haben, trotzdem empfinde ich ihn heute anders. Ich denke verwirrend oft an Sex und mein persönliches Kopfkino ist auch im Alltag schnell angeschmissen. Meine ausgeprägte Phantasie malt meine inneren Bilder auch diesbezüglich bunt und emotionsgeladen. Mein Status als Single macht es nicht besser. Denn ONS kann ich nichts abgewinnen, ich verstehe ihren Sinn nicht. Ich bin der Meinung, dass schlechter Sex eben nicht besser als gar kein Sex ist. Sollte der ONS gut sein, will ich, dass er sich wiederholt. Ist er mies, bin ich enttäuscht und hätte mir das besser gespart.

Und wenn mich ein Mann in eine Affäre locken will, indem er sich damit brüstet »Durchhaltevermögen« zu besitzen, löst er bei mir das Gegenteil aus. Gab es bis dahin Interesse, verschwindet es schnell. Ist ein Mann älter als 18 Jahre, sollte eine gewisse Mindestdauer eine Selbstverständlichkeit sein. Dies explizit zu erwähnen, um seine Qualitäten als guter Liebhaber zu betonen, erinnert mich eher an ein Fitnessprogramm. Es ist weit entfernt von rauschhafter Sinnlichkeit. Aber ein Statement. Für mich ein klares Signal, dass seine Vorstellungen von gutem Sex eine komplett andere als meine ist. Nein danke. Dann ist Masturbation die klügere Entscheidung. Finde ich eh wichtig, obendrein gesund und die Lust und die Befriedigung ist dabei garantiert.

Ich erinnere mich noch an mein Erstaunen, als die Trilogie »Shades of Grey« erschien und plötzlich in Baumärkten der Vorrat an Kabelbindern schrumpfte. Wo man grinsende Gesichter sah, wenn es ein Leser wagte, in der Öffentlichkeit auch öffentlich seine Lektüre zu lesen und sie nicht hinter einer Zeitschrift oder einem anderen Buch versteckte. Mich hat das irritiert.

Wie ist es möglich, dass in unserer heutigen Zeit erst ein Buch auf die Bestsellerliste kommen muss, bevor sich Frauen und Männer ernsthaft Gedanken um ihr Sexualleben machen? Über ihre Lust, über ihre Neugier und ihre Bedürfnisse? Zugegebenermaßen habe ich es nicht gelesen. Aber ich habe den ersten Film gesehen und fand ihn gähnend langweilig. Er schien alles andere als thematisch authentisch. Er riss mich keine Sekunde in seinen Bann. Für mich ein Film, der verspricht, die Kassen zu füllen. Ein bisschen Aschenputtel, ein bisschen Drama, ein bisschen Romanze, klischeetriefend mit leichter BDSM Thematik. Gefesselt wurde leider nur die Protagonistin.

Also was macht Sex zu gutem Sex? Was gehört dazu? Die Frage ist so persönlich wie individuell zu beantworten. Ich war immer wieder erstaunt, wenn auch Männer mir diese Frage oft nicht beantworten konnten. Sie baten lieber um eine Beschreibung meinerseits, um mir dann beizupflichten. Sie wussten alle, wie wichtig ihnen Sex ist, sie wussten auch, wie oft sie hintereinander oder am Tag können. Wie häufig sie wollen. Sie konnten sagen, ob sie eine Lieblingsstellung haben und wenn ja, welche. Oder wie gerne sie lecken oder einen Blowjob bekommen.

Aber ist das alles? Besteht nicht guter Sex aus viel mehr? Aus etwas, was sich nicht als Punkt auf einer Liste abhaken, nicht als Stellung definieren lässt?

Es geht um Sinneswahrnehmungen. Es geht um Emotionen. In ihrer ganzen Fülle.

Guter Sex im Sinne vom Geschlechtsakt kann so viel sein, er hat so viele Facetten. Er lässt sich nicht als schwarz oder weiß definieren, sondern besteht hier wirklich aus ganz viel shades of grey. Er sollte frei sein, leidenschaftlich und phantasievoll. Triefend vor Lust auf den anderen. Sinnlich. Mal fällt man in der nächsten schummrigen Ecke, spätestens aber im heimischen Flur übereinander her. Man hat sich den ganzen Abend mit Blicken und Worten heißgemacht und hält es vor Lust kaum aus. Dann ist ein Quickie so erregend, auch ohne zu kommen. Denn die Situation, die Atmosphäre, die mich umgibt, potenziert sich in meinem Kopf(kino) zu etwas sehr Sinnlichem und Befriedigendem.

Guter Sex löst Spannungen und baut Stress ab. Er weckt und deckt Bedürfnisse. Er schafft Nähe. Er baut Bindungen auf. Wir kommunizieren durch ihn. Guter Sex kann schnell, laut, fordernd, triebhaft und gierig sein. Er kann sich aber auch hinziehen. Erforschend, spielend, mit allen Sinnen spürend und neugierig erwartend lässt man sich fallen und gibt sich hin. Im Rausch versinkend. Haut spüren. Schweiß fühlen und schmecken. Ob hell erleuchtet – oder stockfinster, egal, ob die Augen oder Hände verbunden sind oder eben nicht. Für mich ist das alles etwas, was Lust definiert und ausmacht. Das ist Vögeln.

Guter Sex kann aber auch ganz sanft und leise, fast vorsichtig und ineinander versinkend sein. Den anderen aufsaugen wollen, aufschauen und auffühlen. In diesem Moment hat der Sex etwas sehr Inniges und Nahes. Dann ist es mehr für Herz und Seele, eher ein »miteinander schlafen«.

Ich kann mit jemandem vögeln, mit dem ich auch schlafen kann, jedoch nicht zwangsläufig umgekehrt. Um miteinander zu schlafen, braucht es eine stärkere emotionale Verbundenheit. Ich muss verliebt sein, zumindest auf dem besten Weg dorthin. Oder ich habe diesen verklärten Zustand übersprungen und bin auf direktem Weg unerwartet emotional verstrickt. Kommt vor. Unbewusst.

Zuletzt gibt es für mich noch eine andere Art von Sex. Die perfekte Verschmelzung aus Trieb und Nähe. Ganz selten begegnet man einem Menschen, mit dem ist die naturgegebene sexuelle Energie fast greifbar. Sie dringt in den ganzen Raum ein. Erobert ihn, füllt ihn, entfacht ihn mit ihrer Kraft, mit ihrer Hitze. Dieses Feuer ist so gewaltig, groß und intensiv, dass der ganze Weg bis zum Geschlechtsakt eine stetige Steigerung der Lust ist. Es nimmt jeden Millimeter des Körpers in Besitz, beansprucht jede Zelle für sich.

Die kleinste Berührung reicht aus, um dieses Feuer, diese

Energie weiter zu füttern. Sie steigert sie, um eine Lawine auszulösen, die sich durch nichts aufhalten lässt. Sie duldet keinen Widerspruch und reißt beide mit. Wild und verheißungsvoll. Es scheint unmöglich, sich dieser Kraft zu widersetzen. Man gerät in einen sinnlichen und ungezügelten, bis zur Ekstase steigerndem körperlichen Dialog. Ein Dialog aus Fühlen und Spüren, aus Salz und Schweiß. Aus Fordern und Bitten. Aus Gier und Innigkeit. Aus Geben und Nehmen. Dieser Dialog trägt beide fort. Man fällt in einen Rausch, um sich auch diesem mit jeder Faser des Körpers ganz und gar hinzugeben. Jede erlebte Sekunde. Man ist nur noch im Sein. Nur noch explodierende Berührung. Nur noch pures, vollkommenes Gefühl. Die ganze Existenz konzentriert sich auf diese beiden Körper, die in perfekter Harmonie ihrer Bestimmung miteinander folgen. Die Außenwelt wird kleiner und kleiner, bis sie verschwindet. Jeder Gedanke löst sich auf, der Geist verliert sich im intensiven Erleben des Momentes. Man wünscht sehnlichst, die Zeit würde stillstehen, um sich in diesem Zustand auszudehnen. Bis zur Unendlichkeit. Damit dieser Moment der Vollkommenheit niemals vergeht.

Der Bussi-auf-Bauchi-Typ ist genderfrei.

Mein Name ist Nick

Das Goldene Zeitalter der Nicknames in Dating-Apps scheint vorüber und die meisten Profile bestehen aus Klarnamen. Eine nicht kleine Gruppe hält aber tapfer an ihrer Liebe zur kreativen Namensfindung fest. Das ist nicht irgendwelchen Dating-Apps vorbehalten, sondern wird gerne in Internetforen aller Art praktiziert. Aber mit denen habe ich mich nicht näher beschäftigt.

Grundsätzlich habe ich gegen Nicknames nichts einzuwenden. Ich hatte selber einen. Ich finde nur, dass man sich ein paar Minuten Zeit dafür nehmen sollte, um sich darüber klar zu werden, was man mit diesem Namen für Assoziationen weckt und ob es das ist, was man wecken möchte.

Denn ich bin davon überzeugt, dass die Wahl des Nicknames auf manch Charakterzug, auf eine Eigenschaft oder den Geschmack des Urhebers schließen lässt. Vor meinem geistigen Auge habe ich immer schnell ein Bild, wie der- oder diejenige lebt und wie er/sie sich gibt. Und meistens haben die Profilfotos diesen Eindruck bestätigt. Was logisch ist. Wählt nicht jeder einen Namen, zu dem er irgendeinen Bezug hat? Aber auch da gibt es kein gut und kein schlecht. Richtig oder falsch. Es muss nur zu einem selber passen.

Ich habe mir im Laufe der Zeit die auffälligsten Namen, die mir begegnet sind, notiert. Das ist ein Querschnitt meiner Erfahrungswerte. Was mir immer wieder auffiel und ich interessant finde, ist, dass Männer und Frauen bei ihrer Wahl gar nicht so unterschiedlich sind.

Den großen Hang zum Verniedlichen gibt es bei Männern und Frauen gleich, in erstaunlich hoher Anzahl. Der Bussi-auf-Bauchi-Typ ist also genderfrei. Gut für den »Hoppelhasen« und das »LiebeBienchen«. Steigert es doch die Wahrscheinlichkeit, das richtige Tierlein im dichten, dunklen Tannenwäldchen aufzuspüren.

Der Hang zum Verträumten schien ebenfalls an kein Geschlecht gebunden zu sein. Namen wie »Sternensucher« oder »Sternchen« fand ich auf beiden Seiten in ähnlicher Dichte.

Dagegen begegneten mir die vor Sex strotzenden Namen selten. Solche, die direkt klarstellten, wie unglaublich gut und befriedigend der Sex mit eben diesem Menschen sein wird. Dazu tendierten dann eher Männer. Denn wer kann schon mithalten mit dem »Orgasmusgarant«? Wer könnte daran zweifeln, dass er der tollste Hengst auf der Weide ist? Da bleibt keine Frage offen. Selbst »DarkAngel« schafft das nicht.

Auch gab es noch die besonders coolen oder besser gesagt die, die sich zumindest selber dafür hielten. Auch da schienen sich öfter Männer zu berufen zu fühlen. »TheChallenge«, eine wahre Herausforderung an die Frau von heute. Die Augenhöhe verschwindet in den Augenhöhlen und scheint eher zweitrangig zu sein.

Zuletzt sprangen mir noch die Humorverliebten ins Auge. Das Niveau des Humors erinnerte mich stark an ein Witzbuch aus den 70-ern. So eins liegt aus irgendeinem, mir völlig schleierhaften Grund im Regal meiner Tochter. Aber selbst bei einer 9-Jährigen ruft das selten mehr als Augenrollen, geschweige denn Lachanfälle, hervor. Trotzdem sind diese Namen ein Spiegel dessen, in welcher Welt des Humors man sich heimisch fühlt und ein Signalfeuer für Gleichgesinnte.
Hier meine Favourites jeglicher Art:

Männer:

Bäckerblume
Lausbua
Glückshase
Meinhatzi
Onlyyou

Purzel
Möhrchen
Seepferdchen
Nachtfalter
Hoppelhase
Blaubär
Täubchen
Sternensucher
Lustvogel
Orgasmusgarant
LongJohn
Mr.Big
BadGuy
Viperman
Amazingman
Schmarty
Traumfaenger
Hexenkönig
Silent-Pleasure
IceBreaker
Thechallenge
Gehtdienixan
DrStrange
Feinstrumpf
Rasendewildsau
Kingdom
Rennsemml
MidnightMagic
Wiesnbazi
SchorschKluni

Frauen:

Teufelchen
Sonnenblume

Cinderella
Butzi
Puppe
Sonnenschein
Dreamgirl
Wondertree
Heeexxi
Bussigirl
Sternchen
Biensche
Schmusekatze
RammiDammi
Liebesbienchen
Räubertochter
edition_deluxe
Barbamama
klitoris-fashion
Darkangel
MasoMaus
Terrormietze
L.Power
Promillifee
Tattowitch
DonnaWeather
Flauschi
Turbohexe

Im Übrigen finde ich, dass »SchorschKluni« und »DonnaWeather« sich unbedingt kennenlernen sollten. Sie bewohnen nicht nur den gleichen Planeten, nein – sie besuchen sogar die gleiche Klasse. Ich bin sicher, dass sie sich gut verstehen würden. Sie wissen es nur noch nicht. Auch könnte ein Date zwischen »Rasendewildsau« und »Terrormietze« interessant werden. Ich sehe es schon vor mir. Bis in jedes Detail.

Mag ja sein, dass irgendetwas in mir schlummert. Aber sicher nichts, was auch nur im Entferntesten mit der Lust auf weibliche Geschlechtsorgane zu tun hat.

#kurzes #und #kurioses

Es gab es immer wieder Begegnungen, Chats und Dates, die eine bunte Vielfalt menschlichen Verhaltens zeigten. Die viele Reaktionen, Gedanken und Gefühle bei mir auslösten. Ich lachte und wunderte mich. Ich war sprachlos und genervt. Von einigen möchte ich hier erzählen.

Da war M. vom Chiemsee. Ein sympathischer Mann Ende dreißig. Groß, dunkelblond, kurze Haare, schlank. Seine Augen strahlten Wärme aus. Er wirkte sehr unterschiedlich auf seinen Bildern. Aber aufrichtig. Wir schrieben ein paar Tage, tauschten Telefonnummern aus und entschieden uns zu daten. Doch zunächst fanden wir keinen Termin, an dem wir beide Zeit dafür hatten.

Ich war etwas überrascht, als er mich ein paar Tage später zu später Stunde anrief. Der Wunsch, miteinander zu telefonieren, ist mir beim Onlinedating nicht oft begegnet. Als ich das Gespräch annahm, war er ziemlich betrunken. Er war so betrunken, dass er ausschließlich wirres Zeug redete. Ich konnte nur verstehen, dass er auf einem Bierfest war, darüber hinaus wurde es schwierig. Er war nicht mehr Herr seiner Muttersprache. Geschweige denn konnte ich ihm folgen, um seine Worte in einen halbwegs sinnvollen Gesamtzusammenhang zu bringen.

Mitten im Satz beendete er das Gespräch. *Ähmm, was war das jetzt?* Etwas genervt legte ich mein Telefon zur Seite. Eine Minute später rief er wieder an. Und redete immer noch wirres Zeug. Legte wieder auf. *Herrje, was willst du denn?* Zwei Tage später entschuldigte er sich, das sei ihm total unangenehm. Und offenbar so unangenehm, dass er keinen weiteren Kontakt wollte. Er stellte ihn kommentarlos ein. Ich fand diese betrunkene Aktion zwar überhaupt nicht schlimm, nur irritierend, wenn man jemanden noch gar nicht kennt. Aber das war scheinbar nicht relevant für seine Entscheidung. Das war es also. Der Hopfen hatte mein potenzielles Date gekillt.

#nadannprost

Für mich war es offensichtlich, dass das Profilbild von D. ein Fake war. Es gab nur dieses eine Bild. Es sah aus wie ein Porträtbild eines Models aus einer Brillenwerbung. Kein Schnappschuss. Es war zu gut.

»Hey D., sag mal, kann es sein, dass du ein Fakebild in deinem Profil hast? Warum?«, wollte ich wissen.

»Hi Emma, ich hab einfach keinen Bock, dass mich jemand aus meinem beruflichen Umfeld sieht. Kann ich mir nicht leisten«, war seine prompte Antwort. *Echt jetzt? Na, ich weiß nicht*, warf mein Bauchgefühl ein.

Wenn ihn irgendjemand aus seinem beruflichen Umfeld sah, war dieser doch selber dort aktiv. Welchen Eindruck sollte diese Frau oder dieser Mann denn von ihm bekommen? Was sollte ihm unangenehm sein?

Ich ließ es trotzdem so stehen und wir fingen an zu schreiben. Es war ausbaufähig – fand ich. Wir hatten ähnliche Interessen und er war offen. Er erzählte von sich, ohne zu monologisieren. Zwischendurch schickte er mir Bilder, bei denen ich sicher war, ihn zu sehen. Sie passten zu ihm, zu seiner Art zu schreiben. Genau die Art Schnappschüsse, die in einem Profil stehen sollten. Dunkle, kurze Haare, tätowiert. Sein Blick hatte was Rebellisches, Unangepasstes. Das mochte ich und wir beschlossen uns zu daten. Die Themen unserer Texterei wurden bald sexueller. Seine Neugier und Offenheit dafür gefiel mir.

An einem Sonntag ergab sich ein kleiner Sextalk. Doch mitten im Chat hielt er plötzlich inne. Er schrieb, es hätte geklingelt und er müsste schnell nachsehen, ich sollte kurz warten. *Okaayyy* ... Also wartete ich kurz. Und ich wartete noch mal kurz. Und ich wartete ein drittes Mal kurz, bis ich mir die Frage stellte: Wie lange ist kurz? Denn es kam keine Antwort mehr. Ich meine gar nicht mehr.

Zwei Stunden später hatte er mich bei WhatsApp gesperrt. Nach anfänglicher leichter Wut und Irritation war ich überzeugt davon, dass D. weit davon entfernt war, Single zu sein. Dass er eine Beziehung führte und gerade von seiner Freundin überrascht wurde. Was hätte er gemacht, wenn sie Textnachrichten wie »Wo hättest du gerne mal Sex?« von mir auf seinem Handy gesehen hätte? Wie hätte er das begründet? Um diesen Situationen aus dem Weg zu gehen, war es das Einfachste mich zu sperren. Wozu was erklären? Was hatte er schon mit mir zu schaffen?

#tschüssanstand #machsgut

Dann gab es C. aus München. 1,80 m, kurze Haare, dunkelblond. Er arbeitete in einer Firma, die Medizinprodukte herstellte und hatte einen kleinen Sohn, den er ziemlich vergötterte. Wir schrieben über Wochen. Nicht jeden Tag, aber doch so häufig, dass es selbstverständlich wurde. Er suchte reine Sexdates, war diesbezüglich deutlich und ehrlich. Das gefiel mir. So wusste ich direkt, woran ich war. Und konnte selber entscheiden, ob und wenn ja, was ich damit machte.

Aber diese reinen Bettgeschichten waren und sind nichts für mich. Bei ihm war ich eher an einer Freundschaft+ interessiert. Was zusammen unternehmen, Sex davor, dabei oder danach nicht ausgeschlossen. Da hatten wir einen Interessenkonflikt. Trotzdem beschlossen wir uns zu treffen. Wir wollten sehen, was passiert und wie die Chemie zwischen uns war. Also verabredeten wir uns nach der Arbeit auf ein Getränk. Ich war neugierig auf diesen scheinbar sehr eigenwilligen, aber ehrlichen Menschen.

Kurz vorher sagte er mir jedoch ab. Er sei heute zu faul für ein Date. Wieder sehr ehrlich, das fand ich auch immer noch gut. Aber diesmal war ich auch sauer. Ich hatte keinerlei große Erwartungen, geschweige denn war ich emotional involviert. Es nervte mich nur, dass ich mich nicht einmal darauf verlassen konnte, dass ein Date stattfand, wenn man sich verabredet hatte. Daher fiel es mir nicht schwer, meinem Unmut freien Lauf zu lassen. Und da er ebenfalls ein Freund der offenen Worte war, nahm er mir das auch nicht übel. Im Gegenteil – er lenkte daraufhin ein. Letztlich trafen wir uns doch auf einen Wein.

Als ich in die Bar kam, erkannte ich ihn sofort. Er saß an der Theke, starrte sein Weißbier an und war mit seinen Gedanken in irgendeiner Parallelwelt. Er sah genauso aus wie auf seinen Bildern. Keine bösen Überraschungen. Blaue Augen, Schlupflider, müder Blick, abgewetzte Jeans, Kapuzenpulli, zerzaust, wahllos irgendwas schnell Verfügbares angezogen – man sah, dass er innerlich ungeplant seine Couch verlassen hatte. Das machte die Situation aber auch undatiger, zufälliger.

Der Abend wurde erstaunlich unverkrampft und unterhaltend. Im Gespräch war er ebenfalls ein offener Mensch. Er sprach über seine Familie, erzählte von Schwierigkeiten mit seinen Eltern. Dass er sich sehr um sie kümmern müsste. Unsere Unterhaltungen waren für ein erstes Date wenig oberflächlich. Es war nicht so, dass wir uns total voneinander angezogen fühlten. Wir flirteten sehr verhalten. Aber doch mochten wir uns und eine gewisse sexuelle Anziehungskraft gab es auch. Keine, die mich verwirrte oder mein Hirn vernebelte. Aber doch schloss ich nicht aus, dass zwischen uns mehr passierte. Ihm schien es ähnlich zu gehen. So wurde aus der Umarmung zum Abschied eine kleine Knutscherei. Das reichte mir aber auch.

»Mmhhh ... macht Lust auf mehr«, war sein Kommentar.

Die nächste Zeit schrieben wir weiter. Er machte kein Geheimnis daraus, dass er mit mir Sex wollte. Seine Art, dies zu kommunizieren, hatte aber weder etwas Sinnliches noch etwas Leidenschaftliches. Es war eher pragmatisch. Mein Puls blieb im Ruhebereich, mein Kopfkino ohne anzügliche Phantasien. Und auch aus diesem Grund kam für mich eine reine Bettgeschichte überhaupt nicht infrage. Ich konnte mir vorstellen ihn näher kennenzulernen. Ein Mann, mit dem ich ab und an in die Berge oder was trinken gehe, netflixe oder … oder … oder ... Und dann ab und an mal im Bett lande. Als Hormonausgleich. Vorausgesetzt, der Sex wäre dafür gut genug gewesen.

Aber daran hatte er kein Interesse. Er wollte eine Frau, zu der er zum Vögeln fuhr, um danach wieder zu verschwinden. Dazu kam, dass es für mich ein absolutes No-Go war, dass er mich zu Hause besuchen könnte. Nicht in einer solchen Konstellation. Das war mir zu nah und zu persönlich. Ich hätte ihn besucht, aber ohne bei ihm zu übernachten. Ich wollte gerne selber bestimmen, wann ich in der Nacht in mein eigenes Bett verschwunden wäre. Ihm ging es genauso. Nur umgekehrt. Das machte die Sache noch komplizierter.

Im Laufe der nächsten Wochen entwickelte er eine Art, mir seine Bedürfnisse klarzumachen, die mich schnell nervte. Er entpuppte sich als penetrante, kindische Nervensäge. Er bombardierte mich mit Nachrichten, sobald er sich etwas in den Kopf gesetzt hatte. Was in diesem Fall ausschließlich der unverbindliche, schnelle Sex mit mir war. Reagierte ich nicht so, wie er es plante, ließ ich mich nicht auf seine Vorstellungen ein, war er tödlich beleidigt. Er wurde zickig und ich musste auf ihn einreden wie auf den sprichwörtlichen jungen Hund.

Da ich ein harmonieliebender Mensch bin, versuchte ich das zunächst. Aber mit diesem Interessenkonflikt kamen wir letztlich ja nicht weiter. Ohne dass einer von uns »schuld« war. Ich konnte ihn auch verstehen. Es waren seine Bedürfnisse. Daran war nichts falsch – es waren nur nicht meine.

Es dauerte nicht lange, bis mich dieses Verhalten zu sehr nervte. Mit der Konsequenz, dass ich nicht mehr auf ihn einredete, um ihn zu besänftigen. Daraufhin war er noch beleidigter.

»Ja Emma, ich will aber nur für Sex bei dir vorbeikommen. Du könntest es ja mal versuchen. Aber wenn du nicht willst ... dir entgeht echt einiges. Wie du meinst. Dann können wir das hier aber auch lassen und nicht mehr schreiben. Servus«, verabschiedete er sich leicht theatralisch aus dem Chat. Sekunden später war ich gesperrt.

Geht's noch? Was soll denn so ein infantiler Mist? Das war noch weniger meins. Für mich hatte sich die Sache damit erledigt. Mir war völlig klar, dass selbst der unverbindliche Sex schlecht gewesen wäre. Dann lieber nicht.

Ein paar Tage später meldete er sich wieder. Ich wollte nicht nachtragend sein und fragte ihn, warum er mich blockiert hatte.

»Ich bin halt Widder!«

Bitte? Oh je und nein, danke. Seine Antwort war genauso unreflektiert wie seine vorherige Reaktion, aber überraschte mich nicht. Ich glaube, er brachte das Spielchen drei Mal. Dann war meine Geduld überstrapaziert bis erschöpft und ich reagierte nicht mehr.

#trotzalter #trotz #alter

Die Begegnung mit E. war auch schräg. Wir schrieben eine Weile, ich mochte ihn. Er trug einen Dreitagebart, hatte kurze braune Haare und blaue Augen, die wach, freundlich und intelligent in die Kamera schauten. Wir schrieben schnell persönlicher und wechselten bald auf WhatsApp. Das Verhältnis zu seiner Mum war schwierig und er klagte darüber, wie sehr ihn das belastete und ihr Verhalten ihn nervte. Er schien Herz und Verstand zu haben, suchte Nähe, suchte guten Sex. Er suchte eine Beziehung, aus der auch eine Paarbeziehung werden durfte – wenn es denn passte. Wir beschlossen ein Date und machten locker einen Termin aus. Dann hörte ich nichts mehr von ihm und unsere grob ausgemachte Verabredung versiegte im Sand.

Eine Woche später fragte ich nach.

»Ah, sorry. Das war echt eine scheiß Nummer, ich kann nicht mal sagen, warum ich mich nicht mehr gemeldet habe. Ich hatte mich echt auf unser Date gefreut.«

Diese Offenheit gefiel mir, also nahm ich seine Entschuldigung an. Wir chatteten, um uns auf den neuesten Stand zu bringen. Was gerade bei ihm und mir so los war. Mitten in der Unterhaltung bekam ich dann keine Antwort mehr und das hat sich bis zum heutigen Tage nicht geändert.

Und wenn ich das jetzt schreibe, macht es mich wieder ein bisschen sauer. Was ist bloß los? Solch Verhalten scheint heutzutage so normal geworden zu sein. Als wäre Respekt nur etwas, was man vom Hörensagen kennt. Ehrlichkeit eine ansteckende Krankheit, von der man sich besser fernhält.

Ist unsere schnelllebige Zeit schuld? Warum nehmen so viele Männer den digitalen Kontakt als Freibrief für schlechtes Benehmen? Sind es überhaupt nur die Männer? Verhalten sich Frauen beim Onlinedating genauso? Ist es, weil es dort leichter ist? Und jeder so austauschbar scheint? Oder weil durch den rein digitalen Kontakt der Bezug zum Menschen fehlt? Betrifft es überhaupt nur den digitalen Kontakt?

Ich verstehe es nicht, finde es irritierend und ehrlich gesagt unmöglich. Ist es denn – Anonymität hin oder her – zu viel verlangt, sich eine Minute Zeit zu nehmen, um kurz zuzugeben, dass man was anderes sucht? Kein Interesse hat? Das ist doch nicht schlimm, aber ehrlich und straight.

#manoftheday

K. war Mitte 40. Er kam aus Augsburg, war sehr durchtrainiert und zeigte dies gerne auf seinen Bildern. Nach der Arbeit verbrachte er täglich einige Zeit im Studio. Er war Bauingenieur und mochte seinen Job. Seine Wohnung sah modern, die Einrichtung teuer, sehr durchdacht und durchgestylt aus. Wir schrieben eine Zeit lang recht intensiv. Er zeigte viel Interesse und es machte Spaß, mit ihm zu schreiben, er war klug.

K. suchte eine Paarbeziehung und hatte diesbezüglich sehr konkrete Vorstellungen. Zu konkret für mich. Zu starr. Es war, als hätte er seine zukünftige Beziehung schon bis ins kleinste Detail durchgeplant. Trotzdem beschlossen wir ein Date und fanden zügig einen Termin.

Ich hatte keine klare Vorstellung von seinem Äußeren. Zwar hatten wir schon einige Fotos ausgetauscht, aber sein Gesicht, seine Mimik sah auf jedem Bild völlig anders aus. Ich wusste, dass er kurze, dunkelblonde Haare hatte und blaue Augen. Dass er groß war. Aber auf dem ersten Foto wirkte er lässig mit Dreitagebart, stand im Sportoutfit im Flur seiner Altbauwohnung, sehr attraktiv und hatte einen freundlichen Blick. Auf dem nächsten Foto stand er zugeknöpft in seinem Anzug, glattrasiert und frisiert inmitten der Küche einer Geburtstagsparty. *Er zieht auf einer Party mit Freunden einen Anzug an? Sein ganzes Äußeres sieht so durchdacht und geplant aus.* Sein Blick wirkte jedoch verzerrt, sein Gesicht ähnelte nur grob dem seiner anderen Fotos.

An einem Wochenende wollte er nach München kommen, wir verabredeten uns zum Essen. Zwei Tage vorher, ich hatte gerade Feierabend und stieg in mein Auto ein, bekam ich eine Nachricht von ihm.

»Hallo Emma, sag mal, was ziehst du denn eigentlich an, wenn wir uns Samstag treffen?«

Bitte??? Wie meint er das denn? Ich las seine Nachricht noch einmal, verstand aber auch dann nicht, worauf er abzielte.

»Hallo K., ähmm ... keine Ahnung. Das weiß ich doch jetzt noch nicht. Warum willst du das denn wissen?«

»Ja damit ich weiß, was ich anziehen soll. Legerer oder eher schicker? Ich will halt, dass wir optisch zusammenpassen.«

Sein Ernst jetzt? Ich war leicht schockiert und wusste nicht, ob ich lachen, weinen oder besser das Date absagen sollte.

Nachdem ich dieses Küchenparty-Foto intensiver studiert hatte, war ich mir sicher, dass er mehr der Anzugtyp war, und ich bin weit entfernt von der Kostüm-Frau. Ich hatte direkt Bilder in meinem Kopf und sah Paare, die sich die gleichen Fahrräder und Trekking-Jacken kaufen und sich auch sonst im Laufe der Zeit immer ähnlicher sehen. Nicht meins. Ich möchte keine symbiotische Beziehung.

Für mich ist der Anzugtyp schon eine Herausforderung. Nicht jedem Mann steht ein Anzug. Manche sehen darin langweilig und zu konservativ aus. Es fehlt die naturgegebene Lässigkeit ihn selbstbewusst zu präsentieren. Dann gibt es diese anderen. Die Männer, die in Anzügen sehr sexy aussehen. Sie tragen ihn mit einer Leichtigkeit, die irritierend ist. Zu welcher Kategorie er gehörte, ahnte ich bereits.

Grundsätzlich halte ich die Anlässe, an denen ein Anzug angemessen ist, für sehr überschaubar. Ein Date gehört nicht dazu.

Als ich am Samstagabend auf das Restaurant zuging, lief ein großer Mann in einem dunklen, schicken Wollmantel hektisch davor auf und ab. Er schaute sich um und mehr zufällig mir in die Augen. Sein Gesicht wirkte überrascht, als er mich erkannte. Er hatte wohl etwas anderes erwartet. Eine Sekunde später grinste er mich breit an. Ich war ebenfalls überrascht, allerdings war mir weniger nach Grinsen zumute. Eher nach Umdrehen. Er sah real aus wie ein anderer Mensch. Und nicht wie mein Mensch. *Egal, Emma, jetzt warte doch mal ab. Du hast dich doch digital gut mit ihm verstanden.*

»Emma? Na das ist ja `ne Überraschung«, begrüßte er mich mit einem kleinen, aber für meine Ohren unüberhörbaren Restakzent sächsischen Dialektes. *Oh nee, damn! Auch das noch. Du hast echt nie gefragt, wo er ursprünglich herkommt? Du Idiotin.* Wir gingen hinein, setzten uns und er bestellte Wein. Die kleine italienische Bar war gemütlich, urig und vollgestopft mit Deko und anderen Menschen. Gut, dass wir reserviert hatten. Es dauerte, bis ich mich entspannte.

»Bist du gut hierhergekommen? Oder war's voll auf der Autobahn?«, versuchte ich das Gespräch in Gang zu bringen.

»Nee, war voll okay. Und du?«

»Na, ich hab's ja nicht so weit. Kennst du München gut?«

»Nur ein bisschen. Und du?«

In dieser Art blieben unsere Gespräche die nächsten zwei Stunden. Sie entwickelten sich nicht weiter, waren mehr höflich als natürlich. Mehr langweilig als lustig. Zusammengefasst hatten wir zwar einen netten Abend, aber sehr zurückhaltend und oberflächlich. Ohne Flirt, nicht mal im Ansatz. Dafür mit formlosem Abschied.

Als ich zu Hause war, sah ich, dass er mir noch einmal geschrieben hatte. Wie schön er den Abend fand und wie gut ich ihm gefallen hatte. *What? Warum flirtest du dann nicht mit mir?* Das war überraschend. Ich hatte den gesamten Abend überhaupt nicht den Eindruck, dass ich ihm gefiel. So richtig nahm ich ihm das auch nicht ab. Ich war nicht der Typ Frau, den er brauchte. Und er war mir zu konservativ. Wir versuchten es trotzdem zwei weitere Male. Aber der Funke sprang nicht über. Er hopste nicht einmal.

Ein paar Tage nach unserem dritten Date schrieb er mir, dass er glaubte, wir würden nicht zueinanderfinden. *Nope.* Das sah ich genauso. Er war sehr ehrlich, offen und nett und ich wünschte ihm alles Gute. Kurz war ich enttäuscht. Aber das galt eher der Erkenntnis, dass es nichts war und weniger ihm.

#leidernicht #geilgenug

Ich war nie ausschließlich auf der Suche nach Dates, sondern hätte mich genauso über neue Freundschaften gefreut. Dann begegnete ich S. aus München. Lässiger, cooler Typ, tätowiert, der auch kletterte und in einem früheren Leben bestimmt mal Häuser besetzt hatte. Er hatte einen kleinen Sohn und schien eher unkonventionell zu sein. Das gefiel mir. Wir schrieben sporadisch über Wochen. Es war wie ein Briefwechsel. Wir philosophierten viel über Beziehungen. Über Nähe und Distanz. Was uns wichtig war. Grundlos verloren wir den Kontakt einige Wochen später, ohne uns persönlich kennengelernt zu haben.

Ein Jahr später liefen wir uns im Netz erneut über den Weg. Wir kamen wieder in Kontakt und schrieben uns lange Mails hin und her. Philosophierten einfach weiter. Ich wollte ihn gerne kennenlernen und es hätte mich gefreut, zumindest einen Kletterpartner zu finden. Das wollte ich auch nicht mit jedem machen. Also beschlossen wir, uns an einem Sonntag auf einen Kaffee treffen, um zu schauen, wie wir uns fänden.

In der Nacht davor, besser gesagt morgens um fünf, sagte er ab, er käme gerade erst vom Feiern, wäre total abgestürzt und würde das heute nicht packen. *Puhhh ... schon wieder versetzt?* Danach hörte ich nichts mehr von ihm. *Geht mir das auf den Keks.*

Zwei Wochen später musste ich nachhaken. Ich konnte und kann mich mit dieser Art nicht anfreunden. Nicht mal arrangieren. Daraufhin antwortete er zügig und entschuldigte sich. Er hätte in dieser Nacht jemanden kennengelernt. Wohl war das nichts Festes, aber auch nichts Unverbindliches. Trotzdem Auslöser für seine Skrupel, mich zu treffen. Ich verstand den Zusammenhang nicht ganz. Ich hatte kein sexuelles Interesse an ihm. Aber vielleicht war das auch eine Ausrede. *Ach Mann, das kann doch nicht wahr sein. Ich wollte doch nur einen potenziellen Kletterpartner. Shity Shit!*

#zumindestnichtbeim #klettern #abgestürzt

H. war ein sympathischer, netter Kerl, dazu locker und herrlich unkompliziert. Seine Fotos zeigten ihn als sonnenhungrigen Menschen, der sich gerne draußen aufhielt. Zerzauste Frisur, Dreitagebart, Sonnenbrille. Eine Zeit lang schrieben wir uns, dann beschlossen wir uns zu daten.

Wir trafen uns nach Feierabend auf eine Pizza. Ich hatte einen Tisch reserviert und saß schon drinnen, als er suchend das Lokal betrat. Kurze, korrekt frisierte Haare, blond, frisch rasiert. Er trug Designerjeans und ein hellblaues Hemd. Auch er sah real nicht aus wie auf dem Bild in meinem Kopf. Trotzdem war er klar als der Mann von seinen Fotos erkennbar. Nur nicht so cool. Eher wie sein BWL studierender Zwillingsbruder. Aber er war das, was man objektiv als sehr attraktiven Mann betitelt, schätzungsweise der Traum mancher Schwiegermutter. Aber leider, leider war er eben überhaupt nicht mein Typ. Ich wusste nach einer Zehntelsekunde, dass aus uns nichts werden würde. *Nope, Emma. Der ist dir viel zu glatt, zu schick und zu gestylt. Zu rundgelutscht.*

Die nächsten Stunden verbrachten wir bei Pizza, Bier und Wein, er erzählte viel von seinem Job bei einem Autokonzern, seinen Datingerfahrungen und fragte nach meinen.

Es war ein lustiger Abend, nicht mehr, aber wir blieben in Kontakt. Sporadisch. Monate später trafen wir uns zu Kino und Burger. Auch das war ein völlig entspannter Abend. Auch wenn er nach dem Kino ein bisschen zu viel von sich erzählte. Wir saßen über unseren Burgern und er schwelgte in Erinnerungen. Schwärmte von seinen Erlebnissen einer 3-monatigen Reise durch Südamerika und schilderte mir seine Erfahrungen in bunten Bildern. Das machte es unterhaltsam, aber änderte nichts an der Chemie zwischen uns. Zwischendurch hielt er kurz inne und schaute mich an.

»Du könntest gleich auch noch mit zu mir kommen. Ich hab noch Wein da. Wir könnten das mit uns doch mal testen?«

Jaaa, theoretisch hast du recht ...

»So so, findest du. Hmm, das ist sehr schmeichelhaft. Aber ich denke, heute fahre ich besser nach Hause.«

Ich redete mir ein, dass mein letzter Sex mit einem Mann mittlerweile schon so lange her war, dass ich unmöglich die Chemie über mein verkümmertes Sexleben entscheiden lassen konnte. Aber mein Körper hörte nicht zu. Es ging nicht. Kopf und Bauch hatten zu unterschiedliche Meinungen – mein Bauch das letzte Wort.

Später gingen wir zusammen zur Bahn und selbst eine kleine Knutscherei zum Abschied konnte mich oder vielmehr meinen Körper nicht umstimmen. Meine Beine trugen mich auf direktem Weg in meine S-Bahn. Die Knutscherei, und somit auch er, weckten sexuell gar nichts in mir. *Nichts. Nichts. Nichts. Damn.* Schade eigentlich. Aber so verzweifelt war ich wohl doch nicht. Die Chemie zwischen zwei Menschen ist für mich absolut ausschlaggebend und ich bin ihr ausgeliefert. Ohne Kontrolle, ohne Einfluss auf die Entscheidung meines Unterbewusstseins.

#chemielos #gleich #chancenlos

Kurze Zeit später hatte ich ein Match mit L. Er hatte mehrere Bilder in seinem Profil, Schnappschüsse in den unterschiedlichsten Situationen. Ich fand ihn auf allen Bildern sympathisch, natürlich und absolut attraktiv.

Groß, dunkle, kurze Haare, sportliche Figur, grüne Augen. *Da sind sie wieder – die hellen Augen.* Er kam ursprünglich aus Kroatien und lebte seit 30 Jahren in München. Wir chatteten eine Weile, tauschten Basics aus und wollten kurz darauf Mobilnummern austauschen. Also gab ich ihm meine.

»Hey L., bitteschön. Schickst du mir dann auch deine?«

»Danke Emma. Ähmm ... nee, sorry. Aber ich geb nicht so schnell meine Nummer raus. Ich hab so schlechte Erfahrungen damit gemacht. Ich ruf dich an, aber dann mit unterdrückter Nummer.«

Bitte was?? Spinnt der? Mir ist fast alles im Hals stecken geblieben. Ich wusste nicht, ob ich darüber lachen oder mich höllisch aufregen sollte. *Geht's noch?* Erst meine Nummer haben wollen, um mir anschließend die eigene zu verweigern? *Der hat wohl Gehirnverstopfung.* Förderte zusätzlich mein Misstrauen.

»Das ist ja wohl ein Scherz. Was soll denn so ein Mist? Du kannst doch nicht nach meiner fragen und deine im Nachhinein nicht rausrücken. Also wenn du das nicht bist auf deinen Bildern oder eigentlich liiert, sag es einfach. Kommt sowieso früher oder später raus.«

Ich war genervt und hakte die Sache innerlich ab.

Am nächsten Tag bewog ihn meine Nachricht, mir doch seine Mobilnummer zu geben. Er versicherte mir, dass er weder liiert sei, noch Fake-Bilder in seinem Account hätte.

Wir schrieben weiter und telefonierten auch. Seine Stimme klang kratzig, seine Sätze abgehackt, seine Sprache schlicht. Immer mal wieder meldete sich mein Bauchgefühl. *Irgendetwas stimmt bei ihm nicht.* Aber ich konnte nicht einordnen, was genau mich irritierte. Er erzählte von seiner Heimat, die er vermisste, von seiner Familie, seiner engen Bindung mit seinen jüngeren Geschwistern. Von seinem Hobby, er boxte, und das klang auch alles plausibel. Ab und zu schickte er mir Bilder und Schnappschüsse, alte aus dem Urlaub oder seiner Heimat, er lachend im Schnee, er in seiner gestylten Wohnung. *Hmm, schicke Wohnung, geschmackvoll. Aber passt das zu der Art, wie er schreibt und wie er sich ausdrückt?*

Langsam wurde aus dem verschwommenen Gefühl ein klares Bild. Ich konnte die Fotos von ihm und den Eindruck, den ich von ihm durch unsere Schreiberei und Telefonate hatte, nicht zu einem Gesamtbild zusammenbringen. Der Mann auf den Bildern hätte nicht so geschrieben. Er hätte anders gesprochen.

Allerdings wollte ich dieses vage Gefühl zunächst nicht bestimmen lassen, wie es weiterging. Und genauso lief es dann noch ein oder zwei Wochen weiter. Wir schrieben und telefonierten ab und an. Dann war ich das alles leid und drängte auf ein Treffen.

»Also, ich finde, wir sollten uns langsam mal im richtigen Leben treffen. Hast du Zeit und Lust für ein Date?«

Ich blieb online und sah, dass er es direkt las und mir zurückschrieb. Kurz darauf ploppte seine Nachricht auf.

»Ja, find ich ja eigentlich auch ... aber ... ähmm ... hmm ... ich muss dir vorher noch was sagen«, druckste er herum.

Schon klar. Also doch. Na, dann rück mal raus.

»Und das wäre?«

Wieder sah ich, dass er schrieb.

»Also, ich bin das nicht auf meinen Bildern. Ich bin nicht so attraktiv. Deshalb hab ich andere Fotos genommen. Das musst du doch verstehen.«

WTF??? Nein, muss ich eben nicht. Will ich auch nicht.

»Bitte was? Das habe ich dich direkt am Anfang gefragt.«

Ich spürte, wie meine Verärgerung immer stärker wurde. Getriggert durch seine fehlende Einsicht. Er konnte nicht nachvollziehen, dass ich stinksauer war. Auch meine noch nett gemeinten Erklärungen, dass er gelogen hatte, dass er vorgab, jemand anderes zu sein, verstand er nicht. Dass so etwas eine schlechte Basis für jede Art von Beziehung ist. *Herrje. Was ist denn bloß los in dieser Onlinewelt? Geht mir gerade ganz gehörig auf den Zeiger.*

Er sah es nicht ein und warf mir Oberflächlichkeit an den Kopf.

»Also Emma, der Mensch im Inneren ist doch viel wichtiger!«, argumentierte er. *Ja, du Honk, aber der Mensch im Inneren ist offensichtlich auch nicht attraktiver, sonst würde der nicht so 'ne Nummer abziehen.*

Und diese war gut durchdacht und umgesetzt. Ich glaube, er hatte ein separates Mobiltelefon dafür. Zumindest waren seine WhatsApp-Profilbilder an seine zweite »Identität« angepasst. Er hatte sich auf einer Social Media Plattform einen Mann gesucht, der ihm gefiel. Anschließend hatte er die geposteten Bilder und Schnappschüsse runtergezogen und als seine ausgegeben. Nicht dumm.

Aber was sollte das? Was brachte ihm das? Es wäre spätestens rausgekommen, wenn wir uns getroffen hätten. Gab es Frauen, die damit verständnisvoll umgingen und sich trotzdem mit ihm daten wollten?

Selbst wenn diejenige für sich entscheidet »Ach macht ja nix, forget it« und sich aus dem Date mehr entwickelt, ist doch völlig klar, wie viel Potenzial vorhanden ist, um noch ganz andere Lügengeschichten zu konstruieren. Sobald etwas nicht so läuft, wie es ihm gefällt. Für mich war das sicher nichts. Ich schrieb ihm, dass er sich bitte nicht mehr bei mir melden sollte – tat er aber trotzdem.

Eine Woche später fragte er mich, ob ich mich wieder beruhigt hätte. *Sag mal, geht's noch?* Ich schrieb ihm erneut, dass ich keinen Kontakt wollte. Aber auch das hielt ihn nicht davon ab, ein paar Tage später nachzuhaken. Nun half nur noch konsequentes

Ignorieren. Was ich auch tat. Und dann war auch Ruhe im Karton.

#erhattewohl #gehirnfieber

Dagegen war der kleine Maurer eine erfrischende Begegnung. Als er mir vorgeschlagen wurde, konnte ich nicht umhin, ihm ein Kompliment zu machen. Er war ein unglaublich gut aussehender, schöner Mann, der aber leider auch unglaublich jung war. Sehnig, braune Haare, die im Nacken ausrasiert waren. Grüne Augen, James Dean Blick. Er war so schön, dass er eher hätte modeln sollen, als Wände hochzuziehen. Und ich fand, dass man auch jemandem mal ein ehrlich gemeintes Kompliment machen konnte. Einfach so. Ich wollte ihn nicht anflirten. Ich bin zwar sehr tolerant, was den Altersunterschied angeht, aber 20 Jahre jünger als ich war selbst mir zu viel. Er sah sogar noch jünger aus. Es hätten rein optisch auch 25 Jahre sein können.

Er freute sich über mein Kompliment, bedankte sich und fragte, was ich genau suchen würde. Ich glaube, er fand es spannend, mit einer Frau zu schreiben, die so viel älter war als er. Es schien ihn nicht zu stören.

Das war ein Phänomen, mit dem ich nicht gerechnet hatte. Für mich war immer klar, dass Männer natürlich kein Problem damit haben, wenn die Frau an ihrer Seite deutlich jünger ist als sie. Die tolerierte Differenz steigt mit dem eigenen Alter. Dass Männer ausschließlich in dieser Richtung gerne betonen, dass das Alter nur eine bewegungslose Zahl im Ausweis ist.

Irgendwann kam ich aber zu der Ansicht, dass sich das keineswegs pauschalisieren lässt. Dass es erstaunlich viele Männer gibt, für die das auch umgekehrt nicht unbedingt problematisch und schon gar kein Ausschlusskriterium ist. Ich war nie auf der Suche nach einem jüngeren Mann. Aber diese Männer sind mir in den letzten Jahren einfach begegnet. Das war nie ein Problem. Der Altersunterschied keinesfalls der Grund, warum es letztlich nichts geworden ist. Ich habe das immer direkt angesprochen. Gefragt, ob ihnen der größere Altersunterschied bewusst sei. Die Antwort war stets die gleiche und die Praxis hat dies jedes Mal bestätigt. Es ist mehr eine Typsache als eine Frage des Geburtsjahres. Ich hatte nie den Eindruck, den Altersunterschied zu merken. Oder unattraktiver für die Männer zu sein, als wenn ich ein paar Falten weniger hätte.

Es ist ein schönes Gefühl, dass Männer da weniger drauf achten, als wir es in unser aller Frauenköpfe und nicht zuletzt in unserer Gesellschaft tun. Dort brauchen wir noch eine Weile, um umzudenken. Beziehungen wie die von Heidi Klum werden oft noch anders wahrgenommen als die von George Clooney. Abfälliger. Ablehnender.

Der kleine Maurer war sehr charmant – und gleichermaßen einfach strukturiert. Ich bekam schnell sexuelle Angebote. Er hatte wohl schon öfter Sex mit Frauen, die 20 Jahre älter waren als er. Oder mehr. Laut ihm genossen und gönnten sich diese Frauen das. Nur so. Punkt.

Direkt hatte ich das Bild der sexuell frustrierten, alternden Hausfrau im Kopf, die aus purer Langeweile etwas mit dem durchtrainierten, jungen Fitness-Trainer anfängt. Um ihr Ego aufzupolieren und sich noch einmal begehrt zu fühlen. Und dieses hauseigene Kopfkino hatte so was wahnsinnig Verzweifeltes und Trauriges.

Aber warum? Fing das Vorurteil, dass nur Männer mit jüngeren Partnerinnen gesellschaftstauglich sind, in meinem eigenen Kopf an? Dabei hielt ich mich doch immer für unkonventionell, freigeistig und tolerant? Ich fing an, über meine eigene Toleranzgrenze zu jüngeren Männern nachzudenken. Wo war sie? Könnte ich das? Könnte ich mit diesem so schönen, so jungen Mann Sex haben? Nur so? Um sich in 40 Jahren daran zurückzuerinnern und auf der Parkbank darüber zu kichern? Und je länger wir schrieben, umso weniger schloss ich es aus. Allerdings ließ ich all seine Angebote und Vorschläge zunächst ins Leere laufen. Und für sein Maurergemüt überlegte ich es mir wohl zu lange.

Als ich ihn doch irgendwann fragte, ob wir uns treffen sollten, war er raus. Tja – wer zu spät kommt, den bestraft halt das Leben. Wirklich bedauert habe ich es nicht. War schon okay so. Trotzdem etwas dazugelernt.

#dochnichtgemauert

Z. war eigentlich ein Paar. Er schrieb mich zwar an, aber für sich und seine Freundin und in Absprache mit ihr. Ich würde ihnen beiden gefallen, sie würden mich gerne kennenlernen. Die beiden lebten seit Langem in einer polyamoren Beziehung und suchten eine Frau für eine Beziehung zu dritt. Für länger. Kein ONS. Ich musste passen.

Aber ich finde dieses Lebensmodell der polyamoren und auch der offenen Beziehung spannend und wollte gerne mehr darüber erfahren. Kann es funktionieren? Wie habe ich mir das im Detail vorzustellen? Welche Probleme gibt es? Was ist mit Eifersucht?

Wir hatten über mehrere Monate hin und wieder Kontakt und er erzählte von ihrer Beziehung und ihrem Weg. Er hatte den Hintergedanken, ich könnte es mir anders überlegen. Er glaubte mir nicht, dass ich keinerlei bisexuelle Neigungen in mir trage. Ich müsste es ausprobieren. Er hätte lange recherchiert und mit unzähligen Frauen gesprochen. Dabei hätte er festgestellt, dass viele vorher nicht wussten, dass diese Seite in ihnen schlummert. Bis sie es ausprobierten.

Leider musste ich ihn enttäuschen und seine Theorie widerlegen. Mag ja sein, dass irgendetwas in mir schlummert. Aber sicher nichts, was auch nur im Entferntesten mit der Lust auf weibliche Geschlechtsorgane zu tun hat. Alleine bei der Vorstellung schüttelt es mich.

Und da war ich sicher. Ganz sicher. Ich glaube, es ist eine männliche Pornophantasie, dass die meisten Frauen gerne miteinander rummachen. Wenn der Mann dazu kommt, freuen sich beide grenzenlos, und es geht zu dritt heiß weiter. Ich könnte jedoch nicht weniger Interesse daran haben. Eine unverbindliche Nacht zu dritt vor langer, langer Zeit hat mir dies bestätigt. Da reichte es nur für einen Kuss zwischen der anderen Frau und mir. Was schade ist. Ich wäre gerne bisexuell. Da hätte ich viel mehr Auswahl in diesem Wespennest.

#sorry #idontdothreesomes

Irgendwann wechselte ich wieder die Plattform. Aus Hoffnung – aus Erwartung –, dort eine mildere Form des anonymen Umgangs zu finden. Als E. und ich ein Match hatten, schrieb er mir kurze Zeit später.

»Hallo Emma, schönes Match. Freut mich. Also, bei deiner Größe und der Tatsache, dass du laut deinem Profil gerne hohe Schuhe trägst, hast du hier bestimmt die einen oder anderen Probleme. Bei mir hast du direkt Pluspunkte. Ich bin 1,88 m. Hab einen schönen Tag.«

Auf einem seiner Bilder trug dieser braunhaarige, schlanke Mann grinsend ein Tablett mit Tapas auf einen Balkon. Das sah sehr einladend aus. Auf einem anderen trug er bayrische Tracht, schien stolz drauf und prostete mit seiner Maß in die Kamera. Er strahlte und seine blauen Augen waren offen, freundlich und intelligent.

Schon bei den ersten Sätzen, die wir hin- und herschrieben, wurde mir klar, dass wir schnell über eine oberflächliche Unterhaltung herauskamen. Genauso schnell beschlossen wir, uns zu daten. Wir wollten uns an einem Samstagabend in München treffen, um irgendwo einen Wein zu trinken.

Am Nachmittag brummte mein Handy.

»Hey Emma, hoffe dir geht's gut? Hab so medium-gute Nachrichten. Komme gerade aus dem Krankenhaus, mir ist heute Morgen was ins Kreuz geschossen. Hab vorhin eine Spritze bekommen und lieg flach ... mein ganzer Körper ist eine Baustelle. Sorry, aber wir müssen das Treffen verschieben.«

Boah, geht mir das auf'n Keks. Das ist doch wirklich kaum zu glauben. Das konnte stimmen oder eben nicht.

»Hmm ... hört sich etwas merkwürdig an«, schrieb ich zurück, ohne darüber nachzudenken. Mein geäußertes Misstrauen führte dazu, dass wir beide kurz genervt vom anderen waren. Er fühlte sich in seiner Aufrichtigkeit gekränkt. Nachdem ich ihm den Grund meines Zweifels erklärt hatte, war er jedoch schmeichelhaft bemüht, mich davon zu überzeugen, dass er sich genauso darüber ärgerte wie ich und das gefiel mir.

Ein paar Tage später hatte er eine Knie-Operation und folglich war es für die nächsten Wochen nicht möglich, sich in irgendeiner Form außerhalb seiner Wohnung zu treffen.

Für mich kam es nie in Frage ein erstes Date zu Hause zu haben. Egal ob bei mir oder bei dem Mann. Doch er versuchte mich davon zu überzeugen, dass das keine Masche war. Er fotografierte mir den OP-Bericht mitsamt Bildern seines verletzten Knies. Und er schaffte es. Er war in allem so transparent, er gab so ein schlüssiges Bild ab, dass ich beschloss, einen Krankenbesuch riskieren zu können.

In meiner Vorstellung konnte ich mich unerwünschten Annäherungsversuchen eines frisch Operierten durchaus erwehren.

Nachdem ich alle Eckdaten von E. und unserem Date meiner Freundin N. geschickt hatte, brach ich ein Wochenende später zu ihm auf. Ich fror, als ich abends in mein Auto stieg. Ein paar Tage vorher hatte es endlich ein bisschen geschneit. Aber viel zu wenig, als dass die Straßen winterlich waren. Ich fuhr über nebelverhangene Landstraßen und verschlungene Waldstücke zu ihm. Er wohnte sehr dörflich und obwohl es gar nicht weit von mir entfernt war, war ich noch nie in dieser Gegend. Ohne Date hätte es mich wohl auch niemals dorthin verschlagen.

Dort angekommen fuhr ich die Straßen seiner Wohnsiedlung auf und ab, um einen Parkplatz zu finden. Nach ein paar Minuten wurde ich fündig, stieg aus und sog auf dem Weg zu seiner

Wohnung die eisige Luft ein. Die Schultern hochgezogen lief ich schnellen Schrittes der Entscheidung entgegen, ob mein Samstagabend grinsend oder deprimiert endete. Überall roch es nach Land, Kaminfeuer und winterlichem Familienabend. Vor seiner Haustür atmete ich noch einmal tief ein, vergrub meine Nervosität tief in meinen Manteltaschen, klingelte bei ihm und schleppte mich in die vierte Etage eines Mehrfamilienhauses.

Er öffnete mir humpelnd die Tür und vor mir stand ein hochgewachsener Mann, der gleichermaßen seinen Bildern ähnelte, wie er ihnen nicht ähnelte. Als hätte man all seine Fotos ineinander gebaut und anschließend fünf Kilo draufgepackt. Dann stimmte es.

Er grinste mich an und dieses Grinsen bekam durch zwei Grübchen, die es einrahmten, etwas jungenhaft Charmantes, leicht auffordernd Freches. Das mochte ich direkt. Er bat mich herein, humpelte in sein Wohnzimmer und deutete mir an, ihm zu folgen.

»Hoist Du an Wein ausm Kühlschrank? D´Küch is do. Mit de Krukka und zwoa Glasl in da Hand, dauert´s blos a weng.«

Er zeigte mit seinem Krückstock auf die Küchentür. *Okayyy.*

»Klar, kein Problem.«

Auf dem Weg in die Küche schaute ich mich in seiner Wohnung um. Sie war auffällig aufgeräumt und wohlüberlegt eingerichtet. Viel Holz, teils rustikal. Kreativer Landhausstil mit einem Rest Möbelhaus-Charme. Auch die Küche war lupenrein geputzt. Ich folgte vorsichtig seinen Anweisungen, goss uns Weißwein ein und sah gedankenverloren einigen Weintropfen zu, die irrtümlich auf seiner Arbeitsplatte gelandet waren und sich dort breitmachten. *Oh ohh, das kann er bestimmt gar nicht ab.* Schnell wischte ich sie weg und ging mit den beiden Gläsern zurück ins Wohnzimmer.

Wir saßen, bzw. er lag mehr, als dass er saß, auf seiner Couch und bemühten uns, mit ein wenig Small Talk die anfängliche Anspannung zu lösen. Das gelang uns recht zügig und wir verbrachten den Abend redend und lachend. Mir bot sich ein immer detaillierteres Bild von ihm. Er war so etwas wie ein Dorfrebell. In Zügen äußerst konservativ, sehr traditionell, aus tiefster Seele Bayer und überzeugter Trachtenträger. In seinem Kleiderschrank waren diese auch zahlreich vorhanden und millimetergenau platziert. Er stellte sie mir alle vor und es hätte mich nicht gewundert, wenn jede Tracht einen Namen gehabt hätte.

Doch da war eben noch eine andere Seite an ihm. Die lehnte sich auf, sagte Nein, wo viele verstummen oder lieber mit dem Strom schwimmen. Diese Seite hatte nichts Provinzielles, nichts Angepasstes. Ich mochte ihn. Diese Diversität, die er ausstrahlte. Hätte ich ihn so auf der Straße getroffen, wäre er mir wahrscheinlich gar nicht groß aufgefallen. In diesem Moment mochte ich diese Apps, diese Idee, die hinter ihnen steckt. Sie gaben mir die Möglichkeit, mit Menschen in Kontakt zu kommen, andere Leben und Sichtweisen kennenzulernen, und sei es nur, um den eigenen Horizont zu erweitern.

Gegen Mitternacht brach ich auf, ohne dass etwas zwischen uns geschehen war. Am nächsten Tag gestand er mir, dass er mich gerne geküsst hätte. *Let's see.*

Am nächsten Wochenende lud er mich erneut zu sich ein, immer noch nahezu bewegungsunfähig. Wir redeten über Gott und die Welt, es war wieder total entspannt und locker.

Obwohl die Luft nicht vor Erotik knisterte, so waren wir doch neugierig aufeinander. Etwas später küssten wir uns und noch etwas später versuchten wir, trotz seiner eingeschränkten Bewegungsfreiheit Sex miteinander zu haben. Versuchten. Wir werden ein komisches Bild abgegeben haben, wie wir probierten, der Leidenschaft Platz zu machen. Akrobatisch, ständig seinem Schmerz ausweichend. Und semi erfolgreich. Trotzdem nicht verkrampft.

Die nächsten vier oder fünf Wochenenden fuhr ich immer einen Abend zu ihm und wir hatten eine schöne Zeit zusammen. Nicht sich verlierend, nicht überaus innig. Ich übernachtete auch nie bei ihm. Es war vielleicht das, was dem, was man F+ nennt, am nächsten kommt. Wir waren keine Freunde, aber es war freundschaftlich.

Dann wurde er zurückhaltender. Er war weniger daran interessiert, mich schnellstmöglich wiederzusehen – und ich, diese Ausreden mal wieder zu hören. Aber sie kamen erneut wie ungebetene Gäste. Er schrieb mir, dass es gerade »schwierig« sei und er sich bei mir melden würde, wenn es wieder ginge. *Ach herrje, sag es doch.*

Das schaffte er erst vier Wochen später. Es sei zwar immer noch schwierig bei ihm, aber er hätte jemanden kennengelernt und wüsste bisher nicht, wie das weiterginge. Aber aus diesem Grund könnten wir uns nicht mehr sehen. *Wie überraschend.*

Ich versuche immer, mein Gegenüber zu verstehen, das ist mir ein tiefes Grundbedürfnis. Also wünschte ich ihm alles Gute.

»Du, das wird schon klappen mit der Frau. Du bist ein toller Mann. Allerdings wusstest du das bestimmt vor vier Wochen auch schon und es wäre schön gewesen, mir das einfach zu sagen. Zumal ich extra gefragt habe.«

»Nein. Das wusste ich vor vier Wochen noch nicht. Tut mir leid.«

Im Grunde war der Zeitpunkt seiner Erkenntnis aber auch unwichtig. Letztlich war er ehrlich und wir hatten nur eine Handvoll Dates. Zwischen uns war keine wilde Leidenschaft entfacht und mir war völlig klar, dass dies auch zukünftig nicht geschehen würde. Dafür waren wir viel zu unterschiedlich. Ich war weder sauer noch böse auf ihn und wünschte ihm von Herzen alles Gute mit seiner potenziellen Freundin.

Zu meiner Überraschung meldete er sich über ein Jahr später wieder bei mir. Seine Beziehung war Vergangenheit. Er war durch den Wind, aber nicht mit der Beziehung. Davon erzählte er mir, als er mich auf ein Glas Wein besuchte. Es war eine chaotische Geschichte, aber schön, ihn wiederzusehen. Wir mochten uns ohne irgendeine Erwartung oder einen Wunsch an den anderen zu haben, ob das mit uns weiterging. Trotzdem blieb es nicht beim Wein. Der Sex fühlte sich jedoch mehr nach unterversorgten Hormonen, nach unerfüllten Bedürfnissen als nach echter Lust auf den anderen an. Es blieb bei dem einen Mal, aber trotzdem blieben wir in Kontakt. Immer mal wieder. Sporadisch. Freundschaftlich.

Wenn er liiert ist, herrscht Stille. Doch ich bin mir fast sicher von ihm zu hören, sollte er wieder Single sein. Und auch das ist völlig in Ordnung. Weil es stets ehrlich, offen, herrlich unaufgeregt und unkompliziert ist.

#halloanstand #dabistdujawieder

Nachfolgend ein weiteres Beispiel für die Schnelllebigkeit mancher Kontakte. Aber mehr noch dafür, wie anonym diese Art des Kennenlernens ist. Dafür, wie gerne Menschen genau diese Anonymität als Freibrief nehmen, um sich in jeden zu verwandeln, der sie schon immer sein wollten.

P. hatte zwei Bilder in seinem Profil. Ein sportlicher, hübscher Mann Mitte vierzig. Blonde, kurze Haare. Er saß auf dem Parkettboden seiner hellen Altbauwohnung und schaute charismatisch in die Kamera. Ich weiß nicht mehr, wer wen angeschrieben hat. Ich weiß aber noch genau, dass mein Bauchgefühl sich kurz meldete und die Echtheit seiner Bilder infrage stellte. Sie waren zu gut. In meinem Job sagt man »zu katalogig, zu werblich« und sie passten nicht auf diese Plattform. Vielleicht erinnerte sich mein Unterbewusstsein aber auch an die Erfahrung mit L. und muckste deshalb rum. Trotzdem schrieben wir schnell über WhatsApp.

Er kletterte und war Alpinist. Die Aussicht, einen Mann kennenzulernen, der mir erstens gefiel und zweitens auch noch Hobbys hatte, die ich teilte oder gerne ausprobieren würde, hob meine Laune. Es motivierte mich sogar, an die Möglichkeit zu glauben, jemanden online kennenzulernen, mit dem ich zumindest einen ernstgemeinten Versuch starten könnte. Für die Art des Versuches war ich immer noch offen. Nur komplett unverbindlich, das wollte ich nicht.

Mit ihm dauerte es nicht lange, bevor seine (und dann auch meine) Schreiberei erst zweideutiger und schließlich sexueller wurde. Er entwickelte aber dabei eine Art, die in mir latent Widerwillen auslöste. Seine Erwartungen, seine Ausdrucks- und Schreibweise hatten etwas subtil Dominantes. Auf eine unangenehme Art. Prompt meldete mein Bauch Misstrauen an.

Ein paar Tage später schrieb er mir abends aus einem Hotelzimmer, er war wohl geschäftlich unterwegs. Da ich immer noch dieses ungute und zweifelnde Gefühl bezüglich seiner Identität hatte, bat ich ihn, mir jetzt ganz spontan einen Schnappschuss von sich zu schicken. Auch gerne in Jogginghose. Er lehnte direkt ab. Es sei dort zu dunkel. *Bitte was???*

Er lehnte so vehement ab, dass meine Alarmglocken nun schrillten und dafür sorgten, dass meine Finger schneller tippten, als mein Kopf dachte. *Zu dunkel? Ernsthaft? Wie schlecht ist denn diese Ausrede?* Außerdem sei er müde und hätte keine Lust dazu.

»Hmmm, also ich hab online schon einiges erlebt und würde einfach gerne wissen, ob du auch der Mann auf deinen Bildern bist.«

Er antwortete nicht. Auch am nächsten Tag blieb er stumm. Abends fragte ich ihn, wie es ihm ginge und ob alles in Ordnung sei. Seine Antwort kam prompt.

»Es ist ziemlich unverschämt von dir, zu behaupten, ich hätte Fake-Bilder in meinem Profil. Auf so was hab ich echt keinen Bock. Ich bin raus«, las ich seine unerwarteten Worte.

Bitte? Meine Güte. Bist du eine Zicke. Das fand ich völlig übertrieben. Trotzdem erreichte er damit, dass ich ein schlechtes Gewissen bekam und innerlich mein Misstrauen verfluchte.

»Sorry. Ich wollte dir nichts unterstellen. Ich habe nur meine Zweifel geäußert und sie dir auch begründet. Das war alles.«

»Das bringt jetzt nix mehr. Ich habe dadurch einfach kein Interesse mehr an dir.«

Ich war ein bisschen sprachlos über diese konsequente, ablehnende und gnadenlose Haltung und nahm mir das gleichermaßen zu Herzen. Ich fühlte mich schlecht und überlegte, ob der rheinische Gaul wieder mit meinem Mundwerk durchgegangen war.

P. beendete derweil zügig unseren Chat und innerhalb von ein paar Minuten hatte er mich gesperrt. *Na danke auch!*

Tja, was sollte ich glauben? Kurz darauf fand ich in der Dating-App ein zweites Profil von ihm. Oder es war noch ein Mann mit dem gleichen, geklauten Profilbild unterwegs – was auch ein kleines bisschen lustig gewesen wäre.

Mittlerweile bin ich mir fast sicher, dass es nicht seine Fotos waren. Diese Art des Kennenlernens ist nun einmal anonym und schnelllebig. Vielleicht verboten ihm aber auch seine Dominanz und sein großes Ego, mit jeder ausgesprochenen Kritik, mit jedem Misstrauen gegen ihn konstruktiv umzugehen. So blieb ihm nichts anderes übrig, als mich loszuwerden. So oder so. Gut, so früh ein klares Bild von ihm bekommen zu haben.

#ehrlichwärt #ebengarnicht #amlängsten

T. und ich schrieben kurz nach unserem Match. Er gefiel mir. Er hatte längere Haare, Vollbart, war sportlich, machte einen extrem tiefenentspannten und lockeren Eindruck. Er war so transparent und das Bild von ihm bei mir so klar, dass ich ihm, ohne zu zögern, direkt meine Telefonnummer gab.

Schnell fragte er, ob ich mal Lust hätte, ihn an die Isar zu begleiten. Das Wetter spielte zunächst nicht mit und seine Antwortzeit war stets so lang, dass unser Kontakt nur sporadisch war. So sporadisch, dass ich einige Male dachte, nie wieder etwas von ihm zu hören. Ich war mir nicht sicher, ob er wirklich so entspannt war und keine Lust hatte, sich mit irgendetwas oder wegen irgendjemandem zu stressen oder ob seine Worte nur oberflächliches Online-Gerede waren. Doch er meldete sich dann immer wieder, bis wir uns an einem warmen Spätfrühlingstag auf ein Bier an der Isar verabredeten.

Die Uhrzeit schob er immer weiter nach hinten. Er musste noch dies und jenes erledigen, brauchte anschließend für dies und jenes doch länger Zeit, brach irgendwann mit seinem Bike auf und kündigte an, in einer halben Stunde da zu sein. Daraus wurden letztlich eineinviertel Stunden – in denen ich an der Isar auf ihn wartete. Aus dem Nachmittag wurde ein früher Abend.

Vielleicht ist der auch gar nicht tiefenentspannt, sondern nur verpeilt und kommt einfach nicht aus dem Quark, warf mein Bauch ein, als ich gedankenversunken meinen Zeh in die eiskalte Isar hielt. Mein Radler hatte ich mittlerweile alleine geleert und entschied etwas lustlos, Nachschub zu besorgen, bevor er kam.

Das Date war dann okay. Unkompliziert. Unaufgeregt. Er sah genauso aus wie auf seinen Fotos und war mir immer noch sympathisch. Er erzählte viel, fragte aber wenig. Seine Nähe war angenehm und ein kleines Kompliment am Anfang über mein Äußeres schien spontan und aufrichtig. Das gefiel mir. Wir blieben eine Stunde dort, dann wurde es langsam kalt und wir beide wollten los.

»Lass dich mal drücken«, forderte er mich beim Abschied auf und nahm mich fest und eng in seinen Arm.

Zwei Tage später konnte ich mir eine kleine Andeutung diesbezüglich nicht verkneifen. Ich mutmaßte, dass wir uns, bei dem mittlerweile miesen Wetter, womöglich doch wärmen sollten. Das sollten wir in jedem Fall, war seine kurze, jedoch prompte Antwort. Dann wieder Stille.

Schon leicht genervt von der Vorahnung, dass das viel weniger interessiert war, als seine verwendeten Worte es ausdrückten, versuchte ich es ein paar Tage später noch mal. Ich fragte ihn konkret, ob er Lust hätte, mich zu treffen. Kurz, klar und eindeutig. Seine Antwort kam erst einen Tag später und bestätigte einmal mehr mein Bauchgefühl.

»Hey Emma. Bin leider gerade ziemlich busy, aber sehr gerne können wir uns wieder treffen.«

Ich übersetze das mal ... diplomatisch.

»Hey Emma, es war echt nett, dich zu daten und du bist eine tolle Frau, aber eigentlich habe ich kein Interesse und möchte dich auch nicht unbedingt wiedersehen. Vielleicht, wenn mir mal total langweilig ist und ich das Internet leergedatet habe.«

Come on! Männer! Warum sagt ihr denn nicht – und zwar klar und deutlich, wenn ihr kein Interesse habt? Seit wann ist das so? Habt ihr euch nicht immer damit gebrüstet, klar das zu sagen, was ihr wollt und es genau so zu meinen? Uns Frauen als kompliziert empfunden? Uns vorgeworfen »Ja« zu sagen, wenn wir »Nein« meinen? Oder umgekehrt? Die Augen verdreht, wenn wir mit unseren Freundinnen über eine Antwort eines Lovers spekuliert haben? Uns belächelt und behauptet, viel zu viel zu interpretieren?

Mittlerweile sind klare Worte Geschichte. Dabei wäre es leichter, wir hätten eine greifbare Orientierung. Wann sollen wir eure Aussagen wörtlich nehmen? Nichts interpretieren, mutmaßen oder spekulieren? Und wann müssen wir genau das tun? Vorhersehen, Erkennen, dass ihr uns durch weichgespülte Perwoll-Antworten nur sanft und flauschig abserviert? Wenn es nach einem oder zwei mittelmäßigen bis netten Dates nicht genug funkt, gibt es nichts zu debattieren. Wir wissen nur gerne Bescheid, bevor wir weiterhin irgendeine Form von Energie verschwenden. Das ist so unnötig, anstrengend und unfair.

#scheissperwolltaktik #sei #jekyll #nicht #hyde

Im gleichen Frühling hatte ich ein Match mit B. Seine Haare waren kurz und dunkel, seine Augen blau. Er mochte Street-Art und spielte Keyboard. Auf seinen Profilbildern sah er teils supersympathisch und lässig aus, auf anderen gefiel er mir weniger gut. Fotos können trügerisch sein. In jede Richtung. Als er mich anschrieb, erklärte er im ersten Satz, dass er etwas kleiner sei als ich, und fragte, ob das ein Ausschlusskriterium für mich wäre.

»Hey B. Leider muss ich gestehen, dass das in der Tat für mich nicht wirklich infrage kommt. Zumal ich gerne hohe Schuhe trage.«

»Hi Emma. Na, das solltest du dir aber noch mal überlegen. Ich hab da gar kein Problem mit. Da sollte man drüberstehen. Meine

Ex-Freundin war auch größer als ich und trug auch hohe Schuhe.«

Aus dieser unterschiedlichen Sichtweise entwickelte sich ein unkomplizierter, unterhaltsamer, aber unregelmäßiger Kontakt.Er wollte sich gerne mit mir verabreden, ein unverbindliches, undatiges Treffen in Form eines Feierabendbiers an der Isar. *Warum nicht? Vielleicht wird es ja einfach eine coole Zeit,* waren Kopf und Bauch sich einig.

Nach ein paar Wochen fanden wir einen Termin, das passende Wetter und trafen uns dort. Wie immer an solchen Tagen wimmelte es an der Isar von sonnenhungrigen Menschen und ich bahnte mir, leicht verspätet, den Weg zu unserem Treffpunkt. Die Sonne stand schon tief, sie würde bald hinter den Dächern der Stadt verschwinden. Erwärmt durch den Tag, lockten die Steinstufen am Fluss einladend, auf ihnen zu verweilen, um den Tag ausklingen zu lassen.

Ich erkannte ihn von Weitem. Schwarze Jeans, schwarzes Hemd, sein Fahrrad lag neben ihm. *Ganz schön schick für ein kurzes, unverbindliches Feierabendbier.* Als ich näherkam, blickte er auf, grinste breit und eine Freddy-Mercury-Zahnreihe strahlte mir entgegen. *Deswegen lächelt er auf keinem seiner Profilbilder,* kommentierte ungefragt mein Kopf. Er stand auf, schaute zu mir hoch und begrüßte mich herzlich und offen.

Nach den ersten, gewohnt unsicheren Floskeln entpuppte sich unsere Verabredung als sympathischer, lockerer Austausch über Date-Disaster, Beziehungen im Allgemeinen und Kunst. Ab und an ließ er kleine Anspielungen fallen, bei denen ich mir unsicher war, ob er mich nicht doch anflirtete, berührte mich zufällig flüchtig bei seinen Erzählungen.

Nach zwei Stunden wollte ich los. Es war zwar lustig und unterhaltsam mit ihm, aber ich hatte genug und wollte nach Hause. Wie selbstverständlich brachte er mich zu meinem Auto und umarmte mich zum Abschied, fragte, ob wir uns wiedersähen. *Warum nicht, Emma ... aber du wirst ihm vorher noch mal deutlich sagen müssen, dass du kein sexuelles Interesse an ihm hast.*

»Hey B. War echt cool und entspannt gestern. Wir werden uns zwar nicht verlieben, aber wenn du damit kein Problem hast, können wir uns gerne noch mal auf ein Getränk treffen und quatschen«, schrieb ich ihm am nächsten Tag. Wenig später kam seine Antwort, in der er betonte, dass das für ihn völlig okay sei. Er würde sich gerne wieder mit mir treffen, was trinken und reden wäre super.

In den folgenden Wochen schrieben wir selten und erst einen Monat später fragte ich ihn, ob er Lust auf ein Getränk hätte.

»Salut Emma, ja klar. Hast du es dir doch anders überlegt? Willst du vielleicht doch mit mir ...?«

What? Das meint der doch wohl hoffentlich nicht ernst, oder?

»Nein ... will ich nicht. Ich dachte, das hätten wir geklärt?«

»Ja, ich weiß, ich weiß. Schon okay. Wollt nur noch mal nachfragen.«

Ich ließ es darauf beruhen, schlug aber seine Einladung zum Grillen in seinem Garten aus. Bis zu den ersten Sommertagen schrieben wir meist aneinander vorbei, so richtig Lust hatte ich nicht mehr. Aber da am großen Datinghimmel auch sonst nichts passierte, dachte ich irgendwann, dass ja ein entspannter Abend mit Radler an der Isar und ein bisschen mit ihm übers Leben zu philosophieren Spaß machen könnte.

»Hey B. Wie geht's dir? Es steht ja noch ein Getränk aus. Wie sieht's aus? Hast du Zeit und Lust?«

»Du willst was trinken gehen ...? Nicht mehr?«

»Ähmm ... nein, nicht mehr.«

»Ach komm. Du willst es doch auch! Von daher können wir uns die Spielchen sparen!«

Bitte? Sein Ernst? Ich will es doch auch??? Nein! Will ich eben nicht. Das ist ja wie in einem schlechten Porno. Ich starrte seine Nachricht an, las sie mir erneut durch und fing Sekunden später an zu lachen. *Was bildet der sich denn ein? Ich war doch wohl eindeutig?*

»Sag mal, geht's noch? Ich habe kein Interesse und meinte das genau so, wie ich es dir geschrieben hatte. Wenn das nun doch ein Problem für dich ist, lassen wir das besser.«

Er antwortete mir darauf nicht. Das war aber auch nicht nötig. Er war selbst als »Bekannter« mit diesem Statement ein No-Go.

Zwischen Belustigung und Leicht-genervt-Sein sah ich ein paar Tage später eine neue Nachricht auf meinem Handy.

»Hey. Wie geht's?«

Als ob nichts wäre. Ich reagierte nicht darauf und löschte ein paar Tage später seine Nummer. Sein »du willst es doch auch« sorgt heute noch für Lachanfälle im engeren Kreis.

#satzdesjahres #ichwilles #also #auch #!

In der Phantasie ist alles anders und obendrein erlaubt. Selbst im engsten Auto stört weder Handbremse noch Gangschaltung, draußen pikst weder Gras, noch kratzt Sand.

Der Bodenseer

Das Jahresende gehört nicht zu meiner Lieblingszeit. Aus den verschiedensten Gründen. Weihnachten ist sicher wunderbar, wenn wir es mit Menschen verbringen, mit denen wir die Zeit zusammen genießen und ausgelassen feiern. Spaß haben. Dann dürfen wir uns auch einmal auf den Zeiger gehen, bis es kracht. Das ist in Ordnung. Fehlt es daran aber, aus welchen Gründen auch immer, wird die besinnliche Zeit schnell zu einem innerlichen Spießrutenlauf, um nicht in diverse Denkfallen zu tappen. Und oft sind diese Fallen perfide und verstecken sich.

Meine drehten sich häufig um Beziehungen. Warum lief dort so viel schief? Warum konnte ich das Leben als Single zu selten vollends genießen? Obwohl ich gut mit mir alleine sein konnte. Gerne Zeit nur für mich hatte. War ich zu anspruchsvoll? Oder zu streng mit mir selber? Ich lebte wie selbstverständlich in meiner Unabhängigkeit. Ich brauchte keinen Mann, der mich versorgte. Ich hatte mir alles, ohne supported zu werden, selber erarbeitet und mitunter erkämpfen müssen.

Aber wenn die Einsamkeit anklopfte, fehlte mir das richtige Rezept, mich gegen sie zu wehren. Oder sie anzunehmen. Das Gefühl der Einsamkeit ist ein Gefühl des Isoliertseins und hat weniger damit zu tun, physisch alleine zu sein. Wir können auch in einer großen Runde von Menschen einsam sein. Sich isoliert zu fühlen, geht tiefer. Es ist essenzieller. Es schiebt sich vor die Sonne. Es entzieht dem Tag die Farbe.

In einsamen Momenten schlich sich eine Frage in meinen Kopf. Heimlich und leise. War ich nicht kompatibel? Was stimmte nicht mit mir? Und wenn alles mit mir in Ordnung war, was stimmte stattdessen nicht?

Auch Silvester kann ich nicht sehr viel abgewinnen. Ich weiß nie genau, ob ich wirklich ein neues Jahr begrüßen sollte oder ob ich feiern sollte, dass das alte Jahr vorbei ist. Wenn ich ehrlich bin, finde ich, dass man sich nur selber feiern sollte, wenn man das vergangene Jahr überstanden hat, ohne dass Herz und Verstand ernsthaften Schaden nahmen. Ist doch Einiges. Wenn ich mir meine Umwelt so ansehe – nicht selbstverständlich. Dafür musste ich, gerade in der Corona- Krise, gar nicht weit schauen. So bin ich meist froh, wenn die ersten Januartage da sind.

Und an einem dieser ersten Januartage begann es. Ungeplant und zufällig. Zunächst war es eher Langeweile, die mich bewog, alte Chats durchzuschauen. *Vielleicht hast du ja irgendjemand Interessantes übersehen.* Es war ein nebeliger Tag, kalt und ekelig draußen. Ich saß in meiner Wohnküche, hatte mich auf meinen Sessel verkrochen, in eine Decke gewickelt und scrollte durch die Dating-App. Bald stieß ich auf einen kurzen Chat mit R. vom Bodensee. *Warum war das noch mal nach ein paar Tagen wieder versiegt?* Ich las es mir erneut durch.

R. war Ende 30, groß und hatte kurze dunkelblonde Haare. Seine Fotos sehr unterschiedlich, er mal mehr, mal weniger sympathisch. Mit Dreitagebart und Hoodie gefiel er mir deutlich besser als glattrasiert und -frisiert im Anzug. Er war auf der Suche nach F+. Unser Chat war in der Tat sehr übersichtlich, er schien kein ausgeprägtes Interesse zu haben. Obwohl der kurze Inhalt unserer Unterhaltung durchaus Raum und Möglichkeiten zum Ausbau erahnen ließ. Kurzerhand schrieb ich ihm. Als Aufhänger eignete sich ein »neues Jahr« vorzüglich.

»Hey du wie geht's? Bist du gut ins neue Jahr gekommen?«

»Danke, gut. Silvester war ruhig dieses Jahr. Hab jetzt noch Urlaub.«

Überraschend schnell kam die Antwort. Das ist nicht selbstverständlich. Damit musste ich auch erst einmal zurechtkommen. Ich gehöre einer Generation an, die es als normal und höflich empfindet, dass man antwortet, wenn man etwas gefragt wird. Das galt umso mehr auf diesen Apps. Dort war es aber eher die Ausnahme als die Regel.

Ich versuchte immer, jede (nette) Anfrage, jede Interessenbekundung zu beantworten. Wir können uns immer kurz die Zeit nehmen, um uns für das Interesse zu bedanken und klar sagen, dass wir es nicht teilen. Wir können dem Fremden aber trotzdem alles Gute wünschen. Dauert max. 30 Sekunden und geht sogar über Copy-and-Paste.

Dann passierte oft etwas Überraschendes. Obwohl es die wenigsten als notwendig – gar wichtig – erachteten, zumindest kurz zu antworten, schien es aber jeder zu vermissen, wenn er selber keine Reaktion bekam. Ich habe selten in meinem Leben so viel positives Feedback auf einen so schlichten Satz erhalten. Jeder war dankbar für eine klare Antwort. Denn so können wir den Kontaktversuch direkt abhaken. Wir kommen nicht in die Gefahr, darüber nachzudenken, ob und wenn ja, was wir falsch gemacht haben oder was mit uns nicht in Ordnung ist. Geschmäcker sind verschieden. So simpel ist dann der Grund.

R. und ich schrieben kurz hin und her. Ich ließ ihn wissen, dass er nicht den Eindruck machte, großartig Interesse an mir zu haben, und fragte ihn, was er denn genau suche.

»Ja, ich find dich ja auch total sympathisch, aber du wohnst einfach zu weit weg. Da kann man sich ja nicht regelmäßig sehen. Also wozu weiter kennenlernen? Eigentlich suche ich eine Freundschaft+. Mal sehen.«

Zu weit weg? Echt jetzt? Seine Antwort verblüffte mich etwas. Klar, er hatte recht, jedoch war das für mich zu dieser Zeit kein Ausschlusskriterium. Mir waren bis zu diesem Tag bereits viele merkwürdige Männer online begegnet. Wenn nun in diesem Heuhaufen ab und zu ein Mann dabei war, bei dem echte, beidseitige Sympathie bestand, musste ich Prioritäten setzen. Da konnte ich auf Nebensächlichkeiten wie Entfernungen keine Rücksicht nehmen.

»Aber das ist digital ja Gott sei Dank total egal.«

Das leuchtete ihm ein und unser morgendliches Gespräch wurde intensiver und persönlicher. Es machte Spaß, sich mit ihm zu unterhalten. Er konnte sich ausdrücken, gut mit Worten umgehen und immer wieder schmunzelte ich über seine Antworten. Es stellte sich raus, dass sein letzter Sex mit einer Frau eine ganze Weile her war und er sich mittlerweile schon freute, zumindest eine Digitalaffäre zu haben. *Eine Digitalaffäre? Was soll das denn sein?* Ich musste lachen und mir gefiel diese neue Wortkreation direkt.

Wir begaben uns auf die Suche, was alles zu einer Digitalaffäre gehören und wie sie aussehen könnte.

Telefonsex war nicht dabei, da waren wir uns schnell einig, wohl konnte man aber miteinander chatten. Dort konnte man eine gemeinsame Reise im Geiste beginnen, eine Geschichte erfinden, in der man sich begegnet und die beim Sex endet. Das setzte voraus, dass beide Lust hatten und auch in der Lage waren, ihrer Phantasie zu folgen. Lust, den Satz des anderen aufzunehmen und das Erlebnis weiterzuspinnen. Lust am Schreiben, Lust an Geschichten und keine Scheu, einem Fremden sexuelle Handlungen zu schildern. Im besten Fall tauchte man restlos in dieses Bild ein, verließ seinen Körper, seinen momentanen Aufenthaltsort und seinen Alltag. Der Raum, in dem man sich befand, löste sich auf und man betrat die erdachte Szenerie. Dort traf man den anderen. Man erlebte heißen, aufregenden Sex in nicht alltäglichen Situationen.

Es war selten, auf ein Gegenüber zu treffen, das Lust dazu hatte. Und eben auch das erforderliche Talent.

R. wollte wissen, wo wir uns befinden. *Tja, Emma ... wo könnte es losgehen? Wie sieht es aus in deinem Kopf? Was ist mit deinen sexuellen Phantasien?* Ich schloss die Augen und ließ die Gedanken in meinem Kopf und die dazugehörigen Bilder entstehen.

»Wir sind im Zug. Ich bin viel zu spät und krieg ihn gerade noch ... auf dem Weg nach ... sagen wir ... Rom. Ist es Sommer?«

»Jap«, antwortete R.

»Dann hab ich ein Kleid an, hohe schwarze Schuhe, das Kleid ist auch schwarz. Es ist leicht ausgeschnitten, du kannst ein bisschen vom BH durchblitzen sehen.«

»Ich sitze schon im Zug, als du abgehetzt in mein Abteil kommst.«

»Da sind noch zwei Plätze frei ... gegenüber, vier andere Personen sind noch da ... bist du alleine unterwegs?«, fragte ich ihn.

»Bin mit einer Freundin unterwegs.«

»Ein Ehepaar ist mit im Abteil, sie machen einen total gelangweilten Eindruck miteinander, ich setze mich hin, verstau alles ... schau mich um und beobachte euch. Eine ältere Dame sitzt noch bei dem genervten Paar. Ich überlege, wie die Konstellationen der Einzelnen so aussehen.«

»Du bist mir schon aufgefallen, weil ich nicht wegschauen konnte, als du dich strecken musstest, um dein Gepäck zu verstauen und dein Kleid weit hochgerutscht ist, ignoriere es aber zunächst. Zu welchem Schluss kommst du bei deinen Überlegungen?«

»Die ältere Dame ist sehr, sehr konservativ, der Mann des Paares hat sich gehen lassen die letzten Jahre ... sie haben sich nichts mehr zu sagen. Sie ist frustriert darüber, ich kann noch nicht wirklich einschätzen, was ihr beide für eine Beziehung habt, seid irgendwie vertraut, aber auch nicht vertraut genug miteinander, um ein Paar zu sein. Ich habe deinen Blick gespürt.«

»Du überlegst dir, mich zu testen.«

»Dich testen? Okay. Ich schau dich immer wieder an und versuche, dich zu provozieren, ich will dich dazu bekommen zurückzuschauen, damit ich euch besser einschätzen kann. Du trägst Jeans ... schwarzes T-Shirt ... siehst sehr lässig aus ... ihr unterhaltet euch die ganze Zeit ... kurz darauf merke ich, dass du zurückschaust. Es ist warm ... ich sehe, dass deine Haut am Hals und an der Brust schimmert, das gefällt mir.«

»Du merkst, dass mir dein BH auffällt. Und, dass ich wohl auch ein wenig frustriert bin. Ich schaue unauffällig wieder weg. Meine Begleitung will sich was im Restaurant holen, du witterst deine Chance.«

»Aber unsere Blicke haben sich getroffen, du kannst nicht mehr lange ausweichen.«

»Du bist von der Eile noch leicht abgehetzt und dir ist warm. Du wedelst dir mit deinem Rock einmal zu viel Luft zu. Merkst, dass dein Slip zu sehen war und ich es gesehen habe«, phantasierte R.

die Geschichte weiter.

»Darüber muss ich schmunzeln. Ich betrachte dich. Du trägst zumindest keinen Ring am Finger. Ich gebe mir einen Ruck und spreche dich an ... ich frage dich, wohin ihr fahrt.«

»Wir wollen nach Rom. Haben ein Wochenende da gewonnen.«

»Wie schön, ich auch. Da haben wir noch ein paar Stunden, das freut mich.«

»Wieso bist du allein unterwegs?«

»Ich besuche eine Freundin in Rom. Sie feiert Geburtstag. Das Ehepaar fängt an, sich zu zanken. Sie macht ihm Vorwürfe, er will seine Ruhe. Wir schauen uns an und denken dasselbe. Ich frage mich, wie ich dir näherkommen kann. Mir fällt meine Tasche runter, natürlich fällt so einiges raus, Mädchenkram, ein Buch, Kondome ... du bückst dich und hilfst mir, die Sachen einzusammeln.«

»Ich nehme die Kondome. Gebe sie dir. Frage lächelnd, ob du die brauchst in Rom.«

»Dabei berühren sich unsere Hände. Ich fühl mich gleichermaßen irritiert wie erregt durch deine Frage. Du schaust mich dabei so unverschämt herausfordernd an und immer einen Tick zu lange ... jetzt weiß ich, dass ich dir gefalle, dass du Interesse hast. Aber wie weit gehst du? Was ist mit deiner Freundin? Oder ist sie nur eine Freundin?«

Ganz deutlich sah ich die Szenerie in meinem Kopf und tauchte immer intensiver in die entstehende Geschichte ein. *Krass, wie leicht das mit ihm ist.*

»Du hast deine Tasche wieder aufgeräumt. Möchtest es drauf anlegen. Wie sehr ich auf dich stehe ... wozu wir bereit wären. Du lässt mich sehen, wie du die Kondome in der Hand hast.«

»Ich antworte dir nur, dass man nie wisse, was eine Reise so für Überraschungen bereithält.«

»Dein Ausdruck in deinem Gesicht, als du das sagst, spricht Bände.«

»Was macht das mit dir?«

»Mein Trieb ist geweckt. Unsere Augen funkeln. Du entschuldigst dich beim Ehepaar und bittest sie, dich vorbeizulassen, musst eben auf die Toilette. Mit einem angedeuteten Augenzwinkern stehst du auf.«

»Sie hat unsere Blicke bemerkt, ist peinlich berührt ... ich sage dir, dass ich kurz raus muss, mich ein wenig sortieren ... ich könnte auf dem Rückweg was besorgen. Brauchst du was?«

»Ich komm gleich mit. Will schauen, was es gibt.«

»Vielleicht eine Abkühlung? Ich bekomme die Tür vom Abteil nicht auf ... du stehst ganz nah hinter mir.«

»Meine Hand streift deinen Hintern, als ich dir helfe. Etwas zu auffällig für zufällig.«

»Du stellst dich noch näher, sodass ich deinen Unterleib an meinem Po spüre ... nur ganz kurz ... aber ich meine, deinen Penis zu fühlen. Mein Bauch kribbelt, ich merke, wie erregt ich von dieser Flirterei geworden bin.«

»Meine Hand auf deiner Hüfte schiebe ich dich durch die Tür. Du bedankst dich.«

»Ich hab´s noch nie im Zug gemacht ... der Gedanke daran ist so fesselnd.«

»Du merkst, dass ich dir ungewöhnlich nah folge«, ließ R. die Bilder in meinem Kopf bunter werden.

»Ich geh in Richtung Toiletten. Ich will dich haben. Du folgst mir immer noch.«

»Du bist dir nicht sicher, ob du meine Blicke und Gesten richtig verstanden hast. Ich will auch auf die Toilette. Du gehst vor mir rein. Schließt nicht ab ... lässt es drauf ankommen. Du hoffst, dass ich dir folge.«

»Ja, das hoffe ich. Ich dreh mich zu dir um, bevor ich reingehe ... ich seh die Eindeutigkeit in deinem Blick ... puhhh ... ich würde dich gerne küssen. Ich ziehe die Tür hinter mir zu, zähle bis zehn ... wenn du bis dahin nicht da bist, habe ich mich getäuscht, deine Blicke missinterpretiert.«

»Deine Erregung macht es dir unmöglich zu warten. Deine Finger wandern in deinen Slip. In dem Moment mache ich die Tür auf.«

»... und da bist du, du siehst, wie ich mich anfasse ... kommst direkt auf mich zu ... machst die Tür mit dem Fuß zu. Wir küssen uns herausfordernd und gleichzeitig wandert deine Hand runter und schiebt sich unter mein Kleid.«

»Ich schiebe dir das Höschen runter. Du machst meine Jeans auf. Wir sind in Ekstase.«

»Es ist sehr eng hier ... ich lehne vor der Wand in diesem winzigen Raum. Ich ziehe deine Jeans runter ... will dich nackt sehen.«

»Du flüsterst, dass ich dich endlich flicken soll.«

Dieser Vertipper ließ mich auflachen. Das war herrlich mehrdeutig und ich amüsierte mich köstlich darüber.

»Ich ... ha ha, auch gut! Flick mich ruhig!!! Ja ... ich sag, dass du dich gut in mir anfühlst ... du sollst mich nehmen ... sollst mich auch berühren mit deinen Fingern. Du stößt zu ... erst langsam. Ich genieße es und bin erstaunt, dass du die gleiche Geschwindigkeit willst wie ich, ich muss stöhnen. Jemand klopft gegen die Tür ... hör nicht auf.«

»Wir haben den gleichen Rhythmus. Meine Finger und Hand bringen dich weiter in Ekstase. Wir sind kurz vorm Höhepunkt. Ich drücke dich fest an mich, als ich tief in dir komme. Es klopft wieder ...«

»Ich muss laut aufstöhnen, als ich gekommen bin.«

»Wir gehen ungeniert raus ... meine Freundin steht vor der Tür und lächelt nur: Nächstes Mal will sie mitmachen.«

»Ha ha. Iss klar ... das würde dir wohl gefallen.« Ich musste sehr über seine Antwort lachen.

»Geht's dir gut?«, fragte ich ihn, als wir beide wieder gleichmäßig atmen konnten.

»Ja. Und dir?«

»Sehr gut. Welch überraschende Wendung des Tages.«

Da waren wir nun. Und begannen an diesem scheußlich eklig trüben Januartag eine Digitalaffäre. Zwar nicht das, was ich mir als Ergebnis meiner Internetbemühungen vorstellte, aber doch besser als dieser gefühlte Stillstand. Ich fühlte mich nicht mehr so unsichtbar. Somit war das zusätzlich Balsam für mein Selbstwertgefühl. Kurz drängte sich mir die Frage auf, ob das ein Zeichen totaler Verzweiflung war und eigentlich behandlungswürdig. *Emma! Nicht so viel nachdenken. Es hat dir gefallen. Ist doch egal, was irgendeiner davon hält oder über dich denkt. Die Menschen denken eh, was sie wollen.*

Im Laufe der nächsten Wochen schrieben wir uns immer wieder. Wir verabredeten uns zu digitalen Dates und reisten im Geiste zu den unterschiedlichsten Orten, um unsere Phantasien auszuleben. Mal waren wir Sportler, die sich zufällig im Wald beim Training sahen. Mal war er Beobachter einer Streitszene mit meinem imaginären Freund und lief mir nach, um zu schauen, wie es mir ging. Mal waren wir in den Bergen. Mal war er der unbekannte Verführer im Wellnessbereich eines Hotels. Mal der fremde Partygast oder ein Fahrgast im Aufzug.

Aber eins hatten all unsere entstandenen Geschichten gemeinsam. Wir waren stets Fremde, die sich zufällig begegneten. Fremde, die für kurze Zeit ihre Lust teilten und ein jeder dann wieder seines Weges ging, ohne zurückzublicken.

Ich dachte darüber nach, ob das reiner Zufall war oder ob es irgendetwas aussagte.

Ist das eines der Merkmale solcher Phantasien? Hatte ich deshalb so wenig Scheu und Hemmungen und folgte meiner Lust, ohne darüber nachzudenken? Schließlich teilte ich gerade sehr intime Details mit einem Menschen, den ich real womöglich nur fünf Minuten, und das vielleicht sogar nur mittelmäßig, mögen würde. Die Angst vor der Realität war meilenweit entfernt. Die Situation war durchweg reizvoll, der Unbekannte unwiderstehlich heiß, sexy und interessant. Die Atmosphäre sinnlich lockend und mehr und mehr aufgeheizt, bis sie sich in völligem Gleich- und Einklang entlud.

Unbequeme Posen und Stellungen gab es nicht, man wurde niemals erwischt und war überall superspontan. Kondome, die so manchen Lustrausch kurz unterbrechen und – egal wie gut sie sind

– für ein anderes Gefühl mit- und ineinander sorgen, waren nicht dabei. Wozu auch. In der Phantasie ist alles anders und obendrein erlaubt. Selbst im engsten Auto stört weder Handbremse noch Gangschaltung, draußen pikst weder Gras, noch kratzt Sand. Der Kerl ist immer stark genug, um einen entspannt und in höchst sinnlicher und lässiger Pose hochzunehmen, um Sex an der nächsten Häuserwand zu haben. Und das ist auch gut so.

Nachdem wir ein paar Wochen auf diese Weise unsere Phantasien teilten und auslebten, kam bei R. der Wunsch oder die Frage auf, ob wir uns nicht doch mal im echten Leben treffen sollten. Dass wir sehen sollten, ob und wie wir real harmonierten. Sexuell harmonierten.

Tja, Emma, ... was nun? Ist das eine gute Idee? Das war zum einen mit einem nicht unerheblichen Aufwand verbunden. Uns trennten fast 300 km und für mich stand fest, die würde ich zurücklegen. Ich wollte keinen nahezu unbekannten Mann für ein Sexdate in meiner Wohnung haben. Dazu war er mir trotz aller digitalen Intimität zu fremd. Ich hatte keinerlei Bedenken, dass er sich als Psychopath entpuppte, es war mir eher zu persönlich, weil meine Wohnung recht persönlich war. Es passte nicht in unsere Art der Beziehung – ich fühlte mich nicht wohl mit dem Gedanken. Auch wollte ich in so einem Stadium gerne mein eigener Regisseur sein und darüber entscheiden, wann es Zeit ist zu gehen.

Aber es gab noch etwas anderes, was mich zögern ließ ihn zu treffen. Ich mochte ihn zwar und genoss die Erfahrung unserer ausschweifenden digitalen Begegnungen. Aber konnte es in der Realität nur annähernd so gut werden? Sollte man nicht besser manche Dinge in der Phantasie lassen? War die Enttäuschung nicht fast vorprogrammiert? Die Anonymität nicht ein Teil davon, weshalb es so perfekt erschien? Ich teilte R. meine Überlegungen mit und bat darum, es so zu lassen, wie es war – zumindest vorläufig. Er zeigte Verständnis.

Trotzdem führte es dazu, dass unser Kontakt in den nächsten Wochen seltener wurde. Ich fand das schade. Vielleicht war es kein Verständnis, sondern reine Kenntnisnahme mit der Konsequenz, dass sein Interesse abnahm.

Ich dachte immer mal wieder an ihn und unsere Reisen. Nach einigen Wochen Funkstille entschloss ich mich dazu, ihm zu schreiben und anzubieten, uns zu treffen. Was hatte ich schon groß zu verlieren? Im schlimmsten Fall machte ich einen Ausflug zum Bodensee, nur um mit einem Fremden einen Kaffee zu trinken. Einem Fremden, der mir real alles andere als vertraut und sympathisch war. Einem Fremden, mit dem ich so viele sexuelle Reisen unternommen, so viel Dirty Talk hatte, dass es mir die Schamesröte ins Gesicht treiben könnte. Im Worst Case. Im allergrößten Worst Case, denn diesbezüglich hielt ich mich ausnahmsweise für dickhäutig. Und ich konnte in diesem Worst Case mit den Schultern zucken und über diese schräge Erfahrung lachen. Ich war keiner Menschenseele Rechenschaft schuldig – außer mir selber. Und unsere Reisen im Geiste waren großartig und machten mir immer Spaß.

»Hey, wie geht's dir? Du, ich hab überlegt, ob wir uns nicht doch treffen sollen. Ich weiß, das kommt etwas spät und schätzungsweise hast du keine Lust mehr, aber ich wollte wenigstens gefragt haben.«

»Das find ich super«, war seine prompte Antwort.

Damit hatte ich nicht gerechnet, es kam überraschend und ich freute mich darüber. Wir überlegten hin und her, wie und wann sich das gestalten ließe. Wir einigten uns drauf, dass ich zum Bodensee käme. Zunächst wollten wir uns in der Stadt treffen, zusammen Kaffee trinken und gegebenenfalls danach zu ihm gehen. Vorausgesetzt, die Chemie zwischen uns stimmte und wir hätten Lust aufeinander. Wir waren beide etwas aufgeregt, aber auch neugierig, und letztlich freuten wir uns auf unser Date.

Als besagtes Wochenende da war und ich mich auf den Weg machen wollte, schaffte ich es, meinen Kopf einigermaßen auszuschalten und diesen Tag auf mich zukommen zu lassen.

Ich brach am frühen Morgen auf. Der blaue Himmel versprach

herrliches Frühlingswetter, es gab noch wenig Verkehr und so genoss ich mit lauter Musik und leerer Autobahn den Moment. Mir war klar, dass die Sache mit dem digitalen Bild von ihm und der Realität arg auseinandergehen konnte. Das fing schon bei der Optik an. Dafür hatten wir uns bereits zu lange und zu intensiv geschrieben. Aber was sollte es? Ich wollte ihn nicht heiraten. Ich mochte seine Art zu schreiben und das war keine Eintagsfliege. Konnte ich da beim Rest so danebenliegen? *Let´s see, Emma!*

Als ich nach fast drei Stunden am Bodensee ankam, mein Auto auf dem verabredeten Platz parkte, hatte sich die Ruhe des Frühlingsmorgens in ein turbulentes Wirrwarr aus ausflugshungrigen Touristen verwandelt. Von überall strömten Autos, Fußgänger und Fahrradfahrer in Richtung See. *Beschaulichkeit ade.* Ich stieg aus meinem Auto und rief ihn kurz an, um zu fragen, wo er sei. Als er abhob, sah ich ihn am anderen Ende des Parkplatzes stehen. Groß, blond, kurze beige Hose, rosa Poloshirt. Letzteres schockierte mich kurz. Das war in meiner Welt und Vorstellung von lässigen, coolen Männern eher ein No-Go. Das galt schon für ein Poloshirt und ein rosafarbenes setzte dem ein imaginäres Krönchen auf. Aber egal. Ich wollte ihn ja immer noch nicht heiraten.

Ich ging auf ihn zu und nahm ihn zur Begrüßung kurz in den Arm. Spürte eine kurze Unsicherheit seinerseits. Warum? Was hatte er erwartet? *Stopp Emma! Kein Kopfkarussell. Entspann dich.* Ich zwang mich, all diese Gedanken zu ignorieren und so unvoreingenommen wie möglich dem weiteren Verlauf dieses Tages entgegenzugehen. Er sah seinen Fotos sehr ähnlich und ich fühlte mich nicht unwohl in seiner Gegenwart.

Als er vorschlug, zur Seepromenade zu gehen, um dort was zu trinken, war ich trotzdem erleichtert. So hatte ich Gelegenheit, ihn und diese Situation genauer zu studieren und mir ein Bild zu machen. Darin bin ich recht gut. Ich bilde mir ein, dass mir zehn Minuten Gespräch reichen, um zu wissen, wie der andere tickt. Ich nehme in diesen zehn Minuten sehr viel auf und wahr. Körpersprache, Ausstrahlung, Gestik und Mimik, Reaktionen und Worte, Augen und Blicke. Und ganz viel zwischen den Zeilen.

Auf dem Weg zur Promenade hielten wir ein wenig Small Talk und ich erzählte ihm von der Fahrt. War nicht um die Ecke, der schöne Bodensee. Obwohl ich die Fahrt genossen hatte, zog sich die Strecke für einen Tagesausflug.

Als wir durch eine kurze Unterführung gingen, hielt R. plötzlich an, drehte sich zu mir um und zog mich an sich. Seine Hand wanderte zu meinem Po, er küsste mich unverhofft, aber einladend und fordernd und meinte nur, er müsse mal kurz probieren. *Okaayyy*. Ich war überrascht von seiner Spontanität. Und beeindruckt. Es gefiel mir. Es machte Spaß, ihn zu küssen. *Kein so schlechter Start.*

Kurze Zeit später erreichten wir den See. Die Strahlen der Frühlingssonne glitzerten auf der Wasseroberfläche und tauchten den See in ein warmes Licht. Ich sah mich um, sah all die vorbeischlendernden Menschen, die sich nach Sonne und Wärme sehnten. Sie aufsogen. Schnell erwies sich der Ort als touristischer Hotspot höherer Altersklassen, der an diesem Sonntag von Minute zu Minute voller zu werden schien. Glücklicherweise fanden wir schnell einen kleinen Tisch in einer Espresso-Bar und bestellten Getränke. Weizenbier für ihn und Kaffee für mich. Leicht kamen wir ins Gespräch und der kleine und spontane Stopp in der Unterführung entpuppte sich als so etwas wie ein Icebreaker. Es lief. Unverkrampft und locker witzelten wir herum, forderten uns verbal heraus und flirteten. Er zeigte sich als schlagfertiger Mann, der ähnlichen und manchmal auch schrägen Humor hatte. Der warme Frühlingstag hielt sich, wir kosteten die Sonne aus und beobachteten die zahlreichen Touristen und die Szenen, die sich um uns herum abspielten. Beurteilten und interpretierten die Verhältnisse. Völlig klischeehaft. Wir lachten viel und ich genoss diese unverkrampfte Atmosphäre. Immer wieder fielen Anspielungen auf den weiteren Verlauf des Tages. Zwei Kaffee und ein Weizen später stand für mich fest, dass ich sehr wohl Lust hatte zu schauen, ob unsere digitale Phantasie, die gleiche Vorstellung von Lust und Sinnlichkeit, in der Realität den Hauch einer Überlebenschance hatte.

So fiel es mir nicht schwer, seine Frage »Hast du Lust zu mir zu gehen?«, mit einem klaren, eindeutigen »Ja« zu beantworten. Wie selbstverständlich zahlte er meine Getränke mit und wir machten uns auf dem Weg zu ihm. Ich war neugierig, wie er wohnte, und hatte schon eine gewisse Vorstellung davon. Zeig mir deine Wohnung und ich sage dir, wer du bist. Ist es so? Lässt sich der Charakter eines Menschen durch die Art seiner Einrichtung, seines Geschmacks an Möbeln, deren Anordnung, Grad der Ordnung, der Deko erkennen und typisieren?

Kurze Zeit später erreichten wir eine Flachbausiedlung, die in den 80er-Jahren entstanden war, und ich betrat seine Terrassenwohnung. Praktisch! Das war das erste Wort, welches mir in den Sinn kam, als ich mich umsah. Für mich war es die typische Wohnung eines Mannes, der alleine lebte. Dem klar war, dass Couch, Couchtisch und Kommode durchaus nützlich sein konnten. Der aber nur aus diesem Grund den dafür erforderlichen Minimalaufwand aufbrachte, um sich einzurichten. Es gab kaum Persönliches zu sehen. Kurzum, es hatte den Charme einer Ferienwohnung, in die alle Möbel gestellt wurden, die Tante Anne und Onkel Otto ausrangierten, weil sie sich endlich mal was Neues gönnten. Das Persönlichste, was sich mir bot, war sein Rennrad, welches er mir sehr stolz vorstellte. Ich grinste in mich hinein. Warum überraschte es mich nicht? Es passte zu ihm. Es war authentisch. Für ihn schien es das Normalste und Natürlichste der Welt zu sein. Und genau damit, mit diesem Selbstbewusstsein, schaffte er es, dass mich meine Umgebung nicht im Geringsten störte oder ich mich unwohl fühlte. Nicht einmal, als er mich küssend ins Schlafzimmer schob. Vorbei an seinem vollbehängten Wäscheständer und dem furnierten Eckregal in Esche-Optik. Hastig zogen wir uns aus und erkundeten den Körper des anderen, fühlten, schmecken, berührten ihn. Versuchten uns fallenzulassen. Was mir nur bedingt gelang. Zumindest zunächst.

Diese Situation war schon absurd. Heute Morgen noch im heimischen Bett, fuhr ich fast 300 km, um im Bett eines Mannes zu landen, mit dem ich zwar viele Sexgeschichten im Geiste erlebt, den ich aber nie zuvor gesehen hatte. *Emma! Hör auf, schon wie-*

der alles zu zerdenken, tönte es in meinem Kopf. *Du wolltest Sex. Jetzt freu dich über die Hände an deinem Körper, und die Lippen auf deinen.*

Und je länger wir uns mit unseren Körpern befassten, umso mehr gelang es mir, nur im Moment zu sein und diesen etwas anderen Sonntag zu genießen. Der Sex war nicht schlecht mit uns. R. war offen, er hatte Lust auf mich und meinen Körper und war interessiert daran, dass ich ebenso auf meine Kosten kam. Es war nicht diese Art Sex, die mir den Atem raubte. Bei dem die Gier auf den anderen mich völlig benebelte und um den Verstand zu bringen drohte. Es ist auch ein sehr, sehr seltenes Glück, diesen Typ Mann zu finden, mit dem das naturgegeben so ist. Was mehr als schade ist.

Aber es war solider, guter Sex und ich unterversorgt – also war ich happy damit. Wir verbrachten so lange im Bett, bis uns der Hunger einholte, und er schlug vor, wieder in die Stadt zu laufen, um etwas zu essen.

Gesagt, getan. Wir schlenderten gemütlich in die City, er zeigte mir die schönsten Stellen des Ortes und ich bekam einen erneuten Einblick in diesen kleinen und manchmal bestimmt auch beschaulichen Touristenort. Wir ließen uns in einem gutbürgerlichen Lokal nieder, fanden einen halbschattigen Platz unter einem Sonnenschirm und bestellten zügig. Während des Essens erzählten wir von Job und Leben, von vorangegangenen Beziehungen und unseren Erfahrungen in der Datingwelt. Wieder war es leicht, unkompliziert und unterhaltsam.

Nach dem Essen spazierten wir weiter durch den Ort, setzten uns kurz an den See, wanderten umher. Händchenhaltend und witzelnd. In einem großen Biergarten auf der Anhöhe, dicht an einem Schloss, ließen wir uns erneut nieder. Immer wieder kurz küssend oder berührend. Wie selbstverständlich.

Es war nicht so, dass es zwischen uns gefunkt hatte. Ganz und gar nicht. Ich glaube nicht, dass R. zu irgendeinem Zeitpunkt mehr in mir sah. Es war vielmehr so, als ob zwei gute Bekannte einen zwanglosen Tag miteinander verbrachten. Die sich mochten und die Nähe des anderen auch körperlich genossen. Die sich treiben ließen. Ohne Gedanken daran, wo es hinführen konnte, sollte, musste oder würde. Ohne Erwartungen an den anderen zu haben. Die Sonne, die Stimmung, das Radler trugen zu meinem Hochgefühl bei. Eine entspannte und lockere Atmosphäre.

Irgendwann schaute er mich an und fragte, wann ich wieder zurückfahren müsse und ob ich Lust hätte, vorher noch einmal zu ihm zu gehen. *Emma! Sag ja. Scheiß auf den Sonntagsstau, der uns zweifelsohne erwartet.* Ich hatte Lust. Dieser Tag sollte ausgenutzt und ausgekostet werden.

Zurück in seiner Wohnung hatten wir erneut Sex und waren sogar in der Lage, über die eine oder andere Situation dabei zu lachen. Ich fühlte mich wohl mit ihm, ich mochte diese gelöste Atmosphäre. Seine selbstbewusste, lockere Art, sich und sein Leben zu präsentieren.

Als es dann für mich Zeit wurde zu gehen, war ich erfüllt von Eindrücken und ausgeglichen. Doch mir war völlig klar, dass ich nicht wusste, ob wir uns jemals wiedersehen würden. Wie ich das fand, war mir allerdings noch nicht klar.

Als er hinter mir stand, griff er mir kurz an die Taille und zog mich zu sich.

»Ich muss noch mal kurz fühlen. Ich weiß ja nicht, wann ich das nächste Mal die Gelegenheit dazu bekomme.«

Er dachte also das Gleiche. Und das war okay.

Der Abschied bestand aus einem flüchtigen Kuss auf den Mund und dem Wunsch einer guten Heimfahrt. Ich drehte mich um und ging. Klack. Die Tür fiel hinter mir ins Schloss und ihr Geräusch symbolisierte gleichzeitig innerlich für mich ein Ende. Das Ende eines verrückten Tages, das für so ein Grübelmonster wie mich noch einiges an Gedanken und Gefühlen bereithielt. Ich hoffte nur, dass sie nicht in Katerstimmung endeten.

Auf dem Rückweg konnte ich nicht anders als anzufangen, diesen schrägen Tag Revue passieren zu lassen. Mir ging es gut. Ich rief

N. an und erzählte ihr von diesem ganz anderen Sonntag als denen, die ich kannte und gewohnt war. Und während ich ihr diesen Tag schilderte, wurde mir gleichzeitig einmal mehr klar, wie ich diesen Teil in meinem Leben vermisste.

Ich dachte darüber nach. Was war es genau, was ich so vermisste? War es nur der Sex? Die Lust? Die Leichtigkeit? Das Unbekannte? Die Neugierde? Abenteuerlust? Oder stand das alles nur für den tieferen, essenziellen Wunsch nach einer Beziehung? Einer (Ver)Bindung? Mit allem, was in meiner Vorstellung dazu gehörte? Ich konnte mir ja kaum noch vorstellen, jemals wieder jemanden kennenzulernen, mit dem dies möglich war. Und das, obwohl es für mich mehrere Lebens-, Liebes- und Beziehungsmodelle gibt, mit denen ich glaube, glücklich werden zu können.

Ich bin kein Freund von Stereotypen. Das Hochglanzbild des Paares, welches sich in den Zwanzigern kennenlernt, klingt für mich oft zu erzwungen. Sie ziehen zusammen, verloben sich. Die Hochzeitsfeier wird gut und lange geplant, bis ins letzte Detail. Es darf nichts schiefgehen. Ist das Umfeld bereits nahezu unter der Haube, steigt der eigene Druck und übersieht auch mal die Kompatibilität mit dem Auserkorenen. Das Haus wird bald gebaut. Zwei Kinder folgen, der Hund etwas später. Läuft es schlecht, wird sich das nicht eingestanden. Das Bild muss bleiben. Zumindest nach außen. Bis die Beziehung ein einziger Scherbenhaufen ist. Oder man nebeneinanderher lebt. Sex gibt es schon lange nicht mehr.

Das ist mir zu starr. Es kann alles, muss aber nicht. Zusammen zu leben und zu heiraten ist kein Universalrezept für ein glückliches Leben und eine erfüllte Bindung. Es macht die Liebe nicht wahrer und haltbarer, nur weil ich die gleiche Adresse im Ausweis oder ein eigenes Stammbuch habe. Da gehören andere Dinge zu. Manchmal scheint es mir eher wie eine Art Versicherung. Nachdem sie abgeschlossen ist, lassen die Mühe und das Interesse an der Liebe zum anderen von Jahr zu Jahr mehr nach. Schließlich ist man safe. Das möchte ich nicht. Ob ich zusammenlebe oder nicht, ob ich mich täglich sehe oder viel seltener, spielt für mich eine untergeordnete Rolle.

Die nächsten Tage verflogen ohne große Besonderheit. Der Alltag hatte mich wieder, aber zumindest blieb der etwas befürchtete Hangover in meinem Kopf aus. Wir schrieben wenig, jeder von uns lebte sein Leben in seiner eigenen Welt. Aber wir hatten den Tag beide genossen und beschlossen, ihn zu wiederholen. Ohne dem zu viel Bedeutung beizumessen. Wann das sein sollte und könnte, ließen wir zunächst offen.

Darüber vergingen die nächsten Wochen, der Sommer zog ein und unser Kontakt reduzierte sich immer mehr, bis er nur noch sporadisch war. Ebenfalls unseren digitalen, sexuellen Phantasiereisen. Ob es am Alltag lag, am schwindenden Interesse, an der Entfernung – ich weiß es nicht. Was mich betraf, gab es zumindest keinen anderen Mann. Ich war zwar weiterhin online aktiv, aber die Chats dort waren nicht ausbaufähig. Die Erlebnisse eher desillusionierend.

Erst Ende Juli beschlossen wir, uns an einem Samstag in der Mitte zu treffen und das Wochenende gemeinsam zu verbringen. Nach einiger Sucherei fanden wir den passenden Ort und ein Hotel und er buchte uns ein Zimmer.

Das gefiel mir. Ich freute mich darauf ihn wiederzusehen. Ich sah im Geiste eine laue und schwülwarme Sommernacht, in der die Luft voller Sinnlichkeit knisterte. Sah uns beide unserer Lust hingebend. Outdoor. Lachend. Die Aussicht auf dieses Wochenende ließ mich guter Dinge sein und so lief das Hamsterrad von Arbeits- und Alltagstristesse langsamer. Meine immer mal aufkommenden Gedanken und Befürchtungen, er könne vorher absagen und mein Karma würde wieder zuschlagen, schob ich mit aller Kraft beiseite.

Drei Tage vor diesem Wochenende stand ich morgens auf und schaltete den Flugmodus meines Handys aus. Ich bekam eine WhatsApp von ihm und auch ohne sie zu lesen, war mir völlig klar, was drinstand. Zu ungewohnt war der Zeitpunkt für unseren momentanen Kontakt. Es konnte nur eines bedeuten. Ich atmete tief durch und startete schlecht gelaunt, voll von unheilschwangeren

Gedanken in mein morgendliches Programm von Hetze, Brotzeit machen, um das Kind und mich pünktlich zur Schule und Arbeit zu bekommen. Dann erst öffnete ich sie.

»Hey! Wir müssen unsere Entspannungsnacht leider verschieben. Hab jemanden kennengelernt. Auch wenn es noch nichts Spruchreifes ist, doch etwas unpassend. Sorry! Vielleicht holen wir es ja nach.«

»Hab's irgendwie im Gespür gehabt. Wusstest du das schon, als du gebucht hast?«

»Nee, wusste ich nicht.«

»Bist du verliebt?«

»Nein, das geht bei mir nicht so schnell.«

Na toll! Danke Karma. Das gibt's doch nicht. Echt jetzt? Schon wieder? Er versicherte mir, dass es nichts mit mir zu tun hätte *(Ja sicher, womit denn sonst?)* und er mich toll fände *(Na, aber offensichtlich nicht toll genug)*. Aber leider wohnte ich zu weit weg, als dass wir uns öfter sehen konnten. *Ja. Das weiß ich.*

Obwohl ich seine Offenheit und Ehrlichkeit schätzte und es ihn gegenüber seiner Neuen ehrte, war ich enttäuscht. Ich fühlte mich wieder zurück auf »Start« gesetzt. Ich hatte mir gewünscht, dass so eine völlig unverbindliche und sich nicht durch Anspruch und Häufigkeit auszeichnende Affäre länger hält als ein Treffen. Wieder blieb mir nur zu reagieren. Das war ich leid. Bis ich den Mann traf, der genauso Lust auf mich hatte wie ich auf ihn, der sich traute, mich ganz zu sehen und zu wollen, sollte ich zumindest gute Affären haben. Die sollten, wenigstens ab und zu, bitte so lange dauern, wie ich es wollte.

Trotzdem wünschte ich ihm alles Gute und versicherte ihm, dass ich den Tag mit ihm sehr genossen hatte. Schließlich war er ein ehrlicher, offener und aufrichtiger Mann und er hatte sich nicht verghosted oder mir Bullshit aufgetischt. So wurde es still um ihn. Ende – und aus die Maus.

Die Monate zogen ins Land, ohne dass sich bei mir etwas Aussichtsreiches und Vielversprechendes am Dating Himmel zeigte. Ich war an einem Punkt, an dem mich diese Apps zusehends nervten. So viel Auswahl und so wenig Potenzial. Wie konnte das sein? Dazu kam eine unglückliche Verliebtheit, die sogar analog entstand. Aber auch hier war das anfängliche, beidseitige und vielversprechende Interesse schnell auf einer, nämlich seiner, Seite versiegt und ich wurde zum Rotstiftopfer. Er hatte zu viele Bedenken, dass es letztlich nicht klappen könnte mit uns beiden. Die Umstände *... ja sicher!*

Manchmal musste ich an R. denken. Wie ging es ihm in seiner neuen Zweisamkeit? War er glücklich? Das würde ich wohl nie erfahren.

Umso überraschter war ich, als ich Monate später, an einem nasskalten Januartag, im Büro erneut eine Nachricht von ihm bekam.

»Hey, wie geht's dir? Was machst du so?«

Oh, okay. Die Frage, wie es mit seiner Holden lief, war zwar überflüssig, aber ich war neugierig. Er ließ kurz verlauten, dass sich das schnell wieder erledigt hatte. Zu unterschiedlich, zu jung, nichts als Feierei, das sei ihm zu viel gewesen. *Na toll, du Depp, und dafür schießt du mich ab.* Er fragte, wie es mir ginge, wie meine letzten Monate waren, was die Männerwelt mache.

Schnell war die alte, digitale Vertrautheit mit R. wieder da und so dauerte es nur ein paar Tage der Texterei, bis wir überlegten, uns doch noch mal zu treffen. Ich verspürte ihm gegenüber keinen Groll, er hatte mich auch nicht verletzt. Er war ehrlich und meine ganze Abscheu galt eher dem ungerechten Universum oder wie auch immer man das nennen möchte. Nicht ihm. Es dauerte wieder etwas, bis wir ein passendes Wochenende gefunden hatten, und diesmal wollte er mich für einen Tag besuchen kommen. Das war okay und mir nur recht.

Bis dahin erlebten wir wieder die eine oder andere digitale Phantasie und ich schob alle Skepsis einer erneuten Absage beiseite und freute mich auf dieses Wochenende.

Drei Tage vor diesem Wochenende stand ich morgens auf und schaltete den Flugmodus meines Handys aus. Ich bekam eine WhatsApp von ihm und auch ohne sie zu lesen, war mir völlig klar, was drinstand. Zu ungewohnt ... *ähhhm ... what? Hatten wir das nicht schon mal?* Ja, hatten wir. *Echt jetzt?* Ich hatte so wenig Lust, mir diese Nachricht durchzulesen, und ärgerte mich zusätzlich über mich selber. Wie konnte ich so naiv sein zu glauben, dass es diesmal anders lief? War es nicht immer so? Sich selbst zu beschimpfen, hebt zwar weder Laune noch Selbstbewusstsein, ist aber manchmal schneller und stärker als rationale Objektivität. Unten schlägt oben. Missmutig öffnete ich seine Nachricht.

»Unser Treffen steht unter keinen guten Stern, muss leider absagen.«

»Erzählst du mir zumindest den Grund?«

»Ich hab wieder jemanden kennengelernt, hat sich so ergeben.«

»Unter keinem guten Stern würde ich das dann ja nicht gerade nennen, ist ja deine Entscheidung und steht für dich doch sogar unter einem ‚prima Stern';-).«

»Hab ich echt erst am Samstag getroffen. Klar ist noch alles offen, aber ich würde ungern jemanden kennenlernen und dann gleich erst mal ein Spaßwochenende verbringen.«

»Das verstehe ich auch und du hast ja recht damit – mich enttäuscht es trotzdem, hättest du ja auch zwei Wochen später kennenlernen können. Ich denke, du weißt, was ich meine.«

»Ja, das weiß ich.«

»Na, dann wünsche ich dir, dass es besser läuft als beim jungen Huhn ... und falls nicht, dass du es mir früher mitteilst.« *(Oh my God ... sagte ich das ernsthaft?)*

»Danke. Und ja, mache ich.«

Ja ... das war's mit dem Mann vom Bodensee. Schade. Schade? Warum? Mir war doch völlig klar, dass nie mehr daraus geworden wäre. Das wollte ich auch gar nicht. Dazu hatte es weder genug gefunkt, noch waren wir kompatibel genug. Das hätte sich auch nicht entwickelt. *Und jetzt?* Was konnte ich mitnehmen aus dieser

Erfahrung? Was daraus lernen?

Monate später wurde er mir erneut als Date in einer App vorgeschlagen. Ich war verdutzt und so war klar, dass auch seine neue Freundin offenbar doch kein dauerhafter Part in seinem Leben wurde. Wir schrieben kurz. Aber wir beide beließen es dabei. Ich weiß nicht, ob er in dem Moment unseres Kontaktes wieder jemanden kennenlernte. Dann wäre ich wohl so etwas wie sein Amor. Ein temporärer Amor. Aber ich wollte auch nicht nachfragen. Zwischen uns war alles unverbindlich und trotzdem war es ehrlich. Es war völlig okay. Dennoch hatte ich keine Lust, diesen Ablauf ein drittes Mal zu erleben. Vielleicht musste ich es als das belassen, was es war. Aber was war es?

Eine Begegnung von zwei Menschen, die Nähe und Sex vermissten. Zwei Menschen, die mit weniger Kilometern zwischen sich vielleicht Freunde hätten werden können. Und das ein oder andere Mal im Bett gelandet wären. Ohne Ekstase. Aber trotzdem mit Vertrautheit, Respekt, Sympathie und vor allem Ehrlichkeit. Nicht mehr – aber auch nicht weniger.

Sich als jemand anderes auszugeben, finde ich ein charakterliches Statement, das den vermeintlichen hässlichen Vogel innerlich nicht schöner macht.

Profiler gesucht!

Als ich mich intensiver mit verschiedensten Profilen beschäftigte und etwas genauer hinsah, lernte ich sie im Laufe der Zeit gut zu lesen. In jedem Profil versteckten sich mehr nützliche Informationen, als es auf den ersten Blick erschien.

So sind Profile mit nur einem Bild mit Vorsicht zu genießen. Vor allem, wenn das Foto einen ausgesprochen gutaussehenden Mann zeigt. Je attraktiver der Mann, desto größer sollte die Vorsicht sein. Oftmals sind das Fake-Profile. Zumindest zeigen sie mitnichten das Antlitz ihres Schöpfers, was manchmal schnell ersichtlich ist. Die Fotos sind zu gestellt, zu gut ausgeleuchtet, die Umgebung zu inszeniert. Es sind professionelle Werbebilder, die aus dem weltweiten Netz gemopst wurden. Keine Schnappschüsse. Sobald mich ein Foto irritierte, fragte ich immer zügig nach, ob derjenige auf dem Bild zu sehen war. Manchmal war das für die Betroffenen Grund genug, mich direkt zu löschen. Das bestätigte mich darin, dass ich mit meiner skeptischen Neugier goldrichtig lag. Oft bekam ich aber auch eine Erklärung. Die Gründe der Männer waren immer die gleichen.

Grund Nummer eins war die Sorge, dass jemand aus ihrem beruflichen Umfeld sie sah. Das hörte sich an, als wäre Onlinedating eine bedenkliche Neigung – oder gar ein Fetisch, den man besser versteckt. Aber ist es nicht längst gesellschaftsfähig und völlig normal geworden? Unabhängig von Alter, Herkunft, Berufs- und Kontostand tummeln sich täglich unzählige Menschen in Dating-Apps. Ich denke, der größte Teil der Singles hat sich schon einmal damit beschäftigt, manche kürzer – manche länger. Ob das nun gut oder schlecht ist, ist ein anderes Thema. Warum sollte es also verwerflich sein, von einem Menschen aus dem eigenen Arbeitsumfeld gesehen zu werden? Schließlich wären beide online und man begegnete sich auf Augenhöhe, unabhängig von der beruflichen Konstellation oder Hierarchie. Die wenigsten Menschen werden ohne Foto erfolgreich sein. Es stellt sich die Frage, ob der Nutzen des falschen oder fehlenden Profilbildes überwiegt. Wenn die Scham so groß ist, ist Onlinedating vielleicht nicht die richtige Wahl.

Einmal wurde mir von einer solchen digitalen Begegnung aus dem Arbeitsumfeld berichtet. Ich fand die Reaktion des Mannes auf diese Konfrontation interessant und fragte mich, wie sehr diese männliches Verhalten widerspiegelte. In diesem Fall hatte der Betreffende kein falsches Profilbild. Die Dame likte ihn und aus reiner Höflichkeit hatte er dies erwidert. Ich weiß nicht mehr, ob sie Kundin, Kollegin oder Vorgesetzte war. Er nahm an, es sei nicht mehr als ein Signal nach dem Motto »Hey, du auch hier« und klar, dass alles Weitere indiskutabel wäre. Ich musste sehr lachen und war ein bisschen sprachlos. Ich konnte seine Logik kaum glauben. Denn wie zu erwarten, fühlte sich die Dame durch sein »Like« bestätigt und verstand es als Aufforderung aktiver zu werden. Hätte ich auch gedacht. Nun wusste er nicht mehr, wie er aus der Situation rauskommen konnte, ohne seine Sicht klar zu kommunizieren. Das traute er sich nicht. Er löschte, leicht in Panik und dementsprechend übereilt, kurzerhand sein ganzes Profil. Dabei vergaß er, sich von den Frauen, an denen er Interesse hatte, vorher Kontaktdaten zu erfragen. Die waren mitsamt seinem Profil ebenfalls futsch. Dumm gelaufen.

Grund Nummer zwei für Fake-Bilder war das eigene äußere Erscheinungsbild, welches als zu unattraktiv empfunden wurde. Oftmals wurde ich direkt gefragt, warum das Äußere denn immer so wichtig sei. Es käme doch mehr auf die inneren Werte an. Im Ernst – dieser Spruch geht mir mittlerweile ganz gehörig auf den Keks.

Es kommt nicht auf das Äußere an? Was heißt das überhaupt? Doch. Es kommt auch auf das Äußere an. Und ja – im besten Fall lässt man sich nicht blenden von irgendeiner künstlichen Oberflächlichkeit. Aber ich glaube, jeder Mensch möchte, dass sein Partner ihm persönlich optisch gefällt. Das heißt nicht, dass man wie ein Modell aussehen muss. Zumindest für viele nicht. Für mich ist es eher eine anstrengende Vorstellung, wenn mein Freund im Bad länger bräuchte als ich. Oder in jeden Spiegel schaut, an dem er vorbeikommt, um zu überprüfen, ob er noch genauso gut aussieht wie vor zwei Stunden. Wenn ich die Augen schließe und die Männer betrachte, die bis jetzt durch mein Leben gegangen sind, kann ich nicht einmal einen Typ Mann erkennen. Aber sie gefielen mir alle. Der eine mehr, der andere etwas weniger. Warum auch immer. Aber sicher fanden viele andere Frauen diese Männer lange nicht so attraktiv wie ich. Es war meine Sicht. Völlig subjektiv.

Aber sich als jemand anderes auszugeben, finde ich ein charakterliches Statement, das den vermeintlichen hässlichen Vogel innerlich nicht schöner macht.

Was sich in diesen Apps im Laufe der Zeit veränderte, ist, dass man sich nicht mehr darauf verlassen kann, dass Fake-Profile nur aus einem Foto bestehen. Mittlerweile gibt es sie auch mit mehr als einem Bild. Schnappschüsse sind ebenfalls dabei. Instagram und Co. machen es möglich. Ein wahres Paradies für Menschen mit diesem Bestreben. Als wäre man bei »Wünsch dir was«, ist es ein Einfaches, sich dort Bilder zu screenshoten und in sein eigenes Profil hochzuladen.

Dann gilt es zwischen den Zeilen zu lesen, auf sein Bauchgefühl zu lauschen und im Zweifel auch darauf zu hören. Wenn man ein klein wenig Übung und Routine hat, kristallisiert sich zügig raus, dass Vieles nicht zusammenpasst. Das fängt mit der Profilbeschreibung an. Sie passt oft nicht zu den Bildern. Das Gefühl bestätigt sich schnell, wenn man ein paar Worte miteinander wechselt. Es kommt kein stimmiges Bild zustande.

Diese Entwicklung finde ich bedenkenswert und ich verstehe nicht die Intention dieser Profile. Solch eine Basis hat in der Realität keine Zukunft. Aber vielleicht geht es nicht um reale Dates. Vielleicht geht es denjenigen nur um verbalen, digitalen Austausch in der eigenen Einsamkeit. Ich weiß es nicht. Ich verlasse mich da auf meine Intuition. Fehlen die Transparenz und Offenheit, bin ich raus.

Nicht zu vergessen sind die Profile der Nicht-Singles. Die eine Abwechslung, ein Abenteuer suchen. Oder nur ihren Marktwert testen wollen. Nicht alle sind so konsequent, das ehrlich und offen zuzugeben. Dann ist es logisch, das Gesicht lieber zu verbergen. Doch leider kein sicheres Indiz. Manch Nicht-Single sieht weder eine Notwendigkeit darin, sich etwas bedeckter zu zeigen, noch gibt er zu, in einer Beziehung zu leben. Dann gilt es rauszufinden, ob sich ein schlüssiges Bild ergibt. Was in diesem Fall am schwersten ist.

All die Tausende von Profilen zeigen ein breites Spektrum menschlicher Psyche und sozialen Verhaltens. Ich möchte nicht pauschalisieren, aber da es doch die eine oder andere Gemeinsamkeit gibt, einige nicht unerwähnt lassen.

So kann man davon ausgehen, dass Männer, die auf ihren Bildern ausschließlich Kappen oder Mützen tragen, mit großer Wahrscheinlichkeit eine Glatze oder Halbglatze haben.

Gerne wird auch die Größe verschwiegen. Da ich selber recht groß bin und gerne einen Mann hätte, der mich zumindest ein bisschen überragt, ist diese Information nicht unerheblich für mich. Aber meiner Erfahrung nach sind diese Männer dann alle unter 1,80 m. Warum schreibt ihr das nicht rein? Man erspart sich so viel, wenn man sich, zumindest in den Eckdaten, transparent zeigt.

Die Art der Profilbilder zeigt ein wahres Feuerwerk. Sie geben viel preis über uns. Haarschnitt, Kleidung, Brille. Wo wurde das Foto gemacht? Wie sieht der Hintergrund aus? Alleine das heimische Wohnzimmer zeigt so viele Details, die allesamt etwas über uns aussagen. Was mögen wir? Ist die Einrichtung modern? Oder spießig? Gelsenkirchener Barock? Ist es einheitlicher, furnierter Möbelhauscharme? Durchgestylt? Minimalistisch? Clean oder chaotisch? Individuell, ausgefallen und persönlich? Verspielt und verniedlicht, mit Stofftieren auf der Couchlehne? Bedruckte Kissen mit Katzen oder Hundeporträts? Es gibt fast nichts, was es nicht gibt, und jede Szenerie ist ein Einblick in unsere Welt.

Wie kleiden wir uns? Meist passt das schon ganz gut zum Hintergrund der heimischen vier Wände. Der Mann im rosa Poloshirt, der den Pulli um seine Schultern gelegt hat, das Haar – falls vorhanden – sorgfältig bis akkurat frisiert, sitzt nicht am gefliesten, höhenverstellbaren Couchtisch mit seitlicher Kurbel. Kleider machen Leute, da ist schon was dran. Es ist eine Präsentation unseres Selbst. In die verschiedensten Richtungen. Alleine das viel getragene Kleidungsstück – die Jeans – ist nicht nur eine Jeans. Ihr Schnitt, ihre Waschung, ihre Farbe, wie sie sitzt und fällt – alles ist ein Statement, ein Ausdruck unserer Persönlichkeit. Es gibt kein Gut oder Schlecht. Sondern nur die Frage, was mir im Gesamtbild am besten gerecht wird, was mich anspricht und was so gar nicht kompatibel mit mir ist.

Kommen wir zu den Sportbildern. Unzähligen Sportbildern. So vielen Sportbildern, dass ich mich fragte, wann all diese Menschen Zeit zum Arbeiten finden. Abgesehen davon gibt es aber grundsätzlich Sportbilder und Sportbilder. Die einen zeigen durchtrainierte Körper im Fitnessstudio, die Muskeln Testosteron prophezeiend angespannt. Das Spiegelbild wird mit dem Handy eingefangen, der Blick lässig und cool. Meistens scheint der Gesichtsausdruck lange geübt und in Stein gemeißelt. Dieser Typ Mann hat mindestens ein Foto mit nacktem Oberkörper in seinem Profil.

Leider habe ich immer direkt ein Bild dazu im Kopf. Wie der perfekte Body beim Sex mehr daran interessiert ist, dass sein gestählter Körper auch dort meisterhaft ins rechte Licht gesetzt wird, als dass er sich in sinnlicher Leidenschaft fallen lassen könnte. Wie sähe man da denn aus?

Bei Bildern von Outdoorsport habe ich das weniger. Dort geht es mehr um die Aktivität, um den Sport, den Spaß in der Natur, darum, in den Elementen zu sein. Lust auf die Bewegung zu haben. Aber auch da kann die Flut der Sportlichkeit irgendwann zur Herausforderung werden. Sie scheinen in jeder freien Sekunde zu sporteln – immer passend zur jeweiligen Jahreszeit. Das Leben jede Minute genießend und nichts brauchend, geschweige denn suchend. *Is klar. Warum seid ihr dann hier?*

Bilder am Steuer sind auch sehr beliebt. So wird das Auto gleich mit vorgeführt, etwas subtiler, als direkt davor zu posen. Stolz wird das Gefährt präsentiert. Es scheint ein Beweis, dass man was zu bieten hat. Sehr männlich ist. Gerne wird die eigene Lässigkeit durch eine Sonnenbrille unterstrichen.

Ja, diese Sonnenbrillen. Sie werden auf jeder Art von Bildern intensiv getragen. Dabei sind Augen so wichtig, sie sind ein Spiegel. Ohne ist das Profil verzerrt, unklar, und es scheint, man hätte etwas zu verbergen. Als wollte man nicht erkannt werden. Klar, Sonnenbrillen können cool aussehen. Aber bitte: Zumindest ein halbwegs deutliches Bild, auf dem die Augen zu erkennen sind. Würden wir bei einer Bewerbung. auch machen. Und wenn man ganz ehrlich ist, ist Onlinedating nicht groß etwas anderes.

Dann wären da all die Hunde- und Katzenbilder. Zwar las ich häufig Kommentare von Männern, dass sie solche Bilder nicht in Frauenprofilen sehen wollen. Es schien viele zu nerven. Doch diese Bilder sind eher eine Typsache als eine Frage des Geschlechts. Viele Männer stellen sie ebenfalls mit Vorliebe in ihr Profil. Ob Katze oder Hund, groß oder klein, schmusend auf dem Arm, tollend auf der Wiese, kuschelnd auf der Couch, im Bett oder aber stolze Porträts ihrer Lieblinge. Eins niedlicher als das andere.

Es ist schön, dass wir so viele tierliebe Menschen haben, bin ich auch. Trotzdem finde ich, dass es die falsche Plattform ist und am Ziel vorbei geht. Denn was sagt es aus? Auch tierliebe Menschen können sich jenseits davon als echte Arschlöcher entpuppen. Es zeigt, was einem wichtig ist, wenn auch nicht, welche Stelle der andere einnehmen würde. Davor? Oder dahinter? Andererseits, gleich und gleich gesellt sich gern und für all die Frauen, die ebenfalls gerne ihre Lieblinge präsentieren, vielleicht das alles entscheidende Zünglein an der Waage.

Einem Test zufolge, von dem ich im Netz gelesen habe, steigert ein Posieren mit dem eigenen oder fremden Haustier in der Tat die Attraktivität des eigenen Profils und man erhält deutlich mehr Likes. Ich kann das selber nicht bestätigen. Mich schreckt das eher ab.

Ebenfalls zahlreich sind Fotos mit Sinnsprüchen. Ich habe schon ohne Onlinedating Probleme mit ihnen. Das fängt bei der Gestaltung an, die ist häufig katastrophal, und hört beim Inhalt auf. Herrje. Was man alles zu tun oder zu lassen hat. Wo das wahre Glück liegt und wie es ganz einfach zu bekommen ist. Was im Leben erstrebenswert ist. Was Frauen zu wirklichen Frauen macht und Männer zu echten Kerlen. In 99 % aller Fälle nerven mich all diese Weisheiten nur.

Trotzdem bin ich dankbar, dass es sie dort gibt. Denn diese sind ebenso ein klares Statement und ich bekomme einen Einblick in den Charakter, den Humor und die Sicht der Dinge.

Auch Natur- und Landschaftsbilder sind weit verbreitet und für meinen Geschmack ebenfalls deplatziert. Vielleicht wird damit Romantik oder Naturverbundenheit zum Ausdruck gebracht. Mag sein. Grundsätzlich was Gutes.

Aber wenn das Ergebnis acht Fotos irgendwelcher Berge, Strände und Seen sind und ich nur ein unscharfes, dunkles Bild des eigentlichen Kandidaten sehe, ist das nicht zielführend. Es ist für mich eher ein Zeichen, dass es sich entweder um ein Fake-Profil handelt oder er von seiner Optik ablenken will. Auch da gilt: Durch Transparenz und Deutlichkeit im eigenen Profil lässt sich so viel ersparen.

Ich werde lieber nach links gewischt, als dass ich eine idealisierte, realitätsfremde Vorstellung meiner Person und meines Aussehens erschaffe. Das ist Anfüttern an der falschen Stelle. Denn spätestens beim ersten Date kann dieses Bild der Wirklichkeit nicht mehr standhalten und zerfällt im Nu zu Staub. Es ist schon mit realistischen Fotos schwer genug.

Mehrere Schnappschüsse unterschiedlichster Art, scharf, hell, das Gesicht und die Statur sollten deutlich zu erkennen sein. Das wäre ein idealer Start.

»Mann mit Grill sucht Frau mit Kohle.«

Bio? Oder lieber Statement?

Was ist eigentlich mit dem Profiltext? Nicht jedes Profil hat einen. Er ist nicht leicht zu schreiben. Und einige Männer scheinen sich zudem zu fragen, ob sich das überhaupt irgendeine Frau durchliest. Ich las sie immer gerne und finde, dass selbst eine kleine Beschreibung besser ist als gar keine. Der Text muss keinen Literaturpreis gewinnen. Aber er sollte orthografisch annähernd fehlerfrei sein, was für viele schon eine echte Herausforderung zu sein scheint. Vielleicht wird auch nur die Wirkung unterschätzt.

Oftmals findet man keine Selbstbeschreibung, sondern eine klare, mitunter lautstarke Botschaft an das andere Geschlecht. Viele der Texte sind dadurch belustigend bis besorgniserregend, manche ein ziemliches Statement und ab und an fand ich sie sogar wirklich gut. Anbei ein Auszug meiner Favourites ...

Waschlappen sucht Seife zwecks gemeinsamen
Schaumbades

•

Nicht mehr aktiv - da gibt's jemanden, der meine
ganze Aufmerksamkeit verdient hat

•

wer beim ersten Treffen nicht so aussieht,
wie auf dem Foto, zahlt so lange die
Rechnung - bis es passt!
Ich kann es nicht leiden, wenn eine Beziehung,

auch eine werdende, wegen Kleinigkeiten sofort
weggeschmissen wird. Das ist heutzutage,
auch bedingt durch diese Versandhaus
Onlinebörsen hier, leider fast zum Standard
geworden. Nur wie soll man sonst
seinen Partner noch kennen lernen???

•

Das Leben ist fast wie ein Penis ,ralex und einfach
nur rumhängen die Frau ist es die in hart macht

•

Heute habe ich Geburtstag
Wer will darf kommen

•

Corona = Zeit zum kennenlernen um es dann
irgendwann richtig krachen zu lassen:-)
Einfach genießen.. gerne auch mit Altersunterschied,
mag reifere Frauen ebenso wie jüngere.
Fuckbuddy ;-) Keine Spielchen, kein ONS ... .
mal zart, mal hart aber immer mit Leidenschaft
und Hemmungslosigkeit!!
Ist das etwas für dich? Bist du dabei?

•

Meine lieben Damen,
wenn ihr schon unabsichtlich ein Like vergebt,
dann habt auch Bitte die ***in der Hose und
steht dazu wenn ihr angeschrieben werdet.
Mir ist das auch schon passiert und ein

bisschen Anstand sollte schon sein.

•

Habe kein Bild mit nacktem Oberkörper und Sonnenbrille. Und wenn ihr den Mann fürs Leben sucht Mädels. Träumt mal schön weiter, lutscht an euren Salatblättern und macht mal schön Yoga. Willkommen in der Realität. Wir Männer sind alle gleich und scheisse. Ich sag nur: Na und? Wenn es doch noch Frauen gibt die wissen zu leben bitte melden. Ökos und co nicht bei mir;-) Achja ... Ich nehme auch die Falsche ... und noch was ... ich habe keine 20cm.

•

Ich bin ein 43 Jähriger Mann aus dem Raum R. Habe eine Vorliebe für Feinstrümpfe und Feinstrumpfhosen. Wer mehr über mich wissen möchte darf gerne schreiben.

•

Rechts: ons, Freundschaft+, Interesse an 17 cm Umfang und extrem guten Sex. Links: Wenn du deinen Traumprinz suchst

•

Bin für alles offen sportlich, spontan. Kein ONS suche eine ernsthafte Beziehung. Habe eine Tochter. Meine Hobbys : Fußball, Musik, Wandern, und einiges mehr. Bitte keine Nacktfotos.

•

Wenn wir ehrlich sind , sucht keiner der Männer hier eine Beziehung , die haben sie nämlich schon zuhause sitzen . Hier gehts lediglich um Sex . Männer sind Jäger , sie pflücken keine Brombeeren, wenn sie die Sau jagen . Da helfen auch keine Gedichte von Rilke oder Blümchenfotos im Profil.

•

ich schwöre ich sehe gut aus
Suche unkomplizierten Kontakt für
was auch immer

•

Gib mir: gutes Radio, gutes Fernsehen, gute Mode, gutes Essen, gute Clubs und ein paar fähige Idole, gib mir das alles, und wir können wetten, in 20 Jahren mach ich dir aus Bielefeld Manhattan

•

Bin eigentlich 50, aber das glaubt mir eh keiner, weil ich mich verhalte wie 27 und dabei wie 43 ausschaue. Trotzdem: Bitte keine »Hey du wildes süßes Bussibärli« Anmachen mehr! Dass ihr alle gut mit dem Mountainbike, Surfbrett, Tiefschnee, Gipfelkreuz, dem Mass Bier und der Yogapose umgehen könnt Mädels, das sehe ich hier zur Genüge. Gut so! Wenn ihr

zudem noch 200 Stunden Selbsterfahrung
mitbringt, dann wird es richtig spannend!

•

Wer mich näher kennt, mag mich..

•

Ich suche schon soooooooo lange. Wo ist mein
Schatz mit Herz und Verstand ? Suche eine
Frau die weiter denk, als ein Schwein
schei ... en kann. Einbildung zählt nicht.
Wenn Probleme, Kummer , Sorgen, Ängste,
Nöte oder Verbesserungsvorschläge vorhanden
sind, einfach an Schreiben. Bitte nur
aus 30km Umkreis. Fernzbeziehungen
halten nicht. Leider. Antworte garantiert.

•

Mann mit Kohle sucht Junges Mädel mit
glühender Muschi um die Kohle zu verheizen

•

Bist du nicht beziehungsfähig? Dann
bitte nach links wischen.
Was ich nicht brauch is eine Bescheuerte
Partymaus und auch keine ohne Bild .
Denn du stehst nicht zu dir selber ... .
Natürlich sind Bilder trügerisch das weiß
ich nur zu gut. Dennoch willst du doch gesehen
werden und jemand finden der dir ganz klar
sagt .. du bist die schönste heisseste Frau ...

also wieso verbergen … das bringt nix. Auf
jeden wartet genau der Partner den du
schon immer finden wolltest ... .Was soll
das Versteck spiel ... Was soll das nicht antworten ...
is es ein Charakter Zug das du nicht nein sagen kannst
oder einem nicht klar sagen kannst das er nicht
dein Typ ist ... .. Da fehlt auch woh l er Arsch
in der Hose … normale Umgangsformen ..
mittlerweile ein Fremdwort? ... Super ihr lasst
mich bitte in Ruhe die wenigen anderen die
auch eine »spezielle« Art an sich haben …
auf die Freu ich mich

•

I need connection, physical contact,
closeness, respect, independence, sex..
I give connection, physical contact,
closeness, respect, independence, sex..
I am tall, delicate, tender, strong, shy,
vulnerable, loving male
I need a delicate, tender, strong, shy,
vulnerable, loving female
No tied relationship, only freedom..both ways

•

Bin für Frau wohl hier nicht interessant genug
daher, nur auf der Suche nach nen f ...
Erfahrungswerte hier da ich schon alles
ausprobiert und Texte verfasst habe.
Frauen haben eh kein Bock auf eine Beziehung!
Wer nicht klar kommt damit, links swipen!
Und wer lang rum schreibt wird gelöscht.
Und liebe Frauen- erst lesen dann swipen

und nicht dauerhaft nach rechts wischen.
Auf Hässliche und fette Frauen keine
Interesse Und schreibt mir eher bei Insta
Followergeil> ****fr

•

Hi, bin etwas zurückhaltender und mit
Garantie kein Schürzenjäger, dafür rücksichtsvoll
und einfühlsam – Der Klügere gibt nach!
Eine traurige Wahrheit, sie begründet die
Weltherrschaft der Dummheit

•

Nach einigen Monaten hier muss ich meinen
Text noch einmal überarbeiten.
Update: ich bleib lieber Single.
Ich rauche und saufe - falls doch jemand
Kontakt möchte:
-kleiner als ich (1,74m)
-leichter als ich (83kg)
-jünger als ich (42)
-kein Hund der in eine Tasche passt
-keine 3 Kinder und mehr
-deutsch Kenntnisse
-Entfernung unter 50km
Und wenn du Geld oder Geschenke willst
beweg deinen arroganten Arsch und geh arbeiten.

•

Ich bin Witwer, ich habe 2 Kinder, ich lebe in
Wien, ich bin Brasilianer. Ich liebe Tanzen,
Laufen, Spazierengehen, Musik, Strand,

Reisen, ich glaube an Liebe, ich lebe einen Tag nach dem anderen. Ich suche eine ernsthafte Beziehung eine ernsthafte Ehe mit einer Frau, die an wahre Liebe glaubt. Ich bin in der Gruppe von 10% der Männer, die es wert sind, geliebt zu werden. Ich bin in der Gruppe der letzten Romantiker, die Flire schicken und die Tür für Frauen öffnen.

•

Mann mit Grill sucht
Frau mit Kohle

•

20 Zentimeter beschreiben mein Leben am besten

•

kein Interesse an ons und Abenteuer!! Suche feste Partnerschaft,und bitte keine Oberflächliche, denn da kann ich auch Mitspielen..Und dein Hey kannst du dir auch sparen,bleibt Zivilisiert.Gibts hier no was Gescheites

•

Multi Millionär, bisher im Keller eingesperrt, sucht die große Liebe. Du darfst gerne älter sein und auch so aussehen..und ein paar Kilos mehr sind überhaupt kein Problem.. solltest du meine Sprache nicht sprechen.. kein Ding!!.die Sprache der Liebe ist

universell Bin Hunde- Katzen- und
Vögelliebhaber;-) und sehr pflegeleicht..
wasche, koche und putze gerne für Dich,
bei Bedarf auch nackt. Solltest du eine Frau
sein, die sich gerne finanziell verwöhnen
lässt,so gehört meine Kreditkarte Dir

•

Enjoy life, it has an expiration date
1,94 cm ohne Schuhe (nur der Vollständigkeit
halber, weil das hier scheinbar wichtig is ... mir
is die Größe nämlich wuaschd ...) Und
übrigens: Pferdebilder haben ungefähr die
Anziehungskraft wie dicke, Bier trinkende
Männer beim Fußball schauen. Was heißt
eigentlich »mit beiden Beinen im Leben
stehen«? Das lese ich hier ständig ... heißt
das: bei mir is Stillstand, das bewegt sich nix?
Ich bin angewurzelt oder was???

•

Rosen sind rot, Veilchen sind blau,
ich hasse es zu reimen,
Penis

•

Über mich:
Ich denke ich bin recht liebenswürdig. Meine
Noch/Ex-Frau denkt ich bin ein Arschloch.
Meine zuckersüße 5 jährige Tochter liebt mich.
70 Kilo, zugegeben etwas ungünstig verteilt
auf 170 cm. Leider immer noch Raucher.

•

Über dich:
Das Gesamtpaket muss stimmen. Als Beispiel:
15 Kilo zu viel können gerade das Richtige
sein um begehrenswert zu sein. Oder: Du kannst
einem Fotokalender entsprungen sein, wenn du
aber nicht weiter denken kannst als du
spucken kannst, dann passt es nicht.

•

tinder hat mich gelehrt: travel=das Arschgeweih
unter den Hobbys..und dann diese dämlichen
hüpf-fotos, snapchat-filter und Victory Zeichen
auf jedem zweiten Bild ... .wo bin ich
hier gelandet? Sekte? Kindergarten? Anstalt?
Hab genug von ghetto-barbies und downtown-uschis.
Drück das Herz und wir sind hier weg!

•

Hi! Teilweise verrückt wie man an den Fotos
erkennt, aber irgendwie auch voll normal:-D
trage - leicht angetrunken - gerne mal Dessous und
wer das abnormal findet, sollte mal sehen, wie viele
Frauen hier Apps verwenden, damit sie aussehen
wie ein Hundegesicht. Find ich auch nicht normal:-D

•

Ich wünsche mir »Sie« an meiner Seite.
»Sie« die sagt: »Paß auf dich auf, denn ich wäre
traurig, wenn dir etwas zustößt.«

»Hi, würde dich gerne mal übers Knie legen und dir den Po versohlen. Kuss M. Sind 600,- € okay? Hast du Donnerstagnachmittag Zeit?«

Das kleine 1 x 1

Im Laufe der Zeit probierte ich verschiedene Dating-Apps aus. Letztlich funktionieren sie alle nach dem gleichen Prinzip. Unterschiede gibt es in Details des Handlings, wo jeder individuell entscheiden muss, was ihm besser gefällt.

Weder die Menge der Auswahl noch die Höhe des Niveaus lässt sich auf eine bestimmte App eingrenzen. Auf den einen Plattformen ist es möglich, jemandem direkt eine Nachricht zu schreiben, wenn dieser einem gefällt. Auf anderen muss es dafür zunächst ein Match geben. Auf einigen Apps kann man sehen, wer auf dem eigenen Profil war. Man kann sehen, ob jemand online ist oder wann er das letzte Mal online war. Oder ob er eine Nachricht gelesen hat. Unabhängig von der Art der Mitgliedschaft. Auf anderen geht das wiederum nicht oder nur mit verbundenen Kosten.

Aber so unterschiedlich all diese Details sind, so plattformunabhängig war das Verhalten ihrer User. Die Nachrichten, die ich von Männern zur ersten Kontaktaufnahme bekam, waren in den wenigsten Fällen besonders kreativ. Meine waren schätzungsweise nicht besser. Das finde ich auch gar nicht so leicht. Was denn einem wildfremden Menschen schreiben, was nicht beim zehnten Mal abgedroschen klingt? Selbst wenn man an ihm aufrichtig interessiert ist? Vor allem, wenn dieser in seinem eigenen Profil nicht viel als Einstieg bietet? Egal, ob man mit einem »Wie geht's dir ...?« beginnt oder mit »Ich find dich interessant ... attraktiv ... sympathisch ...«, »Mir gefallen deine Bilder ...« oder auf andere Art versucht, sein Interesse zu bekunden. Es ist schwer, dies auf eine Weise zu machen, die gleichermaßen interessiert wie individuell ist. Schreibt man mehr als einen Satz, muss dieser persönlich passen. Sonst klingt es schnell nach Copy-and-Paste, eingeübt und wenig authentisch. Zu kurz darf die erste Nachricht aber nicht sein. Klingt zu unbeteiligt. Zu lang auch nicht. Dann wird es creepy. Zu persönlich ebenfalls nicht, das wiederum erscheint schnell aufdringlich.

Aus diesen Gründen war mir ein schlichter, kurzer Anfang, der fehlerfrei geschrieben ist, am liebsten. Die Intelligenz und die mögliche ähnliche Wellenlänge zeigten sich dann in den nächsten zwei bis drei Sätzen. Oder eben nicht.

Was für mich ein No-Go war, waren reine, dumpfe Anreden wie »Hey« oder »Hi Beauty«. Lange Zeit habe ich das grundsätzlich ignoriert. Später bin ich dazu übergegangen, auf immer die gleiche Art zu antworten. Zumindest bei Männern, die sympathischer und intelligenter wirkten, als diese Phrase es ausdrückte. Möglicherweise hatten sie Sinn für meinen Humor. Darum bekamen sie folgende Antwort:

»Hey« Mail delivery failed. Mögliche Ursache: Diese Mail hat keinen Inhalt. Mögliche Lösung: Zumindest ein ganzer Satz. Und – oh Wunder – das eine oder andere Mal hat dies durchaus Schmunzeln ausgelöst und für einen neuen Kommunikationsstart gesorgt. Immerhin.

Es gab aber auch Nachrichten ganz anderer Art. Unverschämte und mitunter sexistische Anfragen, die ich entweder ignorierte oder spitzfindig kommentierte. Das war bei mir eine spontane Entscheidung meiner Tagesverfassung. Insbesondere erinnere ich mich an eine.

»Hey Emma, was geht? Ich suche noch jemanden für meinen Schwanz heute Abend.«

Das war seine erste Nachricht. Zu dieser Zeit waren Onlinedating und diese Apps Neuland für mich. Ich weiß nicht, ob es daran oder an meiner Stimmung an diesem Tag lag. Ich kochte innerlich vor Wut über seine beleidigende und respektlose Arroganz. Ich fühlte mich provoziert, einen Versuch zu unternehmen, ihm verbal seine Armseligkeit zu demonstrieren. Denn mehr war es in meinen Augen nicht.

»Na, dann klingle doch mal bei deinen Nachbarn und frag nach.«

»Gute Idee.«

»Bin bekannt für meine guten und kreativen Einfälle.«

»Mir wäre lieber, du wärst bekannt dafür, wie geil du blasen kannst.«

»Echt? Und was hättest du davon? Einen feuchten Traum für den Kleinen?«

»Ja. Darf ich mal deinen Arsch sehen?«

WTF? Das gibts ja nicht. Dieser blöde Penner ist echt grenzenlos – und macht mich sprachlos.

»Wow ... so viele Spermien und du war'st der Schnellste?«

»Ja. Qualität setzt sich eben durch.«

»Ja sicher. Qualität ‚made in China'.«

»Vielleicht. Was machst du heute noch?«

»Wow! Du kannst doch nicht etwa mehr als Dreiwortsätze?«

»Bin faul.«

»Na, aber das war für jemanden, der nicht gerade mit Intelligenz strahlt schon eine beachtliche Leistung. Gratuliere!«

»Danke.«

Konnte es wirklich irgendeine Frau auf unserem Planeten geben, bei der er damit Erfolg hatte?

Ein anderer schrieb mir des Nachts Folgendes, wohlgemerkt hatten wir vorher nicht mehr als die typischen Basics ausgetauscht und selbst das war in sehr reduzierter Form geschehen:

»Ich will dich durchficken, bis du nicht mehr richtig gehen kannst.«

Bei Tageslicht und wieder nüchtern schien er sich doch für seinen alkoholisierten Ausbruch steinzeitlichen Verhaltens zu schämen.

»Sooorrryyy für diese Nachricht. Ich war zu besoffen.«

»Na, dann kannst du ja froh sein, dass das im Rausch nicht versehentlich an deine Mutter ging«, schrieb ich ihm zurück.

»Was soll denn jetzt diese Beleidigung?«

Echt jetzt? Umgekehrt hatte er wohl wenig Verständnis für Unverschämtheiten. Heute würde ich so etwas konsequent ignorieren, für jegliche Reaktion wäre mir meine Zeit zu schade.

Bei einem anderen Match fragte ich kurz nach, was er denn gerne auf dieser Plattform finden würde.

Das war eine Frau für eine Affäre. In regelmäßigen Abständen wollte er sie in einem schicken Restaurant treffen. Er würde bei Wein und gutem Essen gepflegte Konversation betreiben, bevor er die Auserwählte mit nach Hause nahm, um die Nacht mit ihr zu verbringen. Am nächsten Morgen sollte sie zügig gehen. Seine detaillierten und minutiösen Vorstellungen erstaunten mich. Dabei brauchte er gar nicht zu erwähnen, dass er jenseits dieser Treffen keinen spürbaren Kontakt wünschte. Das wurde aus seinen Zeilen deutlich. *Warum buchst du dir nicht einfach eine?* Für mich hörte sich das an, als würde er sich besser an einen Escortservice wenden. Was ich völlig okay fände. Dort wären seine Bedürfnisse leicht abgedeckt worden. Es wäre ehrlicher und alle Beteiligten hätten einen Benefit davon. Außer sein Geldbeutel. Und vielleicht seine Schamgrenze.

Ich antwortete ihm, dass das nichts für mich sei, wir da andere Vorstellungen hätten. Ein paar Minuten später bekam ich eine zikkige Antwort, in der er mich beschimpfte, was ich mir einbilden und mit mir nicht stimmen würde. Das hätte ich ihm schließlich früher sagen können. Dann hätte er mir nicht so viel geschrieben und sich die Arbeit sparen können. *Ähmm ... what?*

Man darf nicht zimperlich sein, wenn man sich in die Welt des Onlinedatings begibt. Ich glaube zwar nicht, dass Dating-Apps dafür verantwortlich sind, spezielle Charaktere hervorzubringen, jedoch lässt die Anonymität des Netzes so manche Hemmung fallen und einst erlernte Kinderstuben vergessen.

Dazu kommt, dass die Menge an möglichen Kontakten die Wahrscheinlichkeit erhöht, solche Erfahrungen zu machen. Das ist reine Mathematik. Gott sei Dank ist mir das in dieser Form sehr selten begegnet. So fiel es mir leicht, dem nicht so viel Gewichtung zu geben. Bei einer App scheint sogar (mittlerweile?) ein Algorithmus zu existieren, der fragt, ob man sich belästigt fühlt, sobald im Chat Schlagworte fallen, die auf sexuelle Handlungen schließen lassen.

Schräge Anfragen gab es zwar auch immer wieder, aber mit ein bisschen Augenzwinkern und Humor hatte ich eher eine lustige Geschichte für den Talk mit der Freundin.

»Hi, würde dich gerne mal übers Knie legen und dir den Po versohlen. Kuss M. Sind 600,- € okay? Hast du Donnerstagnachmittag Zeit?«

Das erreichte meine Freundin. Sie ignorierte es, aber wir amüsierten uns königlich darüber. Das ist kein schlechter Stundenlohn und wir stellten uns das Gesicht unseres Chefs vor, wenn sie ihn bat, am Nachmittag eine Stunde wegzudürfen, weil sie etwas ganz Dringendes zu erledigen hätte.

Ein anderes Mal bekam ich Folgendes:

»Also das klingt vielleicht gewagt und es ist sicher sehr direkt. Aber ich hoffe, du bist ein offener und aufgeschlossener Mensch und nimmst mir dieses Angebot nicht übel? Stell dir mal vor, du würdest jetzt entspannt auf dem Sofa sitzen und ich knie vor dir nieder und massiere, küsse und liebkose deine Füße. Und du siehst einfach dabei zu, ohne selbst was dafür tun zu müssen. Auch die Hosen bleiben zu!«

Der arme Kerl konnte ja nicht ahnen, dass er das der dafür unpassendsten Frau im ganzen Universum schrieb. Meine Füße gehören mir und keinem anderen. Ich musste passen.

Solche Fuß- oder Strumpfhosen-Anfragen erreichten mich häufiger. All diese Wunschvorstellungen hatten eins gemein – sie waren immer höflich. Das machte es leichter, sie mit Humor zu betrachten.

»Guten Tag, liebe Emma, hätten Sie evtl. Interesse an einer Bekanntschaft mit einem netten, jungen Mann aus A.?«

»Hallo R ... nein. Habe ich nicht. Alles Gute.«

»Schade! Als ihr Diener hätte ich mich glücklich geschätzt. Für dich würde ich alles machen, außer nackt vor dir deine Wohnung putzen.«

»Ähmm ... warum sollte ich das auch wollen?«

»Schade, wäre mein Traum.«

»Na, dann träum mal schön weiter.«

Durchforstet man das Internet auf Artikel über Dating-Apps, liest man, dass 40-50 % der User angeblich gar keine Singles seien. Zumindest ist das bei einer App wohl in diesem Maße statistisch erfasst worden. Aber wie kommt man zu diesen Zahlen? Die meisten Menschen werden kaum zugeben, dass sie trotz Beziehung online aktiv sind. Zumindest die, die sich ohne Wissen ihres Partners dort aufhalten. Vielleicht beziehen sich diese Prozentzahlen nur auf die Menschen, die offen damit umgehen. In diesem Fall wäre die Dunkelziffer noch viel höher.

Mit einigen dieser gebundenen Männer kam ich ins Gespräch. Ich fragte sie nach ihren Gründen, Dating-Apps zu besuchen. Mich interessierte, warum sie dachten, ihre sexuellen Beziehungsprobleme auf diese Art lösen zu können und zu wollen. Denn die fanden sich bei jedem. Kein Sex, zu wenig Sex, schlechter Sex, kein Interesse an Sex. Allen war gemein, dass sie nicht mit ihrer Partnerin darüber sprachen. Und ab und an erzählten sie mir wesentlich mehr über ihre Beziehung, als nötig war.

An einen Chat erinnere ich mich besonders. Es schien diesem Mann viel an seiner Freundin zu liegen. Sie verstanden sich gut, hatten den gleichen Lebensplan, teilten ähnliche Interessen. Bis auf das Interesse an Sex. Sie konnte nicht viel Freude daraus ziehen und ihr Bedürfnis danach war viel schwächer ausgeprägt als seines. Seine Versuche, mit ihr darüber zu sprechen, schlugen fehl und endeten jedes Mal mit Tränen. Er hatte keine Fetische oder sonstige Wünsche, die eine andersdenkende Partnerin schnell überfordern konnten. Seine Freundin versicherte ihm, dass er alles richtig mache, aber ihr nun einmal Sex nicht viel bedeute. So ganz glaubte ich das nicht und ermutigte ihn, erneut das Gespräch mit ihr zu suchen. Dieses Problem zu ignorieren und lieber heimlich fremdzugehen, konnte nicht die richtige Lösung sein. Ich war hin- und hergerissen zwischen »Not my business« und so was wie Mitleid. Mir schien, als wären er und viele dieser Männer im Grunde mehr auf der Suche nach einem Gesprächspartner als nach einer Affäre. Dem sie ihr sexuell unterversorgtes Herz ausschütten konnten. Von dem sie eine Meinung, vielleicht sogar einen Rat bekommen könnten. Match als Psychotherapie.

Ein paar Tage später berichtete er mir, dass er meinem Vorschlag gefolgt sei, aber leider erfolglos. Sie hätte direkt angefangen zu weinen, habe nicht darüber sprechen wollen. Jetzt hätte er beschlossen, das Thema ein für alle Mal ruhen zu lassen und online aktiver zu werden. Ob er es getan hat, weiß ich nicht. Unser Kontakt brach danach ab.

Genauso, wie ich mit diesen Männern Mitgefühl entwickelte, ärgerten mich all die Männer, die nicht offen damit umgingen. Deren Profil nichts davon erahnen ließ, dass sie in einer festen Beziehung steckten. Die einen für richtig dumm verkaufen wollten und sich selber für besonders schlau hielten. Dann wurden Details zur Falle. Auf Bildern – oder bei Erzählungen. Was sie gemacht haben. Wann sie es gemacht haben. Wo sie hingefahren sind. Auf den meisten Dating-Apps werden die Entfernungen auf den Profilen angezeigt und ich merkte schnell, ob die Geschichten stimmen konnten. Dazu kam mein Bauchgefühl. *Wohl doch nicht schlau genug.* In diesen Fällen schien es eher darum zu gehen, das eigene Selbstbewusstsein zu stärken und den Marktwert zu testen. Diese Begegnungen verliefen alle nach ein paar Tagen bis Wochen im Sande. *Gut so.*

Glaubt man mancher These im Netz, liken vorzugsweise Männer alles, was nach ein paar Gläsern Bier noch attraktiv wäre. Ohne Interesse an einem Kontakt, eher auf der Jagd nach dem Match-Highscore, als Adrenalinkick.

Was auf dem ersten Blick logisch erscheint, macht aber bei

genauerem Hinsehen nicht viel Sinn. Denkt man diesen Gedanken einmal zu Ende, ergibt sich doch folgendes Problem: Wenn mein Match ebenfalls alles wahllos nach rechts wischt, ohne eigentliches Interesse, welche Aussagekraft hat dann dieses Match noch für meine Attraktivität?

Trotzdem muss an dieser These irgendetwas dran sein. Klar entsteht nicht aus jedem Match ein realer Kontakt. Aber ich habe es oft erlebt, dass ein Match auf meine erste Nachricht nicht reagierte oder das Match direkt und kommentarlos wieder auflöste. Egal, wie nett sie geschrieben war.

Das ist nichts Besonderes, sondern Alltag beim Onlinedating. Man darf es nicht persönlich nehmen, auch wenn das dem einen oder anderen anfangs nicht leichtfällt.

Das betrifft ebenso Chats, die nur ein paar Tage anhalten. Man tauscht Telefonnummern, visiert ein Date an. Am nächsten Morgen wacht man auf – Chat weg – Match weg – Mann weg. Auch das habe ich erlebt. Interessante Augen schrieben mich an und wenn derjenige mich auch noch zum Schmunzeln brachte, hatte ich Lust auf mehr von ihm. Dann bohrte es mich schon, wenn er in der einen Sekunde meine Antworten likte, ich sah, wie er zurückschrieb, aber plötzlich innehielt, um zwei Stunden später das Match aufzulösen. Ich verstand nie, was das sollte. Ich nahm es genervt zur Kenntnis. Gesamtpaket Onlinedating. Wünschenswert wäre es, nicht zum Nachahmer zu werden.

Ebenso ist es Alltag, dass viele Chats nach ein paar Tagen wieder im Sande verlaufen. Ohne erkennbaren Grund. Das ist mir selber auch schon passiert, ohne dass echte oder sogar böse Absicht dahintersteckte. Sie versickerten im Alltag.

Warum? Fehlt jedes Mal das erforderliche Mindestinteresse? Oder sind wir wie Pauschaltouristen auf einer gebuchten Tagestour? Für kurze Zeit tauchen wir ein – in das Leben eines Fremden. Erhaschen einen kurzen Einblick und bleiben oft leider so sehr an der Oberfläche. Wollen wir gar nicht mehr sehen und entdecken, wenn der erste Eindruck nicht absolute Perfektion verspricht? Was heißt Perfektion überhaupt? Die gibt es doch nie im Leben. Stehen wir uns damit nicht selber im Weg?

Wir sollten uns allen mehr Chancen geben. Das Potenzial, welches in einer Begegnung steckt, können wir meist nach dem ersten, spätestens nach dem zweiten Date einstufen. Vielleicht passt es. Vielleicht passt es nicht. Aber dann haben wir zumindest unseren Horizont erweitert und hatten möglicherweise trotzdem eine coole Zeit.

Es war einer dieser Momente, in denen die Zeit stillstehen sollte. In denen sie sich zumindest ausdehnen sollte. Ihrer Natur trotzen. Sie sollte zukünftige Tiefpunkte plündern, ihre Minuten und Stunden stehlen.

Der Musiker

Where did you go?

In einer Zeit, in der ich immer mehr die Lust an Internet-Dating verlor, kam es nur noch selten vor, dass mir jemand so gefiel, dass sich durch den Rechtsswipe überhaupt ein Match ergeben konnte. Als A. mir vorgeschlagen wurde, blieb ich sofort an seinem Profilbild hängen. Er war anders. Längere Haare, Locken, Vollbart, ein s/w Foto, er singend auf der Bühne. Das Mikro in der Hand – verschwitzt, fokussiert und in sich gefangen. Ich mochte sofort dieses Bild, es berührte mich. Ich sah, dass er für Musik brannte, er war völlig bei sich und bei seinem (?) Song.

»Sehr, sehr cooles Bild. Respekt. I like!«, kommentierte ich sein Bild, ohne ein Match abzuwarten. Ich wollte mich nicht darauf verlassen, dass sich eins ergab, wenn ich ihn likte.

Kurze Zeit später schrieb er zurück. Wir kamen schnell ins Gespräch und ich merkte, dass wir uns etwas zu sagen hatten. Wir waren auf einer Wellenlänge.

A. wohnte eine knappe Stunde von mir entfernt und hatte einen Sohn, der bei ihm lebte. Er arbeitete als Techniker. Im Herzen jedoch war er Musiker, genauer gesagt Stoner – und das mit Leib und Seele.

Er suchte Spaß im Netz, ich keinen ONS.

»Mir ist eine Geschichte drum herum auch lieber. Außerdem kann Sex ohne Gefühl nicht wirklich gut sein«, war sein Kommentar dazu.

Ha! Ganz meine Meinung. In den kommenden Tagen schrieben wir immer wieder hin und her und wechselten bald auf WhatsApp.

Ohne dass ich nur eine Sekunde darüber nachdachte, wurden unsere Chats bald sexueller. Als sei es eine naturgegebene, unvermeidliche Konsequenz unserer Begegnung. Wir begaben uns langsam, aber bestimmt auf sinnliche Abenteuer. Aber im Gegensatz zu meinen Chats mit R. vom Bodensee waren A. und ich in unseren Phantasien nie Fremde. Wir waren wir. Ab dem ersten geschriebenen Wort waren unsere inneren Reisen intensiv und mir vertraut.

A. war kreativ, unsere Dialoge sprudelnd, wir verschwitzt. Er schilderte mir das, was er sah. Fordernd. Sinnlich. Deutlich. Und meist sahen wir das Gleiche. Wir ließen uns in unseren Bildern fallen. Es war verheißungsvoll, gierig und frei.

Auf diese Art mit ihm zu schreiben, fesselte mich. So wurde der Wunsch, ihn zu treffen und im realen Leben kennenzulernen schnell größer und größer. *Emma, deine Phantasie geht wieder mit dir durch. Dein sinnliches Bild von ihm wird der Realität kaum standhalten können,* versuchte mein Kopf die euphorische Mehrheit von mir zu bremsen. Zeit hatten wir beide nicht im Überfluss. Doch ich war mir sicher – die Möglichkeit für ein Date würde sich ergeben. Wenn wir beide wirklich wollten.

Kurz vor meinem jährlichen Urlaub Ende September mit N. fragte er mich, ob ich ihn am Wochenende treffen wollte. *Oh Shit.* N. und ich flogen Samstag früh nach New York. Mein Date mit A. musste leider warten.

New York war berauschend und inspirierend. Was für eine Stadt! Ich war schockverliebt. Vor allem Brooklyn habe ich sofort geliebt. So bunt, chaotisch, anders und tolerant. *Hier könnte ich leben.* Ab und an schrieb ich A., schickte ihm ein Bild und stellte fest, dass ich das aus einem Bedürfnis heraus tat, ihn teilhaben zu lassen an dieser wundervollen und beeindruckenden Stadt.

Zehn Tage später war ich zurück. Mit Wehmut, Jetlag und dem Wunsch, A. zu sehen.

»Wie geht's dir?«, schrieb ich ihm am nächsten Abend.

»Gut. Und dir? Haste noch Jetlag?«

»Es geht. Bin gestern zusammen mit meiner Tochter schlafen gegangen. Du, ich würde dich gerne bald in live sehen.«

»In live. Hmmm ... ja. Ich auch. Nur wann? Das wird schwierig. Aber machbar.«

Wir suchten nach einem Termin und fanden für zwei Wochenenden später einen Abend, an dem wir ein Treffen organisieren konnten. Der Proberaum seiner Band war nicht weit von meiner Wohnung entfernt und er wollte beides verbinden.

Bis dahin schrieben wir weiter. Nicht täglich und nicht ständig, aber doch regelmäßig.

»Hey du. Die Sonne scheint. Meine Haut ist ganz warm. Könnte dich jetzt schön aufwärmen«, lockte er mich.

»Haut an Haut. Schöne Vorstellung. Ich mag das gerne. Aufwärmen erst recht. Und wenn dann auch noch irgendwann ein erschöpftes, verschwitztes Gefühl dazukommt ...«, tauchte ich direkt in sein Bild ein.

»Ich mag die Vorstellung auch. Nur ganz kurz. Dann lass ich dich auch weiterarbeiten.«

»Ich will dann aber nicht weiterarbeiten. Dann bin ich wohlig geschafft. Ich will ein Glas Wein in deinem Arm trinken und daran anknüpfen. Ich will, dass du auch erschöpft bist«, ließ ich ihn wissen.

»Mmhhh ... sehr gern. Komm in meinen Arm. Chill so lange, bis du dich nicht mehr zurückhalten kannst und mir in die Hose greifst, mich küsst und und ... hier endet sein Tagebuch. Die Leidenschaft hat wohl beide in einen Bann gezogen, sodass es ihm unmöglich war, weiterzuschreiben.«

»Die gleiche Leidenschaft sorgte dafür, dass sich ihr Kopfkino weder stoppen noch steuern ließ. Nahezu unkontrolliert riss sie beide mit sich und forderte ihren Tribut«, schilderte ich ihm. Ich sah sofort seinen Gedanken vor mir, sah deutlich die Sinnlichkeit zwischen diesen beiden Menschen. Ich fühlte das Feuer zwischen ihnen. Es fiel mir nicht schwer, seine Bilder weiterzumalen – ich musste es sogar.

»Ich bin auf die Fortsetzung gespannt. Kritiker und Fans ebenso. Es ist so spannend geschrieben, dass man selber mitfühlen kann. Als wäre man live dabei. Der zweite Band kommt aber erst in über einer Woche raus«, schrieb er hinterher und brachte mich mit seinen Worten zum Lächeln.

»Auch sie kann sich der Spannung, Neugier und Freude nicht entziehen. Gleichermaßen wie Fans und Kritiker ist sie erstaunt über so viel Lust, angefacht durch das pure Wort. Einzig erklärbar mit der Möglichkeit und Fähigkeit beider, die Phantasie so zu beflügeln. Als wäre sie nahezu und tatsächlich real. Als kenne man sich schon, fühle sich schon.«

»In deinem Kopfkino fühle ich mich echt wohl«, sinnierte er.

»Hmm ... ich mich in deinem genauso.«

»Schön ... freu mich gerade. Weiß noch nicht warum, aber es fühlt sich gut an.«

Auch das empfand ich genauso.

Die Mischung aus Vertrautheit und sexuellen Offenheit unserer Chats gefiel mir. Ich mochte diese Kraft unserer Dialoge und freute mich sehr auf unser Date. Seit einer gefühlten Ewigkeit ein Mann, den ich unbedingt kennenlernen wollte, und zwar ohne Wenn und Aber.

Doch innerlich war ich versucht, mir diese Vorfreude auszureden. Zu oft wurde ich in der Vergangenheit kurzfristig versetzt, weil irgendetwas oder irgendjemand dazwischenfunkte. *Entspann dich, Emma.* Ich versuchte, jedes aufkommende Misstrauen beiseitezuschieben.

Dann wurde es Donnerstag – der Tag vor unserem Date. Mein Handy brummte und kündigte eine Nachricht von ihm an. Wenig später öffnete ich sie.

»Hola meine Lieblingskopfkinoflüsterin ... du, es hat sich bei mir Samstagabend ´ne Bandprobe mit meinem zweiten Projekt ergeben, das ich nicht absagen kann. Beiß mir grad tierisch in den Arsch.«

Fuck! Ich saß bei der Arbeit, versuchte mich zu konzentrieren, versuchte dieser Absage nicht die Chance zu geben, an meiner Laune zu nagen. Und doch war ich so machtlos über die Gefühle der Enttäuschung, die sie in mir auslöste. Egal, ob er sich ärgerte oder nicht. Sie breitete sich genüsslich in mir aus und in meinem

Kopf war völlig klar, dass dies eine Ausrede war. Ich wusste doch aus Erfahrung nur zu gut, wo das jetzt alles hinführte, und hatte so wenig Lust dazu. *Das weißt du doch gar nicht,* versuchte meine Vernunft mich an die Fakten zu erinnern. *Leg die Kristallkugel mal wieder weg. Am besten weit weg.* Ich zwang mich dazu, dem enttäuschten und verärgerten Impuls über die Ungerechtigkeiten meines nicht stattfindenden Liebeslebens und überhaupt der ganzen Welt nicht sofort nachzugeben und erst einmal durchzuatmen, um wieder objektiver zu sein.

So antwortete ich ihm erst abends.

»Hmm ... schade ... hatte mich wirklich gefreut. Wie schaut es denn mit einem Alternativtermin aus?«

»Ich kann's dir gerade echt nicht sagen. Ich hab mich auch gefreut und Absagen ist echt scheiße. Ich mag das überhaupt nicht. Ich such uns noch einen Alternativtermin. Es ist nur aufgeschoben, mag dich nach wie vor noch treffen. Ich geh jetzt in den Keller, bissl Gitarre spielen, falls du mich suchst.«

»Gut, das zu hören.«

Am nächsten Tag fragte er mich, ob wir uns in den Ferien nach der Arbeit auf ein Getränk treffen könnten. *Na siehst du, Emma. Keine Ausrede ...* Wir wussten beide noch nicht, wann unsere Kinder (also seins & meins) wo sein würden. Somit gestaltete sich ein neuer Termin zunächst zwar als schwierig, aber die warnende Stimme in meinem Kopf wurde trotzdem leiser.

Die Herbstferien kamen näher und wir verabredeten uns erneut. Diesmal sollte es ein Sonntagnachmittag sein, wir wollten uns auf ein Getränk treffen und sehen, was die Realität mit uns machte. Ohne dass etwas musste, aber alles durfte. Der Gedanke, ihn bald real kennenzulernen, machte mich leicht nervös. *Ach Emma ... kannst du nicht einfach mal deinen Kopf ausschalten?* Das versuchte ich und bald überwog meine Vorfreude.

Am Sonntag unseres Dates chillten meine Tochter und ich den kompletten Vormittag und meine Gedanken schweiften recht häufig zu der bevorstehenden Begegnung ab. Ich grinste in mich hinein.

In einem dieser Gedanken holte mich dann der Brummton meines Handys wieder in die Realität zurück. Als ich WhatsApp öffnete, erstarb mein Grinsen in einer gefühlten Nanosekunde. *Was zur Hölle ...?*

»Hallo Emma. Ich muss gleich wieder nach F. zu meinem Sohn. Ihm ging es die Nacht nicht gut. Er kränkelt grad viel. Können wir uns vielleicht morgen treffen? Tut mir voll leid.«

»Hey A. ... ja das können wir ... wär aber schön nicht wieder versetzt zu werden ... so toll fühlt sich das auch nicht an. Gute Besserung für deinen Sohn.«

Schnell fühlte ich mich zurückkatapultiert in schlechte Beziehungen und Begegnungen, in denen diese Art der Nachricht nichts anderes als eine unehrliche Abfuhr bedeutete. Ich war enttäuscht, genervt und ich war sauer auf mich selber, weil ich mich auf unser Date gefreut hatte.

Die Bemerkung von N., dass es durchaus möglich wäre, dass sein Sohn wirklich krank war, drang nur dumpf und unscharf zu mir durch. Dass ihm zweimal hintereinander etwas dazwischenkam, hielt mein Kopf für unwahrscheinlich.

Nachdem ich meine Tochter zu ihrem Dad gebracht hatte, verbrachte ich fast das ganze restliche Wochenende unter meiner Bettdecke und versuchte alles wegzuschlafen.

Montagmorgen wachte ich auf und fühlte mich körperlich angeschlagen. Ich hatte Halsschmerzen und eine Triefnase. Erschöpft schlurfte ich ins Bad und betrachtete missmutig mein Spiegelbild. Kränkelnd schaute es zurück. Gleichzeitig stellte ich fest, dass ich innerlich ruhig und erstaunlich klar war.

Ich fuhr ins Büro und hoffte, die Arbeit würde mich zusätzlich ablenken. Mir guttun. Gedankenverloren saß ich vor meinem Bildschirm und retuschierte vor mich hin. Plötzlich wurde mir klar, dass ich an diesem Tag kein Date wollte. Nicht aus Trotz. Oder weil ich beleidigt war. Oder zu krank. Sondern weil es der falsche Zeitpunkt war. Es kam mir zu gezwungen vor. Es wäre ein Date als Ergebnis von zwei Absagen gewesen. Weil er nicht der Arsch sein wollte. Oder weil er die Absagen wiedergutmachen wollte. Aber nicht, weil er mich sehen wollte. Wenn es nur ein Vorwand war und er keine Lust mehr hatte, mich zu treffen, dann brauchte und wollte ich sicher kein Mitleids- oder Anstandsdate. Und falls es keine Ausrede war, hatte er doch ganz viel anderes im Kopf und um die Ohren. Und war nicht ein unter Stress entstandenes Date von vorneherein eher zum Scheitern verurteilt? Es wäre weit entfernt gewesen von »Nichts muss, aber alles darf«. Dass der Grund seiner Absage gleichermaßen wahr oder unwahr sein konnte, war mir mittlerweile auch klar. Dazu kam ein gut gemeinter Rat von N., ihn meine schlechten Erfahrungen weder spüren noch ausbaden zu lassen, er könne nichts dafür.

Also sagte ich ihm ab und äußerte meinen Eindruck, dass es gerade nur zusätzlichen Stress für ihn bedeute und so doch am Ziel vorbei ginge. Und er nahm es dankend an.

Die nächsten Wochen vergingen, ohne dass irgendetwas Besonderes geschah. Ich schlug ihm vor, ihn und seine Band zu porträtieren, ich hätte gerne s/w Fotos von ihnen gemacht. Doch er reagierte zögerlich. Er war der Meinung, dass wir uns dafür erst einmal besser kennenlernen müssten. Ein neuer Vorschlag für ein Date blieb jedoch aus. Wir schrieben immer seltener und ich kam langsam an einen Punkt, an dem ich keine Lust mehr hatte, mich um einen Mann zu bemühen, der kein Interesse an mir hatte. Warum auch immer. Vielleicht war ich nicht sein Typ. Vielleicht suchte er etwas anderes. Es konnte aber genauso gut sein, dass er gerade keinen Kopf für Dating hatte. Egal mit wem. Ich wusste es nicht. Es spielte auch keine Rolle. Es war Zeit, sich ein bisschen zurückzuziehen.

Ich schrieb ihm, er solle sich melden, wenn er Lust auf Fotos hätte oder darauf, mich zu treffen. Er willigte ein und wollte genau das tun. Ich glaubte ihm nicht. Ich hielt es für das übliche Onlinegerede.

Zwei Wochen vergingen. Es war mittlerweile Dezember und nasskalt. Als an einem Abend mein Handy brummte, sah ich erstaunt, dass A. mir geschrieben hatte. Er fragte, wie es mir ginge und was ich so machte in dieser trüb gewordenen Jahreszeit. Ob ich schon in dicken Socken rumliefe. So schlicht und kurz seine Nachricht auch war – trotzdem spürte ich eine Freude, die ich mir nicht erklären konnte. *Du spinnst echt, Emma. Ihr kennt euch doch gar nicht,* hielt mein Kopf dagegen. Aber trotzdem war sie ungefragt da.

Kurze Zeit später ließ ich ihn wissen, dass es schön war von ihm zu hören. Schnell ergab sich wieder ein Gespräch, so dass wir den restlichen Abend schreibend verbrachten. Nicht, ohne uns wieder von unserer Phantasie mitreißen zu lassen. Sinnlich, selbstverständlich und ziemlich heiß. Wir konnten direkt an der alten, schwer zu beschreibenden Vertrautheit anknüpfen. Unser Kontakt wurde wieder intensiver.

Nun konnte ich alles auf mich zukommen lassen. Ich freute mich über seine Nachrichten, ohne aber den Drang zu verspüren, zwanghaft ein neues Date herbeizuführen. Es war nur schön, zu merken, dass er mich nicht direkt abgehakt und vergessen hatte.

So vergingen die Dezembertage entspannt und die bevorstehenden Feiertage drohten mir nicht. Zaghaft lockte mich die Zuversicht. *Möglicherweise hat die Zukunft etwas Schönes mit dir vor, Emma.* Grob überlegten wir erneut, ob wir uns zwischen den Jahren oder in den ersten Januartagen treffen sollten. Er wollte einen Plan schmieden. Er war viel, viel eingebundener mit Familie, Weihnachtsevents, Bandprobe, Kind und Freunden.

Die Vorstellung ihn zu sehen gefiel mir immer noch, aber diesmal ohne die Erwartung, dass es klappte.

Silvester und Neujahr kamen und gingen und die freie Zeit alleine tat mir gut. Ich war entspannt und ausgeglichen. A. und ich hatten weiterhin sinnliche Sex-Talks und dieser wurde noch selbstverständlicher. Für ihn war klar, dass die Chemie zwischen uns auch Face to face so passend war, dass wir Sex hätten. Ich war mir da nicht so sicher.

Ihn störten weder meine Bedenken, noch hielten sie ihn von seinen Plänen ab. Er wollte mich in der nächsten Woche besuchen, er wollte mit mir Wein trinken, er wollte im Zweifel auf der Couch schlafen. *Also Emma ... auch wenn der Sex mit ihm nur halb so gut ist, wie in eurer Phantasie, dann ist er schon ziemlich gut,* argumentierte insgeheim mein Kopf gegenüber meinem Bauch.

Am ersten Freitag im neuen Jahr wollte er mich besuchen. Ich stimmte sofort zu, freute mich sehr über diesen überraschenden Start des neuen Jahres. Es war jetzt drei Monate her, seitdem er mir aufgefallen war. Drei Monate, in denen er mir vertraut wurde und wir verheißungsvollen Sextalk hatten – jedoch nur im Schutze des digitalen Raumes. Ich hatte nicht eine Sekunde das Gefühl, ihn nicht zu mir einladen zu können. Oder zu wollen. Die wispernden Stimmen in meinem Kopf ignorierte ich, so gut ich konnte. Die befürchteten wieder eine Absage. Sie nervten mich. Ich wollte nichts mit ihnen zu tun haben.

Der Freitag kam, ohne eine Absage. Bis zum Abend hatte ich genügend Zeit, um mich seelisch und körperlich darauf einzustellen. Was ich auch tat. Trotzdem war ich so aufgeregt wie vor meiner mündlichen Mathe-Abiturprüfung. Da brachte auch jedes tiefe Durchatmen nichts.

Gegen 20.30 Uhr klingelte er an meiner Haustür und nervös öffnete ich ihm. Einmal mehr froh, dass man mir das selten anmerkt. Kurz lugte ich durch den Spion und sah ihn kommen. Um sich schauend und zögernd, wo er genau hinmusste, und doch sicher im Auftreten. Eine Flasche Rotwein in der Hand. *Da bist du also wirklich.* Als ich meine Wohnungstür öffnete und er vor mir stand, schauten wir uns kurz in die Augen und im Bruchteil einer Sekunde war mein Urteil gefällt.

Diese zwischenmenschliche Chemie ist wirklich eine komische und verrückte Sache. Ohne den geringsten Hauch einer Chance auf ein bewusstes Mitspracherecht meines Kopfes war mir völlig klar – *ich mag ihn. Verdammt! Und auch schön! Ich will Sex mit ihm. Oh Mann, Emma!*

Kurz nahm er mich in den Arm, küsste mich auf die Wange und wir grinsten uns an. Er trat ein, zog Jacke, Schal und Schuhe aus und folgte mir. Mit Rot- und Weißwein im Arm gingen wir in mein Wohnzimmer und setzten uns auf meine Couch. Er schaute sich in meiner Wohnung um, sein Blick schweifte über meine Einrichtung und die Bilder an den Wänden. Wie er fand, was er sah, ließ er mit keinerlei Mimik durchblicken.

Wir stießen mit unserem Wein an und ganz natürlich und leicht ergab sich ein Gespräch. Der Cocktail aus digitaler Vertrautheit und passender Chemie machte sich bemerkbar. Es lief.

Ohne mich zu berühren, saß er dicht neben mir, ich spürte deutlich die Wärme seines Körpers – sie zog mich an. Ich mochte ihn direkt in meiner Nähe haben, ich mochte es, wenn sich unsere Knie zufällig berührten.

Ich weiß nicht mehr, über was wir alles geredet haben, zu schnell schweiften meine Gedanken ab. Mein Wunsch, ihn zu küssen, wurde mit jeder Minute, die verstrich größer und mächtiger und beanspruchte meine ungeteilte Aufmerksamkeit. *Damn! Aber was willst du?*

Männergesichter zu lesen, war nie meine Stärke. Für mich ist es sehr schwer, sie schauen mich an und die Chance, dass sie denken »Wow, wie gerne würd ich jetzt über dich herfallen«, na ja, oder zumindest küssen, ist genauso groß wie die Wahrscheinlichkeit, dass sie darüber nachdenken, wann sie die Winterreifen wechseln wollen.

Immer häufiger berührten wir uns beim Erzählen. Ohne darüber nachzudenken, aber nicht zufällig. Eher instinktiv. Kurze Zeit später landete sein Zeigefinger wieder auf meinem Arm und verweilte dort diesmal einen Hauch zu lang. War das der Auslöser?

Ich weiß nicht, wie es dahin kam, alles ging schwindelerregend schnell, aber plötzlich war sein Gesicht ganz nah vor meinem. Ich sah Augen, die sich schlossen, spürte die weichen Haare seines

Vollbarts, seine Lippen auf meinen. Wir küssten uns und ab diesem Moment verloren wir uns ineinander. Und vielleicht ... vielleicht war das wirklich der Auslöser für die Kettenreaktion des weiteren Abends, der Nacht und des Morgens. Ich weiß es nicht. Aber es hätte krasser kaum sein können.

Die Lust rollte unaufhaltsam über uns, jedes Nachdenken erstarb und nichts anderes konnte geschehen. Wie eine Lawine riss sie uns mit und begrub uns unter ihrer bedingungslosen Gier. Wir zogen den anderen ungeduldig aus, unbeherrscht, fühlend, ertastend, riechend, schmeckend und mehr wollend – fordernd, und zwar jetzt. Jetzt sofort.

Die nächsten Stunden verloren sich in einem Meer aus Lust und Leidenschaft. Innig, sinnlich, gierig und unersättlich. Dieses Verlangen zwischen uns zog mich sofort in seinen Bann. Der Sex war so vertraut, so stimmig, frei und hemmungslos. Als hätten wir das schon immer miteinander gemacht. Gleichzeitig waren wir uns nah.

Es war einer dieser Momente, in denen die Zeit stillstehen sollte. In denen sie sich zumindest ausdehnen sollte. Ihrer Natur trotzen. Sie sollte zukünftige Tiefpunkte plündern, ihre Minuten und Stunden stehlen. In denen der Schmerz groß ist und man sich wünschte, im Zeitraffer durch diese Tage zu gehen. Aber sie tat es nicht. Sie ignorierte mich. Sie tat, was sie immer in solchen Momenten macht – sie beeilte sich, die Stunden schneller vergehen zu lassen als sonst. Und viel rasanter, als mir lieb war.

Außer Atem, erschöpft und ineinander versinkend, redeten wir, er sprach von seiner Familie, von seiner Musik. Ich lag in seinem Arm, wir fühlten uns die ganze Zeit dabei. Doch es dauerte nicht lange, bis der Hunger aufeinander wieder schrie und wir ihn stillen mussten.

In diesem Rhythmus trieben wir durch die Nacht und als ich das nächste Mal auf die Uhr sah, war es fünf Uhr morgens. Allmählich machte sich die Erschöpfung aus hemmungslosem Sex und Wein bemerkbar. Wir verschwanden ins Bett, lagen kurz umarmt, bis jeder sich auf seine Seite rollte. An Schlaf war meinerseits nicht zu denken. Ich bin selten das, was man einen guten Schläfer nennt. Irgendwann kam er aber doch und holte sich das, was er brauchte. Zumindest kurz.

Als ich ein paar Stunden später aufwachte, fühlte es sich selbstverständlich an, ihn neben mir zu wissen, zu sehen und zu spüren. Ich lag nicht in fremden Armen. *Völlig verrückt, Emma.* Ich kroch an ihn und diese Lust nahm uns erneut in Beschlag, drang in jede Zelle meines Körpers und sie konnte nicht abwarten, auf gar keinen Fall, keine Sekunde. Ich musste und wollte ihn fühlen, riechen, schmecken und seinen Körper kennenlernen, jede Pore. Ich wollte jedes Gefühl, welches er und seine Berührungen in mir auslösten, genießen, aufsaugen und mir einprägen, damit ich später noch davon zehren konnte.

Es war die Art von Sex, die mir nur selten im Leben begegnet ist. Es war die Art von Sex, die süchtig macht. Und zwar sofort. Und zwar ohne Widerrede. Was mich beängstigte. Es war die Art von Sex, die meiner Vorstellung, meinem Verständnis, meinem Bedürfnis von und nach gutem Sex und purer Leidenschaft perfekt entsprach. Die mir entsprach. Und die Selbstverständlichkeit, wie diese Art von Sex bei uns naturgegeben da war, war berauschend – aber eben auch ein bisschen beunruhigend. Es war lange her, dass ich überhaupt neben jemandem aufwachte, der älter als neun Jahre war. Und es war noch länger her, dass ich so viel Lust auf einen Mann hatte. Ihn so sehr haben wollte.

Es war der berühmte Morgen danach und für mich ein Stück Neuland, da ich bei fast all meinen Affären (sie waren überaus überschaubar ...) in der Nacht wieder aufbrach. So ging ich allem, was unangenehm werden könnte, aus dem Weg. Dazu kam, dass ich bei keiner einzigen den wirklichen Wunsch hatte, neben dem Mann aufzuwachen.

Aber jetzt war er da, der Morgen danach, in all seiner Pracht – und ich hatte ewig nicht so einen schönen, perfekten Morgen erlebt. Was für ein Abend! Was für eine Nacht! Wie überraschend konnte das Leben sein.

Gegen elf stand ich auf, fragte, ob er Lust auf Kaffee habe, und ließ ihn weiter dösen, während ich in meiner Küche verschwand. Jetzt war die Situation leicht befremdlich, alles war ungewohnt und ich fühlte mich verunsichert. Ich konzentrierte mich auf meine Kaffeemaschine und die zwei leeren Tassen, die mich stumm aufforderten, ihren Zweck zu erfüllen.

Ein paar Minuten später weckte ich ihn. Mit Kaffee in der Hand setzten wir uns an meinem Esstisch und bemühten uns um ein Gespräch. Er wirkte genauso verunsichert wie ich. Trotzdem bekamen wir es hin.

Schnell wurde es Mittag, wir beide mussten los, schafften es aber nicht. Die kleinste Berührung reichte aus, wir konnten ihr nicht widerstehen. Wie unter Zwang gaben wir ihr nach und schoben den Abschied hinaus. *Verdammt ... was geht hier vor? Wie kann das sein?*

Als er dann schließlich fuhr, war ich wie betrunken von diesen Stunden – und von ihm. Die Müdigkeit gab ihr Übriges dazu. Gleichzeitig fühlte ich mich gut. So gut wie schon lange nicht mehr. Ohne genau zu wissen, warum.

Ich musste zu einem beruflichen Termin in die Stadt und konnte mich kaum auf die Gespräche konzentrieren. Ich trank meinen Kaffee und verjagte meine Gedanken, aber in den ungünstigsten Momenten tauchten immer wieder Bilder vom vergangenen Abend, von der Nacht und dem Morgen auf. Sie vernebelten meinen Kopf und berauschten mich. Ich konnte ihn noch fühlen, riechen und schmecken. *Mann war das erschreckend gut.* Kopf und Bauch waren sich einig.

Mit dieser Erkenntnis meldete sich direkt mein Misstrauen. Es zischelte leise, dass es das nun auch schon gewesen sein könnte.

Ich hatte keine Ahnung, ob er nicht doch nur einen ONS wollte. Egal, was er zu Beginn gesagt hatte. Ich hatte keine Ahnung, wie er das empfunden hatte. Nur einen Eindruck – ein Bauchgefühl. Und nach diesem Bauchgefühl zu urteilen, hatte er es genauso genossen, fand es genauso gierig, sinnlich und leidenschaftlich.

Aber vielleicht als nichts Besonderes. Nichts was herausstach aus all seinen Begegnungen und Erlebnissen. Vielleicht war das in seiner Welt Standard und völlig alltäglich. Ich nur eine weitere Frau auf seiner innerlichen Liste der sexuellen Erfahrungen.

Am nächsten Abend schrieb ich ihm.

»Es war ziemlich schön, dass und auch wie du hier warst, wollt ich dir nur sagen.«

Er sollte wissen, dass ich die Zeit mit ihm klasse fand. Etwas ängstlich, wie er darauf reagieren würde.

»Ja, das fand ich auch. Hab kaum meine Finger von dir lassen können. Bin gerade in der Nähe. Bandprobe. Hab schon wieder Hunger auf dich. Hoffentlich sehen wir uns baldigst wieder.«

Eine wohlige Wärme durchströmte mich, und ich spürte, wie sehr mich seine Worte freuten, wie wohl ich mich damit fühlte.

Aber warum? Was war das? Was empfand ich für diesen Mann? Alles, was ich wusste, war, dass sich die Zeit mit ihm ungewohnt leicht, frei und sinnlich anfühlte. Dass der Sex mit ihm so explosiv und berauschend war, dass es mir den Atem nahm. Und das war etwas, was mir Angst einjagte. Angst, weil es in meinem Kopf so viel Raum einnahm. Weil mir dadurch bewusst wurde, wie ich dieses Gefühl, diese Art von Sex vermisst hatte. Wie mir diese Leidenschaft gefehlt hatte. Mir bewusst wurde, wie selten diese zügellose, sinnliche und innige Lust und Leidenschaft zu finden ist. Und somit der Verlust derselben umso schmerzhafter sein würde. Ich schob diesen Gedanken mit aller Macht beiseite. Ich wollte nicht jetzt schon an das Ende denken. Und er?

»Der Moment, in dem ich vom Rauchen reinkam, du dich nackt an mich geschmiegt hast und wir uns langsam zur Musik bewegt haben. Sehr geil!«, ließ er mich einen Tag später wissen. *Ha! Sehr gut. Siehst du? Es geistert ihm ebenfalls im Kopf rum,* verteidigte sich mein Bauch.

Es vergingen zwei Wochen, bis wir uns wiedersahen. Wir schrieben uns und durch jedes seiner Worte fühlte ich mich begehrt und gewollt. Durch sie spürte ich, dass er genauso viel Lust auf mich hatte wie ich auf ihn. Ob das über den Sex hinausging, wusste ich nicht. Das war auch zu dieser Zeit gar nicht wichtig für mich. Ich wollte alles offenlassen, alles auf mich zukommen lassen. Ich wollte mich nur im Moment mit ihm verlieren und jede Sekunde genießen. Ich konnte mir nicht vorstellen, seinen Körper leid zu werden und ihn weniger zu begehren. Die Lust war groß zwischen uns und ich war noch lange nicht satt. Wir ließen uns immer wieder wissen, wie hungrig wir auf den anderen waren und wie begierig wir uns auf ein Wiedersehen freuten.

»Ich gehe jetzt ins Bett. Nackt werde ich mir deine Berührungen, deine Haut, deinen Mund und deine Zunge ins Gedächtnis rufen ... falls du mich suchst.«

Mit solchen Worten verabschiedete ich mich in die Nacht.

»Was für eine Qual. Am liebsten würde ich gleich ins Auto hüpfen. Dann komm ich zu dir ins Bett, um deinen Körper zu küssen«, folgte er mir.

»Für mich genauso. Die Vorstellung macht mich fertig. Hab so Lust auf dich. Verdammt!«

»Schließ einfach deine Augen und ich verwöhne dich.«

»Ich glaub, wir können Freitag kaum die Tür schließen.«

»Das glaub ich auch.«

Freitag kam er nach seiner Bandprobe zu mir. Klingelte – ich öffnete. Ich hatte mich für schwarze Dessous entschieden. Das mache ich gerne und fühle mich sehr wohl damit. Für mich selber, aber auch für mein Gegenüber, dem das hoffentlich gefällt, zusagt und den das erregt.

Er trat ein und wir konnten uns keine weitere Sekunde beherrschen. Wir umarmten und küssten uns drängend und fordernd. Er schien überrascht, aber erfreut in Dessous empfangen zu werden. Seine Hände wanderten ungeduldig an meinem Körper hinunter. Schnell zog ich ihn aus und ohne ein weiteres Wort hob er mich hoch, trug mich ins Wohnzimmer und legte mich auf den Esstisch. Sein Mund streifte meinen Körper abwärts, seine Zunge verlangend und besitzergreifend. Wie zuvor konnte und musste ich mich direkt restlos fallen lassen. Jede seiner Berührungen sprudelte auf meiner Haut und erklärte sie zum Zentrum des Universums. Unausweichlich trug uns der Rausch mit sich fort. Die sexuelle Energie zwischen uns hatte sich in den letzten beiden Wochen so sehr aufgeladen, dass sie den ganzen Raum erfüllte. Jetzt entlud sie sich durch unsere Körper und wir konnten sie endlich ausleben.

Anschließend waren wir beide erschöpft, aber befreit.

»Und? Wie war deine Bandprobe? Willst du ein Glas Wein?«, fragte ich ihn. Nun konnten wir den üblichen kleinen Talk halten, den man in der Regel führt, wenn man bei jemandem zur Tür hereinkommt. Wir mussten beide lachen. Wir hatten es gleichzeitig und gleichermaßen ganz und gar genossen den Moment so auszuleben, wie wir ihn fühlten.

Der weitere Abend, die Nacht und der nächste Morgen waren erneut so intensiv, der Sex wild und gleichzeitig nah. Ich genoss ihn und das, was zwischen uns geschah, mit jeder Pore, mit jeder Nervenzelle. Es fühlte sich richtig an. Ich konnte mich mit ihm extrem entspannen. Das hatte aber nicht nur mit dem berauschenden Sex zu tun. Irgendetwas an ihm und mit ihm löste in mir so viel Anspannung und Druck. Düstere Winkel in meinem Kopf lösten sich auf, es wurde heller und alles leichter. Ich fühlte mich so willkommen. Erwünscht. Gesehen. Alles zwischen uns war unverbindlich, unsere Treffen bis zum Anschlag durch unsere sexuelle Lust aufeinander geprägt. Und doch hatte ich nicht das Gefühl, nur für den Ausgleich seines Hormonhaushalts zuständig zu sein.

Aber vielleicht hat das alleine mit meiner Definition von Lust und Leidenschaft zu tun. Bis wann ist es nur reine sexuelle Befriedigung und nahezu egal, ob diese durch den momentanen Sexpartner oder irgendjemand anderen erfahren wird? Und ab wann ist der Sex, die Lust, die Gier untrennbar mit dem Gegenüber verbunden?

Ist es doch dieser Mensch, dessen Hände mich auf diese Art berühren. Dessen Mund meine Haut auf diese Art erforscht. Der seinen und meinen ganzen Körper als Instrument seiner Sinnlichkeit benutzt. Ist es doch seinen Erfahrungen, Bedürfnissen und seiner Seele geschuldet, wie er die Lust auslebt. Kann ich mich von einem Menschen so sehr sexuell angezogen fühlen und es im gleichen Atemzug für bedeutungslos erklären? Wie entsteht diese Lust aufeinander? Unterbewusst, triebhaft, aber genau dadurch pur, ursprünglich und ehrlich. Geruch und Geschmack entscheiden viel. Je lieber ich ihn rieche und schmecke, umso größer ist die sexuelle Anziehungskraft für mich. Und so ist es eben auch nicht beliebig austauschbar, ob ich mit ihm Sex habe oder mit Klaus-Peter, Thorsten oder Jan.

Empfinden das Männer und Frauen unterschiedlich?

Die nächsten Wochen vergingen wie im Flug. Wir beide waren eingespannt in unseren Alltag und unsere Verpflichtungen. Wir schrieben mal mehr, mal weniger. Mit viel Leidenschaft. Mit viel Sinnlichkeit. Mitunter ungeduldig, wann wir uns das nächste Mal treffen würden.

Das fand bei ihm statt. Seine Bandprobe fiel aus und er lud mich ein, ihn zu besuchen. Das freute mich und ich nahm es dankend an. Ich wollte mehr von seiner Welt sehen. Ich hatte eine recht genaue Vorstellung davon, wie er lebte, und ich war gespannt, ob ich richtig lag.

Freitagabend fuhr ich zu ihm. Der Berufsverkehr war vorbei und nach knapp fünfzig Minuten war ich dort. Als er mir die Tür öffnete, war zunächst wieder nicht daran zu denken, gemächlich hereinzuspazieren, sich umzusehen, um die Eindrücke aufzusaugen. Keine Chance. Unser Kuss zur Begrüßung löste Wellen der Erregung aus und die ließen es wieder nicht zu, nur eine Minute zu warten. Und das Schönste daran war, dass wir es ja auch nicht mussten und beide genauso wollten.

Erst nachdem wir dem ersten Drang nachgegeben hatten, sah ich mich genauer um.

Was mich umgab, überraschte mich keineswegs, es passte zu ihm. Er lebte mit seinem Sohn zusammen und man sah den Männerhaushalt in jeder Ecke. Für mich eine typische Männer-WG. Nicht unpersönlich, überhaupt nicht, auch nicht ungemütlich. Aber ein bisschen chaotisch und zusammengewürfelt. Er öffnete die Flasche Wein, die schon auf seinem kleinen Couchtisch bereitstand, und füllte die beiden bunten Colagläser von McDonalds. Mit dem Glas in meiner Hand saßen wir ineinander gewickelt auf seiner kleinen Couch. Ich sah mich wieder um, beobachtete ihn kurz und merkte, wie wohl ich mich hier fühlte. Nicht, weil seine Einrichtung mein Geschmack war. Sondern, weil ich mich so willkommen fühlte. Er und ich reichten. Er war immer nah bei mir. Er strahlte mit seiner ganzen Körpersprache aus, dass er in diesem Moment sehr gerne genau hier und mit mir war. Dass er sich ebenso treiben ließ und mit mir und durch mich absolut entspannte. Und wir ließen uns treiben.

Erneut vergingen die Stunden viel zu schnell. Wir genossen den Wein, knabberten Pistazien, brachten uns gegenseitig zum Lachen und konnten nie lange die Finger voneinander lassen.

Es war mir nicht möglich, seine Nähe zu spüren, ihn zu riechen, ohne dass es mich erregte. Immer wieder fielen wir in diesen Rausch, der so sinnlich und triebhaft war, und gaben uns ihm hin. Seine Präsenz zog mich gnadenlos an.

Diese verfluchte Chemie! Was ist das? Wie kann das möglich sein? Sein Geruch – keine Überlagerung durch irgendein schlechtes, aufdringliches Parfum. Sein eigener Körpergeruch, pur und ursprünglich, vermischt mit einem Hauch von Shampooresten, lockte mich. Jeder Zentimeter seiner Haut und seines Körpers schmeckte so wunderbar, dass ich erschreckend oft Mund und Nase reindrükken musste, um von ihm zu kosten.

Als wir irgendwann schlafen gingen, rückten wir eng aneinander. Sein Arm umschlang ruhig und fest meine Taille. Ich war erstaunt, wie schnell das selbstverständlich und schon so vertraut für mich geworden war. Die Gier wurde leiser und ein Gefühl von beschützt und behütet sein wartete auf mich. Ich hätte drin baden können. Ich genoss es sehr und fühlte mich wieder zutiefst wohl mit ihm. Mit mir. Mit uns.

Morgens wurde er vor mir wach. Im Dämmerzustand zwischen Traum und Wirklichkeit spürte ich seinen Mund, seine Zunge und Hände an meinem nackten Körper. Sein Bart kitzelte an meiner Haut. Weich, wohlig, warm – und so erregend. Sein Mund wanderte meinen Körper hinunter. Zart, fast vorsichtig, forderte er mich auf, aus meinem Traum zu kommen und mich ihm hinzugeben. Als ob ich das hätte beeinflussen, gar verhindern können. Meine Beine luden ihn ohne mein Zutun ein, mich zu kosten, zu wecken und zu locken. Mich mitzunehmen auf eine erneut sinnliche, zügellose Verschmelzung unserer Körper.

Erschöpft und selig gibt es wohl kaum eine bessere Möglichkeit, als durch ekstatischen Halbschlafsex geweckt zu werden. *Puhhh, welch ein schöner Morgen.*

Nachdem wir erschöpft wieder kurz eingeschlafen waren, ließ ihn etwas später der kulinarische Hunger aufstehen und er bereitete uns Frühstück zu. Diesmal durfte ich weiter dösen, doch der Duft von aufgebackenen Laugenstangen holte mich immer mehr aus meinem Dämmerzustand. Kurze Zeit später kam er mit einem Tablett in der Hand herein. Meine Güte, wann hatte ich zuletzt Frühstück bekommen? Und dann auch noch von einem Mann? Ich erinnerte mich kaum daran und genoss es umso mehr. Beide halb nackt saßen wir an seinem Couchtisch, frühstückten und ich ließ es mir schmecken. Die Energie kam langsam wieder, drang in unsere Körper ein, schenkte uns neue Kraft, um uns schnell zurück ins Bett zu schicken. *Was zur Hölle geschieht da mit mir?*

Als ich am Nachmittag losmusste und auf der Autobahn war, drängte sich dieser Gedanke lautstark in mein Hirn. *Ach verdammt. Emma! Das wird sich schon zeigen. Genieß es. Du grinst und dir geht's gut. Also lass es. Nimm es nicht auseinander,* konterte mein Bauch.

Die nächsten Wochen zogen ins Land. Trotz all unseren Verpflichtungen, all der wenigen Zeit schafften wir es in der Regel, uns einmal die Woche zu sehen – und meist gestanden wir uns unsere Vorfreude.

»Guten Morgen A. Konnte dich eben kurz fühlen und schmekken. Es wäre zu schön gewesen, durch dich und mit dir wach zu werden ... und jetzt? Jetzt bin ich noch hungriger, falls das überhaupt möglich ist. Aber die Vorstellung und Vorfreude auf dich bringt mich auch wieder zum Lächeln und Grinsen. Danke dafür. Fühl dich geküsst und durch meine Lippen aufgefordert.«

»Oh Emma, die Vorstellung, dich zu wecken, während du noch nackt neben mir schläfst ... du langsam wach wirst. Dein Körper sich langsam zu mir bewegt und ich spüre, wie du dich mir mehr und mehr hingibst ... oh je, ich verlier mich gerade. Danke für deine schönen Worte ... grins jetzt auch.«

Solche Wortspiele bestimmten unsere Chats. Ich mochte es sehr, auf diese Weise mit ihm zu schreiben. Es versüßte meinen Alltag.

In diesen Wochen hatte er die Idee, dass wir uns beide einmal einen Tag Urlaub nehmen könnten. Wenn ich abends nach der Arbeit käme, hätten wir bis zum übernächsten Morgen Zeit, um uns mit allen Sinnen ausgiebig zu genießen. *Was für ein toller Gedanke! Wie sehr würde mir das gefallen.*

Es fällt mir schwer, zu beschreiben und die richtigen Worte zu finden, die genau das widerspiegeln, was da zwischen uns lief. Es ist, als gäbe es sie nicht, als müssten die richtigen Worte noch erschaffen werden. Vielleicht lag es nahe, dass es nur der Sex war. Aber das wird dem Ganzen nicht gerecht. Zumindest für mich nicht. Den Hormonausgleich bekam ich gratis dazu. Für mich war es sinnlich. In der ursprünglichsten und wahrhaftigsten Bedeutung dieses Wortes.

Es war Geborgenheit. Es war achtsam. Ich war jede Minute mit ihm völlig in diesem Moment. Es geschah einfach. Ich nahm mit all meinen Sinnen jede Kleinigkeit um mich herum wahr. Ich nahm mit jeder Zelle unsere Berührungen und das Gefühl unserer

Körper auf. Wie sie zusammen harmonierten. Sich erregten. Wie sich sein Mund auf meiner Haut anfühlte. Seine Zunge an meiner. Wie sein Bart wohlig kitzelte. Das Gefühl seiner Hände an meiner Hüfte. Wie seine Fingerspitzen Gänsehaut hinterließen. Wie er sich anfühlte. Die Beschaffenheit seiner Haut, die Physiognomie seines Körpers. Die Form seiner Augenbrauen und seiner Schultern. Manchmal fast wie in Zeitlupe. Ich speicherte alles detailliert ab. Ohne es mir vorzunehmen.

Ich könnte es auf den Alkohol schieben, der abends und nachts meistens reichlich floss, aber das wäre reiner Selbstbetrug. Am nächsten Morgen empfand ich diese Intensität immer noch. Ich konnte mich ihm so leicht, so absolut hingeben und fallen lassen. Ich musste es sogar, hatte nie eine Wahl. Nicht wirklich. Manchmal beschlich mich das Gefühl, dass ich nicht nur meinen nackten Körper zeigte, sondern auch meine nackte Seele. Ohne dafür Worte zu benutzen. Ich liebte jede Berührung, jede zarte Geste, jeden Kuss, jede Umarmung genauso wie diesen wilden, triebhaften und fordernden, so gierigen Sex. Genauso wie all die Albernheiten, die sich auch immer zu unserer Zeit gesellten. Wenn er in Düsseldorfer Platt verfiel. Oder wir über ähnliche, schräge Gedanken lachen konnten.

Jedes Atom meines Körpers schien sich an seinen vorbestimmten Platz zu begeben und einzupendeln. Und endlich war Ruhe in mir. Ich fühlte mich leicht – und frei.

»Du bist so eine Genießerin.«

Das hörte ich öfter von ihm.

Es gab Abende, an denen er intensiver von sich erzählte, seiner Musik, seiner Band, der Arbeit am zweiten Album. Doch er wollte mir nie etwas von seinen neuen Songs vorspielen. Zum Teil verstand ich das gut. Ich zeige auch ungern Arbeiten von mir, Fotografien oder gemalte Bilder, die im Entstehungsprozess sind. Ab und an ließ ich ihn wissen, dass ich neugierig war, gerne etwas hören würde. Ich war mir sicher, dass sie gut würden. Ich mochte seine Stimmfarbe sehr. Kannte den Klang seiner Gesangsstimme vom ersten Album. Aber ich spürte immer wieder, dass er mir nichts vorspielen wollte. So drängte ich ihn nicht weiter. Er verriet mir nie seine Gründe, aber er wird welche gehabt haben. Und alles, was für uns Menschen mit »müssen« zu tun hat, ist keine ideale Sache. In uns regt sich direkt Widerstand.

Es gab Momente, an denen er darauf einging, wenn ich ihn fragte, wie es ihm ginge. Ich wusste, dass es Dinge gab, die ihn belasteten. Bei denen Ruhe, Frieden und die so nötige Stabilität in weiter Ferne schienen. Es gab Momente, in denen er nachgab und mir bruchstückhaft davon erzählte. Doch ich merkte, dass er in seinem Innersten derart Gespräche vermeiden wollte. Als ob er nichts von unserer Schwerelosigkeit riskieren wollte.

An einen Sonntagmorgen erinnere ich mich besonders deutlich. Wir hatten gefrühstückt und uns wieder im Sex verloren. So gestalteten sich unsere Vormittage immer. Wir nannten sie »Variationsfrühstück« und es wurde zu einem geflügelten Wort. Wir lagen entspannt, erschöpft und genießend auf meiner Couch, mein Kopf in seinem Schoß. Auf meine Frage, wie es in den Konflikten mit der Mutter seines Sohnes lief, fing er zaghaft an zu erzählen. Ich spürte, wie er zögerte und innerlich zwischen Zurückhaltung und Redefluss hin- und her sprang. Doch diesmal gewann das Bedürfnis, sich mitzuteilen.

»Eigentlich wollte ich gar nichts davon erzählen«, kam dann nur im Anschluss.

»Aber das darfst du doch. Es macht schließlich was mit dir.«

Schwere Themen ließen wir nicht in unsere Zeit. Ich tat es auch nicht. Ich glaube, wir wollten diese Stunden, die so voller Lust und Leichtigkeit waren, nicht belasten oder beschweren. Es sollte eine reine Zeit zum Erholen und Auftanken sein. Das zumindest steckte bei mir dahinter. Vielleicht wäre ich anders damit umgegangen, hätten wir mehr Zeit miteinander gehabt. Aber das hatten wir nicht und so war auch mir Lust, Leidenschaft und Leichtigkeit lieber. Und wichtiger. Seine Gründe kannte ich nicht. Ich wusste nur, dass er genießen wollte. Ob er mit mehr gemeinsamer Zeit anders entschieden hätte?

Er war ein Mensch, der gleichermaßen sehr innig und dann wieder unnahbar sein konnte. Aber seine Distanz ließ er mich nie spüren, wenn wir zusammen waren. Ich lernte sie eher in der Zeit dazwischen kennen. Dann zog er sich zurück und war weit, weit weg. Schloss mich aus seinem Leben aus. Er sagte es nicht, aber ich spürte es genauso deutlich, wie ich seine Nähe an anderen Tagen spürte. Egal, wie groß die räumliche Distanz in diesen Momenten zwischen uns war. Hochsensitiv nennt man das in Fachkreisen.

Nicht selten bezog ich seinen Rückzug auf mich. Manchmal kam es mir vor, als wäre es seine bewusste Entscheidung. Als hätte er darauf Einfluss, ob gerade die Nähe oder die Distanz das Sagen in seinem Kopf und seinem Verhalten hat. Vielleicht konnte auch das eine ohne das andere nicht existieren. Vielleicht konnte er diese Nähe nur zulassen und leben, wenn er gleichermaßen Zeit und Raum für sich alleine fand. Vielleicht hatte es nichts mit mir zu tun. Vielleicht hatte er aber auch nie gelernt, dass Freiraum und Nähe durchaus zusammen und nebeneinander bestehen können, und fühlte sich schnell in seiner Autonomie bedroht. Doch ich hätte kaum weiter davon entfernt sein können, sie ihm absprechen zu wollen. Mir ist sie ebenfalls wichtig.

Ich wusste nach wie vor nicht, was da genau zwischen uns lief und vor allem, was ich für ihn empfand. Eine große Leidenschaft – ja –, viel Lust, die auch nach Wochen und Monaten nicht abnahm. Im Gegenteil. Und diese Leidenschaft war an ihn gebunden. Aber sonst? Ich kam nicht dahinter. Dann versuchte ich immer wieder, es so stehen zu lassen. Die Gedanken beiseitezuschieben. Vielleicht wollte ich aber auch gar nicht dahinterkommen.

Zwischen unseren Treffen erzählten wir uns immer wieder kleine Geschichten. Wo wir gerade gerne wären. Was wir gerade gerne mit dem anderen machen würden. Wir schrieben sinnlich, gierig und berauschend. Ungeduldig und auffordernd. Bildgewaltig und explosiv. Aber niemals plump. Wir genossen es beide. Wir hatten beide viel Phantasie und liebten die gleiche Art Kopfkino. Konnten uns auch dort sehr verlieren. Es machte uns beide ziemlich an. Und auch hier konnte ich mir nicht genau erklären, was das war. Wirklich nur eine Affäre? Es war so anders und so weit weg von meinen bisher erlebten.

Der Frühling zog langsam ein und es kam häufiger vor, dass er am Wochenende keine Zeit hatte. Doch unter der Woche hatte ich meist zwei Tage kinderfrei. Und so fragte er mich, ob ich ihn dann nicht abends einmal besuchen wolle. Ich könnte aber erst kommen, wenn sein Sohn im Bett sei. Morgens müsste ich gehen, bevor sein Sohn aufwachte.

Wir hatten zwar nie darüber gesprochen, aber es war für uns beide klar, dass unsere Kinder nichts von der Existenz des anderen mitbekommen sollten. Ich wollte das nicht. Und dass er es nicht wollte, verstand ich sogar noch besser. Sein Sohn hatte genug Durcheinander. Ich schloss jedoch nicht dogmatisch aus, dass sich meine Einstellung dazu ändern konnte. Irgendwann. Jetzt aber war das genau die richtige Entscheidung.

»Dann komm ab 21.30 Uhr über den Garten. Ich mach die Terrassentür auf.«

»Ähmm ... ist das dein Ernst mit der Terrasse?«

Es war sein Ernst. Ich hielt kurz inne und schluckte. *Das geht gar nicht. Du bist jawohl aus dem Alter raus, dich klammheimlich irgendwo hereinzuschleichen.*

Aber merkwürdigerweise fragte ich mich eine Minute später, was so schlimm daran wäre. *Was stört dich wirklich?* Er hatte eine kleine Wohnung und ich wollte ebenso wenig, dass sein Sohn mich sah. Klar, ich konnte jetzt sagen, ist mir zu blöd, dann eben nicht. Ich glaube, ich kam mir dadurch herabgesetzt vor. Wie eine heimliche Geliebte. Aber war ich nicht im Grunde genau das? Ich war mir sicher, dass keine Menschenseele aus seinem Umfeld von meiner Existenz auch nur ahnte.

Es gab Momente, in denen mich dieser Gedanke ganz tief unten verletzte. Wenn es still genug um mich herum war und ich das miese Wispern mehr spürte, als hörte. Es aber zuließ und anschließend gnadenlos ehrlich zu mir war. Ohne genau sagen zu können, warum. Machte es mich in meinem Kopf damit austauschbarer? Gewöhnlicher?

Zurück zu meinem zweiten Gedanken. Ich konnte mich genauso gut nicht herabgesetzt fühlen und den Grund nicht persönlich nehmen. Es als Spaß ansehen. Mir vorkommen wie ein Teenie, der sich heimlich zum Freund schleicht, und darüber lachen. Dann ist das halt so.

Und dieser Gedanke fühlte sich viel besser an. Freier, schöner und authentischer. Also sagte ich ihm zu und er freute sich mich zu empfangen. Mit diesem Grundgefühl fuhr ich zu ihm, schlich über die Terrasse in seinen Arm und mal wieder schafften wir es nicht weiter als zwei Meter in seine Wohnung hinein.

Die Nacht war kurz, der Schlaf klein und der Morgen feucht. Aber Genuss in seiner höchsten Form. Und ich bereute keine Sekunde, mich über die Terrasse hereingeschlichen zu haben. Ich schlich mich leicht und entspannt auf gleichem Wege wieder heraus. So leicht und entspannt, dass ich den Arbeitstag trotz enormen Schlafdefizites mit einem dopamin- und endorphintriefenden Grinsen verbrachte. Immer wieder sah ich die Bilder der vergangenen Nacht vor mir. Deutlich und bunt. Das ging uns beiden so.

»Es war wieder so köstlich. Ich bin todmüde, aber ich krieg das Grinsen nicht vom Gesicht«, schrieb er.

»Geht mir genauso. Ich kann dich noch riechen.«

In den nächsten Wochen bürgerte es sich dann ein, dass ich unter der Woche einmal zu ihm fuhr, wenn er oder ich am Wochenende keine Zeit hatten.

»Noch nie habe ich mich Freitag schon auf einen Montag gefreut«, ließ er mich wissen. Das ging mir auch so.

Ich glaube, ihm gefiel, dass er so flexibler mit seinen Wochenenden war. Es war bequemer für ihn. Allerdings musste er auch immer zusehen, dass sein Sohn nichts von uns mitbekam. Konnte es jedoch nie ausschließen. Ohnehin konnte ich schwer glauben, dass er zu keiner Zeit etwas merkte. Er war keine fünf mehr und nicht dumm. Die Wohnung klein, das Zimmer seines Sohnes direkt nebenan und wir selten lautlos. Aber das ging mich nichts an und ich wollte das nicht zu meiner Sorge werden lassen. Es war seine bewusste Entscheidung.

Mittlerweile war es Mai. Noch immer war er da, noch immer trafen wir uns regelmäßig, noch immer mit der gleichen Leidenschaft, noch immer unbändig, noch immer innig. Noch immer wusste ich nicht, was das mit uns war. Was er für mich war. Und noch immer fragte ich mich, ob ich das nicht wissen sollte.

Aber warum? Was würde sich ändern, wenn ich es wüsste? Es definierte? Assoziieren wir nicht mit jeder Definition von Beziehung auch ein Bild? Das eingrenzt, was zwischen zwei Menschen läuft? Schleichen sich dann nicht unbewusst Erwartungen in meinem Kopf, um sich einzunisten? Und woher kommen diese Erwartungen dann? Sind sie meine ureigensten Bedürfnisse? Oder glaube ich nur, dass sie dazugehören, weil ich damit der Norm entspreche?

Ich halte nicht viel von stereotypen Mustern und Vorstellungen. Dass etwas nur so oder so sein kann und darf. Dass es nur eine richtige Art gibt, wie man sein Leben und Beziehungen führt. Sie sollten nach den Bedürfnissen aller Beteiligten gestaltet werden. Das einzig nicht Diskutable ist für mich Ehrlichkeit. Der Rest Überlegungs- und Verhandlungssache.

Wir verbrachten offenbar beide gerne Zeit miteinander. Der Alltagsärger wurde kleiner und unwichtiger. Ich tankte auf. Ist das nicht schon ziemlich viel, auch ohne es zu benennen? Ohne es in eine Form pressen zu wollen? Zumindest in meiner Welt war das viel. Und ich war dankbar dafür. Ich wusste, dass ich nicht wollte, dass es bald endete.

Doch das war eine diffuse Angst, die mich immer wieder still besuchte. Sie redete gnadenlos alles schlecht und versuchte Besitz von mir zu ergreifen. Plötzlich, leise und heimlich schlich sie sich an und schickte unerwartet Bilder der möglichen Katastrophen in meinen Kopf. Dass er sich einfach nicht mehr melden könne. Tschüss. Ende und aus. Ohne ein Wort. Aus Lassen wird Verlassen. Schnell merkte ich aber, dass da alte Baustellen ihr Unwesen trieben und viel mehr Ursache waren als er oder sein Verhalten. Er gab mir nie einen Grund, misstrauisch zu sein.

So fing ich an, über vieles nachzudenken, und befasste mich intensiver mit den Geistern meiner Vergangenheit. Mit meinen eigenen Mustern. Aber ich wollte den Teufel tun und seine hässlichen Gestalten in meine Zeit mit A. pfuschen lassen. Dafür war es viel zu schön mit ihm. Ich wollte mich nur auf den nahenden Sommer freuen. Auf heiße, wilde Nächte mit ihm und alles so lassen und kommen lassen, wie es sich ergab.

An einem Montag im Mai waren wir für den Abend verabredet und wie immer freute ich mich darauf. Doch mittags schrieb er mir und sagte ab, ihm ging es nicht gut, er hätte etwas Falsches gegessen. Ich konnte mich gegen mein Misstrauen schwer erwehren, das mich direkt vor einer eine Ausrede warnte. *Ja – das kann es sein. Muss es aber nicht,* hielt mein Kopf entgegen. Also bedauerte ich seine Absage und wünschte ihm gute Besserung.

Jedoch war er auch die nächsten Tage stiller und das konnte ich schwer einordnen. Ich kannte mittlerweile seine schwankende Form zu schreiben. Mal schrieb er nah, ausschweifend heiß, innig und ungeduldig. Nur einen Tag später konnte er dann in Schweigen verfallen. Und ich versuchte immer, die Zeit der Distanz so stehen zu lassen und sie nicht als dunklen Vorboten zu empfinden. Ich kannte diesen Mechanismus von mir. Wenn auch in abgeschwächter Form.

Wir beschlossen uns am darauffolgenden Montag zu sehen. Trotzdem hatte ich ein mieses Gefühl, welches ich nicht haben wollte. Nicht schon wieder. Aber es war da und diesmal weigerte es sich, zu gehen. Ich bin ein schlechter Verdränger.

Als dann an jenem Montag mittags mein Handy brummte, wusste ich, bevor ich reinschaute, dass er mir absagte. Keine Ahnung, warum. Aber ich wünschte, ich hätte diese Vorahnungen nicht. Missmutig öffnete ich seine Nachricht.

»Lieg jetzt krank im Bett.«

»Echt jetzt?«

»Ja. Mach mir grad ein Erkältungsbad.«

»Oh. Was hast du denn?«

»Ich denke, da kommt ′ne dicke Grippe auf mich zu. Halsschmerzen und die Knochen und Gelenke spür ich total. Als wäre ich schlagartig 50 Jahre gealtert.«

»Verstehe. Da hilft wohl nur Bettruhe. Gute Besserung.«

Tja Emma, ist er krank? Ist er es nicht? Es konnte alles sein, das würde ich nie erfahren. Es erinnerte mich trotzdem stark an meine Erfahrung und Konversation mit M. aus Münchhausen. Ich konnte den Gedanken und das Gefühl nicht ignorieren, dass da mehr dahintersteckte. Mein Magen zog sich zusammen. Die alte Angst klopfte an und ich wollte nicht aufmachen. Nicht schon wieder. *Und jetzt, Emma?*

Ich wusste, dass ich keine Spielchen, keine Verzögerungen wollte, falls er mich nicht mehr sehen wollte. Dann sollte er mir das direkt, klar und deutlich sagen. Keine Beschönigungen. Keine Ausreden. Nur ein normales, respektvolles Beenden einer gemeinsamen, schönen und sehr intensiven Zeit. Ich wollte mich nicht mit ihm treffen, wenn er darauf im Grunde keinen Wert mehr legte. Wenn er auf mich keinen Wert mehr legte. Aber bitte ... Ehrlichkeit! Das sollte selbstverständlich sein und ist nicht schwer.

Mit all diesen Gedanken und Gefühlen kam ich nicht daran vorbei, ihn zu fragen. Wie ich es hasste, wieder einmal in so einer Situation zu sein. *Es hilft nichts. Es ist, wie es ist. Frag ihn.* Und das tat ich.

Zunächst kam keine Reaktion. Er schrieb abends nur, dass er den ganzen Tag geschlafen hätte. Das änderte aber auch nichts an meiner Vorahnung. Ich kannte diese Art der Situation genau und Millionen von anderen Menschen auf dieser Welt kennen und hassen sie sicher genauso wie ich.

Es vergingen zwei Tage, ohne dass ich etwas von ihm hörte. Dann kam der Abend vor meinem Geburtstag und ich sah bei WhatsApp, dass er mir schrieb. Mir wurde direkt ganz anders, aber gar nicht gut. *Das war's. Shit.*

Und er schrieb ... und schrieb ... und schrieb. Geschlagene vierzig Minuten setzte mich dieses aufblinkende Wort immer wieder unter Strom. *Nicht gut. Gar nicht gut, Emma.* Und dann kam sie.

Meine Nachricht würde ihm keine Ruhe lassen. Er glaubte langsam, dass wir ganz unterschiedliche Gefühle füreinander hätten. Er wollte mein liebes Herz nicht verletzen. Aus diesem Grund würde er vorschlagen, es zu beenden. Denn besser jetzt, bevor es noch verletzender würde. Er hätte das Feuer zwischen uns verloren und würde die Zeit für uns immer weniger gern opfern. Er sei wirklich krank. Ansonsten hätten wir uns getroffen und wilden Sex gehabt. Aber jetzt würde er die ganze Zeit zu Hause sitzen. Anfangen zu grübeln. Er wolle den Kontakt nicht abbrechen, er wolle mir noch so viele schöne Sachen sagen. Aber das sei wohl unpassend. Ich solle ihm verzeihen, dass er so denken und schreiben würde.

Als ich seine Zeilen las, schossen mir unzählige Gedanken durch den Kopf. Gedanken, die unzählige, ganz unterschiedliche Gefühle auslösten. Ein grelles Feuerwerk vernebelte meinen Kopf und ich musste erst einmal warten, bis es vorbei war und der Rauch sich auflöste.

»Puhhh A., weiß grad gar nicht, was ich dazu sagen soll. Ich krieg immer so viel mehr mit. So viel zwischen all deinen Worten. Das kann ich so schnell gar nicht benennen, muss es aber verstehen. Ich brauch ein wenig Zeit, um mich zu sortieren, und schreib dir dann. Vorausgesetzt, du möchtest meine Gedanken dazu überhaupt noch hören? Nur eins direkt ... danke für deine Offenheit und Ehrlichkeit, du ahnst nicht, wie sehr ich das schätze.«

»Ja, bitte schreib mir, wann immer du möchtest Emma.«

Im zweiten Moment fühlte sich seine Nachricht nicht nach

Abschied an. Es schmeckte nach Missverständnis und Angst. Ich würde ein paar Tage brauchen, um rauszufinden, was ich ihm noch sagen wollte.

Mich ließ das Gefühl nicht los, dass er Angst hatte, ich hätte mich in ihn verliebt und würde in Kürze alles zwischen uns verkomplizieren. Klammernd und erwartungsvoll. Hatte er recht? Machte ich mir was vor? War ich verliebt? Und wenn, erwartete ich, vielleicht nur unbewusst, mehr von ihm? Und was?

Ich dachte lange über uns nach. Aber auch dann glaubte ich nicht, in ihn verliebt zu sein. Keine rosarote Brille. Kein verklärter Blick auf ihn. Auf uns. Es war irgendetwas anderes. Ich sah ihn und mich sehr klar und realistisch. Ich sah ihn so, wie er war. Ich sah, was er mir bot, und ebenso sah ich, was er nicht war und mir nicht anbot.

Mein Leben war schöner, seitdem er darin war. Ich mochte ihn wirklich sehr. Genauso wie er war. Ohne ihn verändern oder an ihm zerren zu wollen. Und ohne verliebt zu sein – aber auch ohne zu wissen, was es denn stattdessen für ein Gefühl war.

Er hatte viel zu geben, er konnte einem viel geben. Und manchmal wollte er einem auch viel geben. Aber ich glaube, er war ein Mensch, der es hasste, wenn ihn das Gefühl überkam, jemand erwartete etwas von ihm. Unabhängig davon, ob das wirklich so war oder er das nur so interpretierte. Zum einen, weil er seine Freiheit liebte. Aber zum anderen, weil er im Tiefsten dachte, die Erwartungen erfüllen zu müssen, ohne selber seine eigenen Wünsche anbringen zu dürfen. Angst hatte, den Erwartungen letztlich eh nicht gerecht zu werden und dann am Ende nur Ärger und Stress zu ernten und vielleicht sogar auf Ablehnung zu stoßen. Zurück bliebe dann nur ein mieses Gefühl. So zog er sich lieber vorher zurück, anstatt seine eigenen Bedürfnisse zu äußern.

Das war eins meiner Bauchgefühle, was ich bei ihm sehr oft hatte, und falls ich richtig liege, war ihm das schätzungsweise gar nicht bewusst.

Nach drei Tagen wusste ich, was ich über seine Worte und seine Entscheidung dachte und was ich ihm sagen wollte.

Ich schrieb ihm und fragte, ob er Angst hätte, dass ich in ihn verliebt sei. Mehr von ihm erwartete, als er wollte. Dass wir ja nie darüber gesprochen hatten, was das genau mit uns wäre. Ich versuchte, ihm zu beschreiben und zu erklären, wie ich uns sah.

Ich empfand die Zeit mit ihm intensiv und besonders. Gerade weil sie so unkompliziert und so leicht war. Wir keine Erwartungen stellten, die der andere nicht wollte. Wir ließen uns den Freiraum, den wir beide brauchten. Ich war kein Klammermädchen. Es war für mich nie ein Thema, wenn er keine Zeit hatte. Wenn er zu genervt von anderen Dingen war oder mit seinen Jungs feierte. Weil er das klar und ehrlich kommunizierte, mir trotzdem das Gefühl gab, einen Platz zu haben. Er gab mir genauso meinen Raum für mich. Den brauchte ich ebenso.

Das war die eine Sache.

Die andere jedoch, dass er sich nicht mehr von mir angezogen fühlte. In dem Fall war jedes meiner Worte nur eine überflüssige und sinnlose Aneinanderreihung von Buchstaben. Also fragte ich ihn. Überraschend war das schon. Als wir uns das letzte Mal sahen, war alles so wie immer. Wir schafften es gerade, den anderen hereinzubitten, bevor wir übereinander herfielen. Und – ganz ehrlich – meiner Erfahrung nach äußert sich ein eingeschlafenes, verkümmertes sexuelles Interesse am anderen etwas weniger gewaltig und explosiv.

Aber egal wie es war, ich horchte in mich hinein und stellte fest, dass auch ich ihm noch gerne so viel hätte sagen wollen. Und die Vorstellung, ihn nie wiederzusehen, behagte mir gar nicht. Überhaupt nicht. Alles in allem und trotz allem fühlte es sich nicht nach Abschied an.

Ich hoffte sehr, dass sich mein Bauchgefühl nicht gnadenlos irrte, und pendelte innerlich zwischen Angst und Hoffnung, ob und was er antworten würde.

Die Antwort kam auch zügig. Aber ich brauchte einen Tag, um den

Mut aufzubringen, sie durchzulesen.

»Jetzt schau ich verdutzt aus der Wäsche und freu mich zugleich. Ich muss zugeben, dass da was dran ist. (...)«

Er war der Ansicht, dass es besser sei, im Guten auseinanderzugehen, bevor es eben zu einer Paarbeziehung käme. Aber jetzt hätte er festgestellt, dass er zu sehr versucht hatte, eine Lösung für ein Problem zu finden, welches gar nicht existierte. Dass er dabei war, die Leichtigkeit zu vergessen. Er wüsste selber nicht, warum er geschrieben hätte, dass die Leidenschaft weg wäre. Das sei Quatsch. Er hätte prompt wieder Bilder im Kopf. Er wolle den Kontakt ebenfalls nicht abbrechen.

Also hatte ich recht. Und nun? Was hieß das jetzt? Doch nicht vorbei? Mich freute das sehr und fast war ich froh, dass es zu dieser Auseinandersetzung gekommen war. Jetzt wussten wir beide, warum wir so ein mieses, diffuses Gefühl hatten. Und konnten es besser machen? *Ach Emma, vielleicht kommt jetzt doch ein wilder, heißer Sommer auf dich zu.*

Wir schrieben uns wieder intensiver und A. fragte nach ein paar Tagen, wann wir uns treffen könnten, es wäre doch an der Zeit. *Ja ... allerdings.* Er hatte am darauffolgenden Wochenende Bandprobe und wollte danach zu mir kommen.

Ich freute mich sehr auf ihn. Mit jeder Faser. Dieser wilde Sex, dieses Fühlen hatten mir gefehlt. Er hatte mir gefehlt. Wir hatten mir gefehlt. Trotzdem rauschte die Frage durch meinen Kopf, ob es denn die gleiche Leichtigkeit und Leidenschaft haben könne wie vorher. Klar, es war geklärt und aus der Welt geschafft, aber er hatte nun einmal Dinge gesagt, bei denen ich nicht gut wegkam, und sowas lässt sich schwer ausradieren.

Jedes Wort hat seine Bedeutung und gesagte oft auch Konsequenzen. Sie setzen etwas in Gang. Sie lösen etwas in uns aus. Ändern Dinge. Schicken uns nach oben oder nach unten. Und ein Teil seiner Worte schlichen sich immer wieder in meinen Kopf und ließen ihn schwerer werden.

»Ich hab das Feuer zwischen uns verloren ... die Zeit opfere ich immer weniger gern.«

Das waren die beiden Sätze, die mir am meisten Unbehagen bereiteten und wie böse Geister in meinem Kopf herumspukten.

Mir war klar, dass es sinnlos war, mit solchen Gedanken und Gefühlen in diesen Abend zu gehen. Ich würde es ausstrahlen und damit meinen Teil dazu beitragen, dass es nicht so frei und leicht werden konnte wie zuvor. Das wollte ich aber nicht. Seine Worte waren Vergangenheit. Der Rest existierte nur in meinem Kopf. Ich versuchte, das Geschehene auszublenden, und dachte darüber nach, wie ich ihn ohne das alles gerne empfangen hätte.

Ohne seine dunklen Worte hatte ich direkt Bilder im Kopf. Viele Bilder. Viele heiße Bilder. *Dann mach doch genau das, wonach dir ist. Vergiss den Rest.*

So kam es, dass ich in schwarz getaucht, umhüllt von Spitze, Strümpfen, Strapsen und Stiefeln, auf der Kante meines Esstisches saß. Ich genoss das gute Glas Weißwein in meiner Hand und wartete auf ihn. Nun konnte ich doch ohne Wenn und Aber im Moment sein.

Als er klingelte, verließ ich kurz meinen Platz, um ihm zu öffnen. A. kam rein und war etwas irritiert, dass ich nicht an der Tür stand. Suchend schaute er sich um. Als er mich auf der Tischkante sitzend sah, mit meinem Wein in der Hand, brauchte es kein einziges weiteres Wort. Sein Gesicht war ein offenes Buch und was ich darin las, freute mich sehr.

Freude, Überraschung und ganz viel Verlangen. So weit entfernt von »Ich habe das Feuer zwischen uns verloren«. Er kam auf mich zu, umarmte und küsste mich fordernd. Unaufhaltsam und unkontrolliert verloren wir uns wieder ineinander. Als ob nie etwas geschehen wäre. Als ob es erst gestern war, dass wir uns fühlten.

Meine Befürchtungen entpuppten sich als total unbegründet und wir verbrachten wieder eine Zeit voll sinnlicher Lust. Er war so nah, so bei mir, dass es mir inniger als je zuvor erschien.

Einige Zeit später waren wir auf meinem Balkon. Es war eine milde Nacht. Der Sommer nah. Sternenklar. Ich lag in seinen Armen auf seinem Schoß und fühlte mich wohlig geborgen und aufgehoben. Nirgendwo anders wäre ich lieber gewesen als mit ihm in diesem Moment. Wir erzählten, redeten über Familie und Geschwister. Es war einer jener nahen Momente im Leben, die es mir ermöglichten, mehr über meine Geschichte zu sprechen. Ich dachte gar nicht darüber nach und begann, ihm von einem meiner dunklen Kapitel zu erzählen. Dem Suizid meines Bruders, unsicher, wie er darauf reagieren würde. Mit so einem schweren Stoff hatte ich in den letzten Jahren die absurdesten Reaktionen von meinen Mitmenschen erlebt. Aber das ist ein anderes Thema. Umso mehr freute mich seine Reaktion. Ich empfand sie als perfekt. Authentisch. Er nahm mich kurz fester in den Arm, zog mich zu sich, küsste mich sanft auf den Kopf und flüsterte leise »Das ist hart«. Er stellte ein paar Fragen, aber alles auf eine so angenehme, so natürliche Art. Er versuchte weder, es abzutun, noch dem Ganzen zusätzliche Schwere zu geben oder es übermäßig zu vertiefen. Das war mir nur recht. Ich wollte nicht, dass es unsere Zeit miteinander zu sehr beeinflussen würde.

So blieb es ein kurzes Thema zwischen uns. Ich nahm seine Leichtigkeit dankend an und fühlte mich gesehen, fühlte mich verstanden.

Wir blieben noch eine Weile auf dem Balkon und genossen die milde und sternenklare Nacht. Genossen unsere Berührungen, die uns keine Widerrede duldend, die weitere Nacht und den Morgen mitrissen.

Weit weg von »Die Zeit opfere ich immer weniger gern«. Nein, es war eher ein »Ich will noch nicht gehen«.

Als er dann doch fahren musste, ließ ich – erschöpft und selig – die vergangenen Stunden Revue passieren. Und war dankbar. Dankbar für all diese puren Momente, in denen ich mich durch ihn so sehr bei mir fühlte, so frei und leicht. Dankbar, dass es scheinbar doch möglich war, seine dunklen Worte zu vergessen. Und sogar mehr.

Er schien näher. Fast, als sei eine Last von ihm abgefallen. Als würde er mir plötzlich mehr geben wollen. Jetzt, wo er den Gedanken und sein Unbehagen abgelegt hatte, ich wollte ihn bedrängen. Unliebsame Erwartungen an ihn stellen. Und ich verstand ihn. Ich möchte auch nicht das Gefühl haben, ich müsse Erwartungen erfüllen, mit denen ich mich unwohl fühle. Er wird seine Gründe für seine Reaktion gehabt haben. Auch er hatte seine Geschichte. Er wird Erfahrungen gemacht haben, die dieses Muster in ihm auslösten. Das kenne ich selber gut. Nur eben mit anderen Themen.

Aber ich hätte mir gewünscht, dass er mit mir darüber gesprochen hätte. Das thematisiert hätte, bevor er es beenden wollte. Das hätte es für mich leichter gemacht. Aber aus irgendeinem Grund konnte er das nicht. Aus irgendeinem Grund wollte er das nicht. Vielleicht das gleiche erlernte Muster.

Der Sommer zog ins Land, wir nutzten unsere Zeit und immer mehr verblassten seine Worte von »verlorenem Feuer« und »nicht mehr gerne Zeit opfern«. Verblassten – aber sie verschwanden nicht völlig. Das verstand ich nicht. Es gab so viel mehr schöne Momente mit ihm, es wurden so viel mehr schöne Worte gesagt als diese düsteren. Und doch waren sie so einprägsam. Und hartnäckig. Warum?

Ich stieß in einem meiner schlauen Bücher auf eine sehr logische Erklärung. Es läge an unserer Entwicklung, dass negative Erlebnisse uns zunächst mehr im Gedächtnis blieben. Eine einzige schlechte Erfahrung mit einem Menschen mache hundert positive Erlebnisse mit dem gleichen Menschen zunichte. Der Grund dafür wäre simpel.

Für unsere Vorfahren waren schöne Erinnerungen nicht überlebenswichtig. Sie schwelgten nicht in ihnen, das machte für den Fortbestand keinen Sinn. Aber um gefährliche Situationen zu erspüren und ihnen aus dem Weg zu gehen, war es notwendig, diese als solche einschätzen zu können. Sie mussten sich davor schützen. Denn wurde man aus der Gruppe, aus dem Clan ausgeschlossen oder verstoßen, bedeutete das meist den sicheren Tod.

Die Menschheit hat sich zwar seitdem rasant weiterentwickelt, in einigen Strukturen arbeiten unsere Gehirne aber immer noch steinzeitlich. Diese Mechanismen haben sich nicht aufgelöst. Abgelehnt und ausgestoßen zu werden ist heute noch, neben dem Tod, die größte Angst des Menschen. Das läuft meist unbewusst. Oft spüren wir nur ein diffuses Unbehagen. Wir sind die sozial bedürftigsten Lebewesen auf unserer Erde. Es ist fast für jeden Menschen das größte Bedürfnis, in einem stabilen sozialen Netzwerk aufgehoben zu sein. Unerträglich, sollte er dies missen. Es ist für unsere psychische und physische Gesundheit unverzichtbar.

Diese Erklärung war für mich äußerst plausibel und so versuchte ich, mich auf all die schönen Momente mit ihm zu konzentrieren. Ich wollte dieses Restgefühl von »fast verstoßen worden zu sein«, nicht so gewichten.

In diesen Sommerwochen gelang es mir immer mehr. Auch dachte ich weniger darüber nach, was das mit uns war. Es war schön und er tat mir gut. Punkt.

Wir sahen uns jetzt öfter, eher zweimal die Woche. Oftmals absolut spontan. Auch das war etwas, was mir immer sehr gefiel. Es konnte sein, dass wir uns abends schrieben und unsere Lust aufeinander ausdrückten. Wenn es möglich war, setzte sich einer von uns dann ins Auto und fuhr die knappe Stunde zum anderen. Egal, wie kurz die Nacht werden würde. Egal wie groß die Müdigkeit am nächsten Tag im Büro sein würde.

Wir waren leicht und Leichtigkeit zusammen. Pur und Leidenschaft. Wir machten die Nacht zum Tage, tranken Wein und Rum, neckten uns und lachten viel. Wir machten uns angetrunken Tiefkühlpizza, tanzten eng umschlungen im Takt der Musik und hatten süchtig machenden Sex. So viel wilden Sex.

Wir spannen herum, malten uns filmreife Szenen aus, was unsere Lust und Leidenschaft mit uns machte. Wohin uns dieser wilde Sex bringen würde.

»Wir gehen bestimmt mal in die Geschichte ein. Wenn eines

Tages die Welt untergeht, in einem flammenden Inferno, sterben wir beide, während wir Sex miteinander haben. Jahre später werden wir von den wenigen Überlebenden ausgegraben. Zur Statue versteinert in leidenschaftlicher Pose«, mutmaßte ich und krabbelte seinen Kopf, der auf meinem Bauch lag.

»Und sie erinnern sich wieder daran, wie wichtig Leidenschaft und Lust ist. Dass sie die Welt zu einem besseren Ort macht«, stieg er direkt mit ein.

»Dann setzen sie ein Mahnmal mit unserer versteinerten Statue, damit es keiner jemals mehr vergisst.«

»Ich wollte immer auf der Bühne sterben. Dann müssen wir Sex auf der Bühne haben.«

Wenn ich mit ihm zusammen war, konnte ich einfach nur sein.

In diesen leichten und warmen Sommerwochen beschlich mich in manchen Momenten der Gedanke, dass zwischen uns mittlerweile deutlich mehr war als wilder Sex. Und gar nicht mehr so austauschbar. Ob wir wollten oder nicht. Ob wir uns das eingestanden oder nicht. Dass wir uns selber etwas vormachten, wenn wir vorgaben, nicht mehr als Lust füreinander zu empfinden. Ob wir drüber sprachen oder nicht. Dass wir längst in etwas anderes reingerutscht waren. Was das genau war, wusste ich trotzdem nicht.

Ich glaube, ihm war das alles noch viel weniger bewusst als mir. Aber auch ich gab dem Gedanken nicht genug Raum, um ihn aus seinem diffusen Nebel zu lassen. Heute glaube ich, meinem Bauch war zwar sehr wohl bewusst, dass er und das, was zwischen uns lief, für mich etwas ganz Besonderes war. Aber das jagte mir eine Heidenangst ein. So sehr, dass ich meinte, fortlaufen zu müssen, sobald ich meinem Bauch Zeit und Raum gab, damit dieses Gefühl klar und greifbar werden konnte. Es war, als würde dann alles zerbrechen oder sich vor meinen Augen auflösen. Das wollte ich nicht zulassen.

Vielleicht waren wir beide einfach nur Feiglinge.

Es waren die kleinen unbedachten Gesten, Worte und Momente,

die ab und an klammheimlich und kurz zum Vorschein kamen.

Ich mochte es sehr, in seinen Haaren herumzuwühlen, seinen Nacken zu krabbeln, und es war offensichtlich, dass er es genoss. Eines Abends kommentierte er es dann, das sei so schön, ich müsse das jetzt mindestens die nächsten drei bis vier Jahre machen. Ich nahm so etwas nicht wörtlich. Doch trotzdem zeigten mir solche unüberlegten Sätze, wie wohl er sich auch mit mir fühlte. Dass er ebenfalls nicht wollte, dass es so bald aufhörte. Sicher war ihm nicht klar, was er damit zum Ausdruck brachte. Ich glaube nicht, dass er so etwas sonst gesagt hätte. Zu groß wäre seine Angst gewesen, ich könne dies als Signal verstehen, dass er doch eine Paarbeziehung mit mir wollte. *Keine Sorge A. – das habe ich nie so gedeutet. Ich habe es nur sehr genossen.*

Er machte mir immer häufiger Komplimente, mochte bestimmte Kleider, sagte, wenn ihm etwas an mir besonders gefiel. Hielt kurz inne und beobachtete mich im Halbschlaf, wenn er schon aufstand. Ich konnte sein Lächeln wahrnehmen, bis er zu mir kam, um mich sanft auf die Stirn zu küssen. Er hieß mich noch mehr willkommen, wenn wir uns verabredeten.

»Du liebe Süße, freu mich schon tierisch auf dich«, ließ er mich wissen und ich freute mich sehr über solche Worte. Sie taten mir gut. Aber ohne sie überzubewerten.

Aus irgendeinem Grund fuhr er plötzlich auf meine Füße ab. Das war zunächst schräg, weil weder er, geschweige denn ich eine Affinität zu Füßen hatten.

»Keine Ahnung, was das ist. Ich fahr überhaupt nicht auf Füße ab, aber deine ... die sind so süß und ich muss sie ständig anfassen. Und dieses Fußkettchen ... sehr nice!«

Merkwürdigerweise machte es mir bei ihm nichts aus, wenn er das tat. Dazu muss man verstehen, dass ich zum einen Füße für das Hässlichste am menschlichen Körper halte und es zum anderen hasse, wenn jemand meine berührt. Ich kann es körperlich kaum ertragen und bei jeder Fuß(reflexzonen)massage hätte ich den Drang auszutreten. Genuss ist für mich wahrlich etwas anderes.

Doch bei ihm war das nicht so. Seine Hand an meinen Füßen

war entspannend, kitzelte mich nicht und ich hatte nicht diesen Drang auszutreten. Schon merkwürdig. Ich kann mir bis heute nicht erklären, woran das lag. Aber es wurde zu einem Thema, welches uns oft lachen ließ.

Diese Zeit war sehr unbeschwert für mich. Ich fing an, ihm und diesem Etwas, was da zwischen uns lief, mehr und mehr zu vertrauen. Und das fiel mir nicht leicht. Oft musste ich an eine Bemerkung meiner Freundin N. denken.

»Ob Paarbeziehung oder nicht. Das ist doch völlig egal. Irgendwann muss man immer anfangen, dem anderen zu vertrauen. Das ist einfach eine Entscheidung. Und er hat dir noch nie Grund gegeben, ihm nicht vertrauen zu können. Selbst seine Entscheidung im Mai war offen und ehrlich.«

In meinem Inneren wusste ich, dass sie recht hatte. So versuchte ich, immer mehr loszulassen. Und der Sommer war nett zu mir. Er war gnädig und half mir dabei.

An einem Samstag im Juni besuchte er mich zu später Stunde. Er war mit seinen Jungs auf einem Gig, kam mit dem Taxi aus K. und war schon ziemlich angetrunken, als er bei mir aufschlug. Gleichzeitig war er so euphorisch, mich zu sehen. Ungezügelt und voller Verlangen. Aufgeputscht durch das wilde Konzert und den Alkohol.

Das war auch ein Teil von ihm. So war er eben. Er mochte den Alkohol ganz schön gern und versteckte das nie. Und sicherlich mochte er ihn mitunter auch etwas zu sehr. Ich denke, das wusste er im Grunde selber, wollte es aber nicht wahrhaben. Ich hatte das Gefühl, dass er sich verdammt gerne so sah. Als den harten Stoner, der so gerne betrunken ist und feiert. Der die Nacht rockt, als ob es kein Morgen gäbe. Und sicher nicht als einen Mann, der auch gerne einmal vor unangenehmen Gefühlen und Gedanken flieht. Der sie nicht aushalten will und weit wegschieben möchte – und genau das dann macht.

In dieser Nacht, an diesem Morgen war er mir besonders nah.

Ohne dass ich einen wirklichen Grund dafür nennen könnte. Als ich ihn mittags zu seinem Auto fuhr, schien er so zufrieden und so ausgeglichen. Als ob in diesen Stunden auch in seinem Körper jedes Atom am richtigen Platz war. Ich kann mich noch genau an diese Fahrt erinnern. Es war ein klarer Sommertag. Warm. Seine Euphorie war auch nüchtern nicht verschwunden, seine Hand berührte und krabbelte mich die ganze Zeit. Ich hätte noch stundenlang mit ihm so fahren können. Irgendwann schaute er mich an und fragte, ob ich am nächsten Abend zu ihm käme. Als sei es das Normalste der Welt. Aber das war es nicht. Wir sahen uns nicht schon am nächsten Tag wieder. Und wenn das doch einmal geschah, dann spontan, wenn wir am nächsten Abend schrieben und Lust aufeinander hatten. Aber wir verabredeten uns nie schon vor dem Abschied. Ich war überrascht, aber freute mich zugleich. Nur leider konnte ich nicht. Ich musste beruflich weg. *Damn!*

Der gesamte Sommer brachte uns eine Zeit, in der unsere Begegnungen noch leichter und intensiver wurden. Wir ließen uns vollends in diese Leidenschaft fallen und freuten uns aufeinander.

Wir setzten unsere Zwei-Tages-Auszeit um. Wir tranken dort Champagner nicht nur zum Frühstück, ließen uns treiben, verloren uns im Rausch mit allen Sinnen und viel nackter Haut. Zwischendurch kochte er, es wurde gegessen, genetflixt, erzählt und rumgealbert.

Die Zeit verging wie im Flug, diese beiden Tage – und auch die nächsten Wochen. Zwischendurch fuhr ich ein paar Tage nach Südtirol zum Klettersteigen und machte bei ihm Zwischenstopp.

Ich stellte immer wieder fest, dass ich trotz allem nicht satt war. Völlig verrückt. *Du hast echt zu viele Hormone, Emma.* Es wurde nie langweilig. Es setzte keine Gewöhnung ein, die sich dann an der Lust zu schaffen macht. In all diesen Monaten hatten unsere Besuche eins gemeinsam: Wir öffneten dem anderen die Tür und konnten nie länger als drei Sekunden abwarten, bevor wir uns ineinander verloren. Und obwohl ich seinen Körper nach all diesen

Monaten genau kannte, er mir so vertraut war, hatte er zu jeder Zeit die gleiche anziehende Wirkung auf mich. Das ließ nicht nach. *Leider. Und schön.*

Einmal sprach er es aus. Wir lagen uns nackt gegenüber, redeten und nur die Fingerspitzen unserer Hand berührten sich. Sie liebkosten sich, umkreisten sich wie in einem Tanz. Zunächst vorsichtig. Dann auffordernd. Lockend. Die Erregung strömte durch unsere Körper, sodass wir beide die Augen schlossen und verstummten.

»Das kann doch nicht sein, dass das ausreicht, um uns beide heißzumachen«, durchbrach er die Stille. Ich musste lachen. Ich dachte in diesem Moment genau das Gleiche.

Manchmal erinnerte ich mich, was mir nach unserer ersten Begegnung, nach unserer ersten Nacht durch den Kopf gegangen war. Wie klar mir gewesen war, dass unser Sex Suchtpotenzial für mich hatte. Wie mich diese Erkenntnis leicht beängstigt hatte. Wie Recht ich hatte. Und im gleichen Maße, wie mich das immer noch beängstigte, tat es mir auch gut. Ich gab mich nur zu gern dieser Sucht hin. Ich hätte ewig so weitermachen können.

Nur hin und wieder wurde dieser Sommer überschattet durch meine dunklen Gedanken. Sie brachen immer mal wieder durch. Ausgelöst durch kleinste geänderte Nuancen.

Ich kam mir in den letzten Jahren immer mehr wie eine Art feinfühliges Trüffelschwein vor, welches Veränderungen und Signale erspürt. Meist negative. Selbst in homöopathischer Konzentration erforderten sie meine ungeteilte Aufmerksamkeit. Eine, für mich unangenehme, Begleiterscheinung davon, »hochsensitiv« zu sein. Es war enorm anstrengend und nervte mich kolossal. Es kostete unnötig Kraft und verleidete nur die eine oder andere Leichtigkeit.

Nuancen im Verhalten haben nicht immer etwas mit mir zu tun. Und wenn tatsächlich etwas schlecht läuft, wenn derjenige plötzlich geht, erfahre ich es früh genug. Es lässt sich nicht vermeiden, dass es wehtun wird. Völlig egal, wie sehr ich vorher schon meine, irgendetwas geahnt zu haben.

Leider sind solche erlernten Muster sehr hartnäckig. In dieser Hinsicht wünsche ich mir, gelassener zu sein. Ich arbeite daran.

In diesem Sommer lernte ich dazu. Was auch immer ihn manchmal umtrieb, er ließ sich auch gerne durch mich davon ablenken. Er ließ sich von mir aufmuntern und seine Welt wurde ebenfalls wieder heller.

»Ich hatte so einen Scheißtag und wollte dir schon absagen. Aber jetzt bin ich so froh, es nicht getan zu haben. Jetzt bist du hier und alles ist wieder gut.«

Solche Worte waren so schön und sie taten mir gut.

Der September kam. Der Sommer neigte sich dem Ende zu. Seine Hitze wurde Vergangenheit, das Herbstlicht zur Gegenwart. Die Blätter waren schon dunkelgrün, es würde nicht mehr lange dauern, bis sie abstarben und sich bunt verfärbten. Die Schule begann wieder und es näherte sich mein jährlicher Urlaub mit N.

Als ich ihm davon erzählte, stellte ich gleichzeitig fest, dass es mittlerweile ein Jahr her war, dass ich in New York war. Somit hatten wir uns vor einem Jahr kennengelernt. Wir konnten es beide kaum glauben. *Krass. Ein Jahr. Ging das schnell um.*

In diesem Jahr wollten N. und ich nicht so weit weg. Sie war schon am Gardasee, also beschlossen wir, uns dort zu treffen, um uns eine Woche zu erholen. Ein bisschen klettern und uns ganz viel treiben lassen. Wie immer eben. Da ich auf dem Weg fast bei A. vorbeifuhr, verband ich Abschied und Autofahrt. Ich fuhr abends zu ihm, wir verbrachten die Nacht zusammen und morgens ging es auf nach Riva.

Unser Urlaub war eine einzige Entspannung und ging viel zu schnell um. Nur das Wetter spielte nicht ganz mit. Was uns aber nicht davon abhielt, uns treiben zu lassen. N. und ich verbrachten gerne verregnete Tage in Cafés. Wir lasen dort, tranken Cappuccino, ich machte mir Notizen zu dem, was mir durch den Kopf ging, und wir beobachten das Treiben um uns herum. Später wurde der Kaffee durch Wein ersetzt und wir verloren uns in unseren Gesprächen. Dann war so ein Tag schnell vergangen.

A. und ich beschlossen zwischendurch, dass wir diese Zwei-Tages-Auszeit wiederholen wollten. Nur wann, das wusste keiner von uns.

Als ich wieder zu Hause war, fuhr ich direkt am nächsten Abend zu ihm. Ich freute mich auf ihn. Unser Wiedersehen war intensiv und wild wie immer. *Herrlich!* Ich brachte ihm eine Flasche Bier vom Gardasee mit. Das hatte ich zuvor schon einmal aus Südtirol getan und damals war er freudig überrascht. Es waren Sorten, die man hier nicht sieht und bekommt. Sie sprangen mir ins Auge, als ich dort im Supermarkt war. Ich dachte sofort an ihn, als ich sie sah. Nichts weiter. Doch diesmal war seine Reaktion eine andere. Er zeigte keinerlei Freude. Er fühlte sich nicht wohl dabei. Er sagte es nicht, aber ich spürte es. Das wiederum überraschte und ärgerte mich auch. Es schien, als hätte ich etwas gemacht, was in seinem Kopf nur in Paarbeziehungen existierte. Das war zumindest meine Interpretation. *Puhhh A., es ist nur eine fucking Bierflasche. Kein Heiratsantrag. Das passiert schon mal, wenn man jemanden mag. Ich wollte dir nur eine Freude machen.* Aber ich sagte es nicht.

Für das darauffolgende Wochenende waren wir grob verabredet. Als er jedoch nichts mehr davon erwähnte, wusste ich, dass er nicht kommen würde. Trotzdem fragte ich samstags nach. Aber ich hatte recht. Und seit Langem gab mein Bauchgefühl eine klare Warnung von sich.

Es war nicht die Tatsache, dass er nicht konnte oder wollte, sondern die Art und Weise, wie er das zum Ausdruck brachte.

»Nein, leider schaffe ich es dieses Wochenende nicht.«

Das war alles. Ganz anders, als er mir üblicherweise schrieb. Ich hatte im ganzen letzten Jahr nicht einmal so eine wortkarge, neutrale Nachricht von ihm bekommen. *Emma, ändert sich hier gerade was?* Innerlich gewarnt, wollte ich mich trotzdem nicht hineinsteigern und sehen, wie es weiterging.

Nach dem Wochenende schien wieder alles beim Alten zu sein. Er schrieb mir am Montag und wir verabredeten uns für den Abend. In Vorfreude fuhr ich zu ihm und die Lust explodierte mit der gewohnten Stärke zwischen uns.

An diesem Abend war ich besonders aufmerksam und achtete insgeheim auf jede kleine atomare Schwingung, die mir Aufschluss darüber geben konnte, ob sich tatsächlich etwas änderte. Ich sprach ihn auf seine knappe Antwort an, wunderte mich über sie. Er reagierte sehr verhalten. Scheinbar wollte er nicht darüber reden. So beließ ich es dabei, mit einem Restgefühl von Kloß im Hals. Der verschwand aber im Laufe der nächsten Stunden. Zu schön war die Zeit mit ihm. Zu willkommen fühlte ich mich wieder.

An diesem Abend hatte ich das erste Mal in all unserer Zeit einen wirklichen Wunsch an ihn. Diesen an ihn heranzutragen, fiel mir nicht leicht. Der Todestag meines Bruders jährte sich bald und dieser Tag ist immer ein schwieriger. Keine Gesellschaft wollend – nicht alleine sein wollend.

Aber in diesem Jahr wusste ich, dass ich den Abend gerne mit ihm verbracht hätte. Ich konnte aber auch verstehen, sollte ihm das zu viel sein. Ich fragte, ob er kommen wolle, ich würde ihn gerne sehen, könne das aber nicht von ihm verlangen. Seine Reaktion freute mich sehr. Sie war wieder so warm, er so mitfühlend. Er stimmte direkt zu, er würde versuchen, sich die Zeit freizuschaufeln. Und hielt Wort. Zügig sagte er mir am nächsten Tag zu und wollte, so schnell es ging, nach der Bandprobe zu mir kommen.
Also Emma, hörst du jetzt die Flöhe husten?

Was er dann auch tat. Er kam sogar viel früher als erwartet und sorgte dafür, dass die Leichtigkeit auch an diesem Tag überwog. Und das war alles, was ich mir wünschte.

Am nächsten Morgen konnte er noch etwas mehr Zeit herausschlagen, bevor er seinen Sohn wieder abholte. So genossen wir uns bis zum Nachmittag und krochen viel ineinander. Auch er war ein großer Genießer.

»Das ist schön, wenn du das machst. Ach, es ist alles so schön, was du machst.«

Solche Worte hörte ich gerne und sie sorgten dafür, dass mein Bauchgefühl tief ausatmete. Wie vertraut er mir mittlerweile war. Und auch wichtig.

Die Wochen verflogen. Der November war schon zur Hälfte um. Der Herbst schritt fort und brachte Nebel und Kälte mit sich. Wir verabredeten uns für den Abend und mein Arbeitstag verging viel zu langsam. Die Zeit sollte sich diesmal beeilen, aber wieder ignorierte sie meinen Wunsch. Provozierend ließ sie die Uhr betont langsam ticken.

Gegen neun brach ich endlich zu ihm auf, begleitet von den ersten Schneeflocken des nahenden Winters. Voller Vorfreude und großen Schneeflocken auf meiner Kapuze klopfte ich an seine Terrassentür. Schnell öffnete er, überrascht über diesen Wintereinbruch. Ein Glas Wein stand schon bereit und ich genoss die fruchtige Kühle genauso wie seine Nähe, die mich immer noch angenehm irritierte.

Aus irgendeinem Grund empfand ich die gemeinsam verbrachte Nacht und den frühen Morgen intensiver als sonst. Ich wusste nicht, warum. Es war nichts Außergewöhnliches passiert. Aber als es dann für mich Zeit wurde zu fahren, brach ich ungern, aber gut gelaunt bei ihm auf. Ausgeglichen. Gerne hätte ich den gesamten Tag mit ihm im Bett verbracht. Mindestens. *Oh Mann, Emma. Warum lässt das nicht nach?*

Mit einem völlig überzuckerten Grinsen auf meinem Gesicht stieg ich in mein Auto. Ich kann es noch deutlich spüren. Sehe diesen Moment noch ganz klar. Fühle diese Leichtigkeit des Seins. Auf der Fahrt ins Büro dachte ich einmal mehr über das nach, was wir hatten. Und als er mir eine Stunde später schrieb, die Nacht und den Morgen noch rauschhaft im Blut, konnte ich nicht umhin, ihm zu sagen, wie gut das war, was wir miteinander anstellten. Ich konnte nicht anders, als ihm die bunten, lebhaften Bilder in meinem Kopf zu beschreiben. Er lachte und pflichtete mir bei.

Doch nur ein paar Tage später stellte ich wieder ein dumpfes, noch zaghaftes, aber nicht zu ignorierendes Knurren tief unten in meinem Bauch fest. Ich spürte, dass sich etwas geändert hatte. Ich wusste nicht, was passiert war. Konnte es mir nicht erklären. Aber ich spürte es genauso deutlich, wie ich jede intensive Sekunde zwischen uns gespürt hatte. Irgendetwas hatte sich verschoben. Zur falschen Seite. *Nicht gut, Emma.* Es lag an seinem Schreibverhalten. Das hatte sich geändert. Zunächst nur einen Hauch – kaum wahrnehmbar. Er sagte mir ab, um mich kurze Zeit später zu fragen, ob ich nicht doch kommen wollte. Er schrieb weniger, er schrieb neutraler, leidenschaftsloser. Reagierte kaum auf Anspielungen meinerseits. Das ging knapp zwei Wochen so.

Kurz vor dem Wochenende schrieb er plötzlich, dass er in meiner Nähe sei, Bandprobe hätte. Er würde es nicht in der Nacht schaffen, aber er könne zum Frühstück kommen. Würde Zeit mitbringen. Ich war verwundert, konnte diese Ambivalenz nicht einschätzen. Sie irritierte mich. Trotzdem freute ich mich. *Vorsichtig, Emma.* Als meine Antwort, dass wir unser Variationsfrühstück ja auch schon lange nicht mehr hatten, unkommentiert blieb, wurde meine Vorfreude immer verhaltener. *Emma, er wird nicht kommen,* pochte es in meinem Bauch.

Am nächsten Morgen brummte mein Handy und ich wusste direkt Bescheid. Ohne zu lesen. Ich konnte mal wieder der Art des Brummens entnehmen, dass er mir absagte und nicht etwa Bescheid gab, dass er losfuhr. Trotzdem öffnete ich seine Nachricht. Es wunderte mich überhaupt nicht zu lesen, dass wir unser Frühstück leider verschieben müssten, denn er müsste jetzt los nach F., um seinen Sohn zu holen.

Es war auch diesmal nicht die Absage, die mir unmissverständlich signalisierte, dass sich hier etwas Grundsätzliches änderte. Sondern die Art und Weise, wie er das tat. Es war eine Mitteilung, ohne Bedauern, nicht der leiseste Hauch. Jedes Gefühl in seinen Worten – weg. Jede Wärme in seinen Worten – weg. *Was soll das?*

Ich antwortete ihm, dass es schade sei, fragte, was mit kommender Woche wäre, er solle sich doch melden, ich wolle ihm nicht auf den Keks gehen. Aber auch das blieb unkommentiert. *Shit ... gar nicht gut.*

Die Warnung und bittere Vorahnung in meinem Inneren kroch durch jede Zelle und wurde ohrenbetäubend laut. Sie ließ sich nicht verdrängen – und machte mich traurig.

Nach einer unruhigen Nacht saß ich am nächsten Morgen angeschlagen im Büro und mochte kaum ein Wort reden. Meine Gedanken kreisten, sausten und dröhnten in meinem Kopf. Unkontrolliert. Ich war unfähig, sie zu stoppen. Trotz aller innerlichen Versuche, meinen Focus zu verlagern.

Eine Stunde später brummte mein Handy und sein kaltschnäuziger Ton holte mich zurück ins Hier und Jetzt. Wie ich es hasste, diese Art des Brummens wahrzunehmen. *Warum hört sich das anders an?* Das Blut pulsierte in meinem Kopf. Ich spürte den Kloß in meinem Hals, die Schwere auf meinem Herz. Mein Bauch war aus dem Takt geraten. Ich wartete ein paar Minuten, holte tief Luft und ohne bereit zu sein, las ich seine Nachricht.

»Ach Emma, ich kann grad nicht. Lass uns etwas pausieren, okay?«

Seine Worte starrten mich gnadenlos schwarz auf weiß an. *Pausieren? Ist Pausieren nicht nur das feige Synonym für Beenden? Ist das alles? Mehr oder womöglich etwas detaillierter hast du mir nichts dazu zu sagen? Nach fast einem Jahr, in dem wir uns doch sehr intensiv und regelmäßig gesehen haben? Ernsthaft?,* rauschte es spontan durch meinen Kopf. Und möglicherweise hätte ich genau das antworten sollen. Aber mein Bedürfnis, sich in seine Situation einzufühlen, sie zu verstehen, war stärker und gewann schnell Oberhand. *Du spinnst, Emma. Warum sagst du es nicht?* Darauf hatte ich keine Antwort.

Stattdessen schrieb ich ihm, dass das schwer zu verstehen sei, ohne zu wissen, was in ihm vorginge und bei ihm los sei. Ich schrieb ihm, dass ich wüsste, dass zwischen uns nichts Negatives geschehen sei. Unser letztes Treffen so leidenschaftlich und innig wie immer war. Ich schrieb ihm, dass eine Pause schade, aber okay sei, wenn er das jetzt wollte und bräuchte. Ich schrieb ihm, dass er mir aber bitte direkt sagen sollte, falls er mit Pausieren Beenden meinte. Ich schrieb ihm, dass er mir wichtig sei und dass ich mich dafür weder rechtfertigen noch entschuldigen wolle. Ich schrieb ihm, dass es Schlimmeres gäbe, als von mir gemocht zu werden.

Ich schrieb ihm in der Hoffnung, dass er es mir erklären würde. Zumindest im Ansatz. Aber er tat es nicht. Stunden vergingen. Tage vergingen. Wochen vergingen. Er schwieg.

Ich verstand die Welt nicht mehr und war verletzt. Ratlos. Tatenlos. Freudlos. *Was war da los? Was war geschehen?* Klar wusste ich von seinem Stress an einigen Fronten. Und klar war mein erster Gedanke, dass er eine andere hatte. Aber das alles erklärte nicht, was ihn dazu bewog, mich mit einem Zweizeiler, in dem von Pausieren die Rede ist, abzuservieren. Ihm musste doch klar sein, wie unfair und respektlos dieses Verhalten war. Ihm musste doch klar sein, was es in mir auslösen würde. Kannte er mich so wenig? Oder war es ihm egal?

Wie sollte ich diesen Schluss, der ohne Schlussstrich war, vom Rest eines wunderschönen Jahres trennen? Akzeptieren und verstehen, dass dieser Abgang egoistisch und kalt war, ohne den Rest des Erlebten nicht in die gleiche Ecke zu verbannen? Wie sollte ich dieses Jahr noch mit denselben Augen sehen? Hatte ich mir alles Schöne nur eingebildet? Ihn und uns völlig falsch wahrgenommen?

Er verbannte dieses ganze Jahr, er verbannte uns in eine starre Gleichgültigkeit. Und diese Gleichgültigkeit verbrannte jede Minute des Erlebten zu Asche. Jeden intensiven, leidenschaftlichen und innigen Moment. Zu bedeutungslosem Staub, den der nächste noch so kleine Windhauch ins Nichts wehen würde. Es passte nicht zu ihm.

Aber er schwieg. Keine Nachricht. Nicht das kleinste Zeichen. So sehr ich es hoffte. Aus. Weg. Aus Lassen wird Verlassen.

Ich war wütend auf ihn – und auf das Leben. Noch größer war aber meine Traurigkeit. Er fehlte mir. Unsere Zeit fehlte mir. Wir fehlten mir.

Hätte ich an jenem Morgen gewusst, dass es das letzte Mal war. Hätte ich gewusst, dass jener Abend der letzte Abend, die letzte Nacht, der letzte Morgen war. Dieser Morgen, an dem ich mit diesem überzuckerten Grinsen in mein Auto stieg – ich hätte ihm noch so viel gesagt. So viel Schönes gesagt. Ich hätte mich verabschieden können, wir hätten uns verabschieden können. Ich hätte ihn noch einmal ansehen können. Ich hätte gewusst, dass wir uns bereits verloren hatten. Ich hätte gewusst, dass er mich nicht mehr wollte. Uns nicht mehr wollte. Ich hätte keine Angst vor falschen Fragen und Worten gehabt, die uns auflösen konnten. Wir hatten uns bereits aufgelöst. Ich hätte um uns geweint. Aber es wären andere Tränen gewesen als die, die noch kamen.

Aber er war einfach fort und mir war, als hätte es mich nie in seinem Leben gegeben.

Der Alkohol zeigte langsam Wirkung. Er ließ die Oberflächlichkeit von unseren Gesprächen bröckeln und bot Raum für echten Austausch. Manche Worte trauen wir uns nur mit weinbeseelter Zunge zu sagen.

T.

Die Dezembertage vergingen zäh. Unscharf verschwommen sie zu einem einzigen, klebrigen Zeitklumpen. Geboren aus dem Trott der Alltäglichkeit, meinen Verpflichtungen und dem Versuch, den Gedanken an das Ende mit A., an sein Schweigen keinen Raum zu geben. Um nicht in ihnen zu ertrinken. Sondern an Land zu schwimmen. Und dieser Trott half. An manchen Tagen mehr, an manchen weniger. Es war wohl mehr ein Verdrängen als ein Verarbeiten. Aber das war mir egal. Er war weg. Warum auch immer. Punkt.

Ich hatte keine spürbare Lust auf neue Begegnungen. Aber einen tiefen Wunsch nach Ablenkung von meinen lauernden Gedanken. So öffnete ich nach einiger Zeit wieder eine der Datings-Apps und wischte mich durch eine Masse an gefühlter Gleichartigkeit.

T. und ich trafen uns durch Zufall wieder. Wir hatten uns zweieinhalb Jahre zuvor im Netz entdeckt, ein wenig geschrieben, aber zu einem Date war es nicht gekommen. Versucht hatten wir es, aber mal konnte er nicht, mal hatte ich keine Zeit. Kurz darauf hatte er sich für zwei Monate eine Auszeit genommen, war verreist und wir hatten uns wieder verloren. Dafür hatten wir uns zu wenig gekannt.

Als ich ihn likte, schrieb er mir, dass »wir schon einmal das Vergnügen hatten«. Das war mir zunächst etwas unangenehm, weil er mir absolut unbekannt vorkam. Aber wie sich rausstellte, war er damals mit einem anderen Profil online gewesen. Auf dem hatte er völlig anders ausgesehen.

Wir schrieben uns etwas hin und her, nicht intensiv, nicht sehr häufig, aber beide interessiert an einem Date. T. war in einer vergleichbaren Lebenssituation. Er lebte getrennt, hatte ein Kind und beide Elternteile teilten sich das gleichermaßen, so gut es eben ging. Unsere Kinder waren ähnlich alt. Die Beziehung mit dem anderen Elternteil ähnlich lang. Er schien klug und warmherzig. An unverbindlichen Kontakten, denen man so oft online begegnet, hatte er auch kein Interesse. Er war weder Fan noch regelmäßiger User dieser Apps und auch die Welt von Social Media sah er kritisch. *Heureka! Na, wenn das nicht Grund genug ist, um einen genaueren Blick zu riskieren.*

Ein paar Tage später verabredeten wir uns. Nach der Arbeit trafen wir uns in der Stadt und landeten nach kurzer Zeit bei einem Italiener. Einer von denen, die durch ihren Wunsch nach Moderne etwas Flair und italienische Gemütlichkeit verlieren. Aber er passte zu diesem ersten Date. Auch dies war eine Begegnung, bei der ich feststellte, dass die Realität des Äußeren eine ganz andere war als die, die ich mir zurechtgepinselt hatte. Aber ich fand ihn sympathisch. Attraktiv war er auch, auf eine andere Art.

Gekonnt überspielten wir die anfängliche Unsicherheit auf beiden Seiten. *Ist er nicht Bauingenieur? Frag ihn nach seinem Job. Geht bei Männern immer.* Das tat ich und er nahm es als Aufforderung an, mir alles ausführlich zu schildern. Er schien dankbar für diese Möglichkeit.

Trotzdem klebte diffus immer noch ein unangenehmes Gefühl in meinem Bauch. Konturlos und dumpf. *Emma, das ist aber keine Unsicherheit, stellte mein Kopf schnell fest ...* Ich versuchte, diese Empfindung zu verstehen, dachte darüber nach.

A.! Das nagende Wispern entblößte sich als Spur von schlechtem Gewissen. Sobald ich mir über dieses Gefühl klar war, ließ es sich verscheuchen. *Wie lächerlich und deplatziert. Soweit kommt's noch. Er geht ohne ein Wort und mich überkommt ein Anflug von schlechtem Gewissen, wenn ich mich date? Am Arsch ... da spiel ich nicht mit.* Bald merkte ich, wie die Anspannung von mir abfiel. Ich war gerne hier, inmitten der Anonymität von kaltem Licht, Pizzabrötchen und billigem Wein.

Die Zeit verging schnell. Wir sprachen über Onlinedating, Kinder und tauschten Erfahrungen aus. Eh wir uns versahen, wurde es um uns herum leerer und wir beide immer angefüllter von all den Eindrücken der letzten Stunden.

Gegen Mitternacht brachen wir auf. Wie selbstverständlich begleitete er mich zu meinem Auto. Das parkte nur unweit in einer Tiefgarage.

»Willst du mich wiedersehen?«, fragte ich ihn während einer kurzen Umarmung zum Abschied.

»Ja«, antwortete er direkt mit fester Stimme.

Trotzdem ist diese Verabschiedung bei ersten Dates meist angestrengt. Sie ist selten natürlich. Zu sehr wird sie durch Unsicherheit gelenkt. Auch in mir sieht es oft lange nicht so locker aus, wie es meinem Gegenüber erscheint. Das darf aber gerne so bleiben.

Ich fuhr gut gelaunt nach Hause (und darüber erstaunt) und freute mich, noch kurz von ihm zu hören.

»Danke für den schönen Abend. Entschuldige, wenn ich anfangs versucht habe, meine Nervosität durch viel Reden zu überspielen. Erst jetzt habe ich allmählich wieder Ruhepuls. Würde mich freuen, dich wiederzusehen.«

Prima. Das wollte ich auch. Seine Unsicherheit konnte er gut verbergen. Ja, er hatte zunächst recht viel geredet. Aber ich hatte auch viel gefragt. Von erhöhtem Puls hatte ich nichts gemerkt.

Ab und an schrieben wir in den nächsten Tagen, doch ein richtiger Chat ergab sich nie. Er las meine Nachrichten erst viel später. Manchmal zwei Tage, wie sich in den folgenden Wochen rausstellen sollte. Ich hatte noch unseren alten Chat-Verlauf und las ihn mir erneut durch. Stellte fest, dass es damals genauso war. So schob ich das auf einen Charakterzug. Es passte zu seiner Einstellung des virtuellen Austausches.

Ein paar Tage später, es war der letzte Arbeitstag vor dem Weihnachtsbreak, fragte er mich, ob ich Lust hätte, ihn zum Lunch zu treffen. Er wäre im weihnachtlichen Einkaufswahnsinn und könnte eine Pause und Ablenkung durch mich gut gebrauchen. *Mist.* Ich hatte Lust, aber bekam es nicht in meinen Arbeitstag integriert. Wir verschoben es auf die Zeit zwischen den Jahren. *Das wird doch wohl zu schaffen sein.* Aber jetzt startete erst einmal der Weihnachtsurlaub und ich freute mich auf ein paar freie Tage.

Am Nachmittag des Heiligabends brummte mein Handy und kündigte eine Nachricht an. Als ich auf mein Telefon schaute musste ich kurz schlucken. »Frohe Weihnachten«, schrieb A. Mehr nicht. *Du hast echt Nerven.*

Ohne es zu wollen, aber auch ohne es ändern zu können, sah ich ihn direkt deutlich vor mir. In meiner Vorstellung erlebte er ziemlich perfekte Weihnachten. Ein Weihnachten wie ich es mir als Ideal immer vorstellte. Ich sah ihn im Geiste, wie er mit seiner Familie feierte. Er hatte ein Bier in der Hand, im Hintergrund lief Musik und eine leichte, laute und ausgelassene, aber warme Stimmung umgab ihn.

Kurz spukte die Frage durch meinen Kopf, ob es möglich war, dass ihm gar nicht klar war, wie ich die Art seines Verschwindens empfunden hatte. Konnte das sein? An einen Zufall oder eine verirrte Nachricht glaubte ich nicht. Ich verdrängte diese Gedanken, so schnell ich konnte. Ich wollte diese unerwünschten Bilder nicht. Es ärgerte mich, dass sie mich befielen. Es brachte ja alles nichts. Er war weg. *Punkt. Punkt. Punkt!*

Dann kam Weihnachten – und ging. Ambivalent, wie seit langer Zeit. T. und ich hatten weiterhin nur sporadischen Kontakt. Dann tauschten wir uns aus, stellten fest, dass wir die Liebe zu den Dolomiten teilten und gerne in den Bergen waren. Kannten die gleichen Orte, hatten ähnliche Touren gemacht. Er machte mir großzügig Komplimente, aber auf eine eher unaufgeregte Weise. Sie schienen von Herzen zu kommen.

Kurz vor Silvester verabredeten wir uns auf einen Wein und ich stellte fest, dass ich wahrhaftig Lust hatte, ihn wiederzusehen. Ich freute mich darauf.

Als ich ihm an jenem Nachmittag schrieb, und fragte, wann wir uns treffen sollten, flüsterte mir mein Instinkt sehr schnell zu, dass es dazu nicht kommen würde. Zwei Stunden später bekam ich seine Antwort.

»Hey, sorry, dass ich mich jetzt erst melde. Meinem Vater geht's nicht so gut und er sollte eigentlich ins Krankenhaus, aber er weigert sich. Jetzt sitze ich hier auf Abruf, falls es schlechter wird. Klappt heute leider nicht.«

Hmmm ... echt jetzt? Und warum kannst du nicht woanders auf Abruf sitzen?, warf mein Kopf spontan ein. Auch in diesem Fall konnte es wahr sein oder nicht.

T. schien immer sehr beschäftigt mich sich. Er tauchte in diesen Momenten völlig ab und ließ nur ab und an etwas von sich hören. Dann kam er für einen Atemzug an die Oberfläche, holte tief Luft, schrieb mir kurz aufmerksame Worte, um wieder in die Tiefen seiner Welt abzutauchen. Ab und zu irritierte mich das. Zu Silvester schrieb er mir, dass er sich in die Berge verkriechen würde, er hätte genug von diesem Jahr. Zu viel Zeit hätte er wegen seiner Eltern in Krankenhäusern verbracht. Das würde er mir mal in Ruhe erzählen. *Gut. Das spricht jetzt entweder für deine Ehrlichkeit und mal wieder Pech im Timing oder für ein ausgeprägtes Krankheitsbild.*

Erst am zweiten Januarwochenende wollte er mich abends zum Essen treffen. Das freute mich. Ich musste das ganze Wochenende arbeiten, blieb deswegen in der Stadt und schlief bei N.

T. und ich hatten beide keine konkrete Idee, was wir genau an diesem Abend machen wollten. *Wie herrlich unkompliziert.* Das gefiel mir. Wir trafen uns vor dem Italiener unseres ersten Dates und schlenderten in der Kälte des Januarabends durch die dunklen Straßen. Kurze Zeit später sahen wir ein Restaurant, welches zu einem der Münchener Clubs gehörte.

»Hast du Lust, dort was zu essen und zu trinken? Ich find den Laden ganz cool. Hab aber noch nie dort gegessen. Ohne Reservierung ist's schwierig. Musste schon zweimal wieder gehen. Ist recht begehrt«, fragte mich T.

Reserviert hatten wir nicht. *Hmmm ... okay. Mal sehen, wie gut ich und wir da reinpassen ... wenn wir dort überhaupt noch reinpassen.*

»Ja. Probieren wir es. Hab auch schon davon gehört, war aber noch nie dort.«

Am Eingang erwartete uns eine freundliche Bedienung. Sie begutachtete uns und grinste. Der Laden war rappelvoll. Trotzdem kam es mir so vor, als hätten wir ihre Sympathie geweckt. Sie kümmerte sich.

»Habt ihr reserviert?«

»Nein, leider nicht,« entgegnete ihr T.

»Hmmm, wir sind total ausgebucht. Aber ihr könnt euch gerne hinten in die Lounge-Ecke setzen. Es ist ziemlich gemütlich und essen könnt ihr da genauso gut. Da braucht ihr auch für niemanden Platz machen und könnt den ganzen Abend dort verbringen,« ermunterte sie uns. Das klang gut und wir stimmten zu.

»Na, dann kommt mal mit ihr beiden.«

Sie lächelte uns wohlwissend an.

Kellner*innen, die ihren Job mögen, haben oft einen feinen Blick für Situationen. Für Menschen. Sie sehen viel. Verliebte Paare, gelangweilte Paare, streitende Paare, genervte Paare, flirtende Dates, kurze Dates, katastrophale Dates, Freunde und Familien in all ihren Facetten. Sie erleben das gesamte, bunte Spektrum zwischenmenschlicher Begegnungen. Mir schien, sie spürte, dass wir ein Date hatten. Und wollte uns ein wenig pushen. Als ob sie das Bild mochte, welches wir zusammen abgaben. T. und ich setzten uns, sahen uns um und studierten die Karte. Es war ein großer Raum, loftartig. Lange Tische, an denen viele Menschen saßen. Laut, groß, trotzdem seltsam gelöst. *Ich mag es hier,* stellte ich fest. Fremde Augen streiften meinen Blick, offen und freundlich. Jeder schien an diesem Abend gut gelaunt zu sein.

Wir bestellten Weißwein, Gin Tonic und etwas zu essen. Nach kurzem Small Talk versanken wir zusehends in einer Blase aus Worten, Blicken und Meinungen. Aus Erzählungen, Diskussionen, Fragen und Antworten. Um uns herum schien es plötzlich leiser zu werden. Mir ging es gut und ich genoss die Atmosphäre dieses Ladens und des Abends. Immer wieder kam die Bedienung vorbei, quatschte kurz mit uns, erzählte, schimpfte lachend über den abendlichen Stress und wollte sich gerne bei uns ausruhen. *Na dann. Nimm Platz.* Hat sie nicht. Die Zeit verging schnell, die Anzahl unserer Getränke stieg, aber keiner von uns hatte Lust, den Abend zu beenden.

Kurz darauf kam unsere Kellnerin wieder zielstrebig auf uns zu. In ihrer Hand trug sie zwei blaue Bändchen. VIP-Bändchen für den Club. Diese bot sie uns lächelnd an.

»Hättet ihr später Lust? Die sind von einer anderen Reservierung übrig. Ihr könnt dann durch das Restaurant rüber gehen und braucht euch nicht draußen in der Kälte anzustellen. Eigentlich mache ich so was ja nicht. Aber euch würde ich die gerne geben.«

Oh. Die ist ja süß. Ist aber auch ein bisschen schräg. Begegnungen dieser Art hatte ich normalerweise nur, wenn ich mit N. unterwegs war. Etwas irritiert und amüsiert über diese Situation nahmen wir ihr Angebot an. Wir ließen offen, ob der Club uns später locken konnte.

Der Alkohol zeigte langsam Wirkung. Er ließ die Oberflächlichkeit von unseren Gesprächen bröckeln und bot Raum für echten Austausch. Manche Worte trauen wir uns nur mit weinbeseelter Zunge zu sagen. Und doch ist es ein schmaler Grat zwischen Wahrem und Irrsinn.

Wir griffen zu. Dachten über Beziehungen nach, sprachen darüber, was wir in ihnen sahen. Erzählten uns Erlebtes, was wir uns wünschten und was wir auf gar keinen Fall mehr wollten. Long story short ... es gab viele Themen, die wir vertieften. Vieles sahen wir gleich, einiges anders. Er erzählte von seiner Ehe, seinem Wunsch, diese Frau zu heiraten. Er dachte dort sehr klassisch. Ehe als Garantie der Liebe. Als würde sie die Gefühle pasteurisieren. *Und doch sitzt du hier.* Er verstand meine Einwände nicht. Ich hinterfragte es. Mehr nicht. Ich war nicht dagegen. Aber auch nicht dafür.

Wenig später stand unsere Bedienung vor uns und bat uns, den

Platz zu wechseln. Erstaunt stellten wir fest, dass es mittlerweile schon deutlich leerer war. Sie wollten den hinteren Bereich des Lokals schließen.

»Aber ihr könnt vorne auch gemütlich sitzen. Ich bring euch direkt neue Getränke«, lockte sie uns aufzustehen.

Na, wenn die uns nicht verkuppeln will, dann weiß ich's auch nicht. Innerlich grinsend stellte ich fest, dass mir der Gedanke gefiel. Und doch war er seltsam. Wir nahmen unsere Jacken und zogen um. Vorne angekommen, setzte sich T. zu mir auf die Couch.

»Ich komm dann mal was näher ...«, erklärte er sich.

So so ... na dann – nur zu. Wir versanken wieder in unserer Kennenlern-Blase und bekamen wenig davon mit, was um uns herum geschah. Davon, wie wir dort langsam, aber sicher die einzigen Gäste wurden. Wir lachten viel, er saß mittlerweile so nah neben mir, dass unsere Oberschenkel sich leicht berührten. Ich mochte es. Das Gefühl war die ganze Zeit präsent.

Schon komisch. Wenn ich mich sexuell zu jemanden hingezogen fühle, elektrisiert diese Nähe meinen gesamten Körper. Die kleinste Berührung ruft bei jedem weiteren Wort der Unterhaltung lautstark dazwischen. Sie schreit in mein Ohr. Ist penetrant. Sie strengt sich an meine Konzentration auf das Gespräch zu unterbrechen. Und sie ist gut darin. Es ist, als blinkte plötzlich eine rote Signallampe vor mir. Grell und pulsierend. Leuchtend. Laut. Ich kann sie nicht ignorieren. Zu viel Reize. Dann muss ich meine Aufmerksamkeit zwischen der Unterhaltung und dem Drang, mich mehr auf diese Berührung zu konzentrieren, teilen.

Rund um den Tresen tummelte sich eine Schar Menschen jeglichen Alters, die zwischen Club und Restaurant hin und her pendelten. Erst als unsere Kellnerin uns bat zu zahlen und uns darauf hinwies, dass sie schon seit einer halben Stunde geschlossen hätten, tauchten wir wieder auf. Jetzt verstanden wir, dass die Leute am Tresen zum Inventar gehörten. Wir waren die letzten Gäste. Erstaunt und auch etwas belustigt über diese Situation, kramten wir nach unseren Portemonnaies. Ich bat T., dass wir uns die Rechnung teilten, aber er winkte ab.

»Nee, lass mal. Du kannst ein anderes Mal zahlen.«

Ein Mitarbeiter begleitete uns hinaus. Schloss uns ein Tor auf und wir gingen wieder vorne zur Straße, wo sich auch der Eingang des Clubs befand.

Dort stand eine große Traube von Menschen, die begierig darauf brannten, an den kritischen Blicken der Türsteher vorbeizukommen. Rein in die ersehnte Clubnacht. Und zitternd vor Kälte. T. glaubte seinen Augen kaum und fing an zu lachen.

»Hast du gesehen, wie jung die sind? Und die warten da jetzt alle stundenlang? Bis sie reinkommen? Also eventuell reinkommen?«, fragte er mich erstaunt.

»Ja, genau das tun sie. Kommst du dir jetzt alt vor?«

»Nein. Aber ich kann mich nicht dran erinnern, so was jemals gemacht zu haben.«

Echt jetzt? Also oft habe ich das auch nicht gemacht. Aber vereinzelt erinnere ich mich daran. An mein Zittern. An die Kälte. An die Schlange, die nicht kürzer werden wollte. An Stammgäste, die mit langen, sicheren Schritten an uns vorbeigingen. An meine verstohlenen, neidischen Blicke. An ihr stolz erhobenes Kinn.

Ich wollte unbedingt auch rein. Es war kriegsentscheidend. Sonst verpasste ich mit großer Wahrscheinlichkeit die Nacht der Nächte, die Chance meines Lebens, die alles verändernde Begegnung oder die Party des Jahrhunderts. Dachte ich. Glaubte ich. Ganz fest. Und viele, viele Jahre später stellte ich fest, dass ich zu 98 % gar nichts verpasst hatte. Man hat es nie und man wird es nicht. Der Abend ist so gut oder schlecht wie jeder andere. Ich möchte diese Erlebnisse vor gefühlten zweihundert Jahren nicht missen. Trotzdem gab es selten einen Grund, in solch einer Schlange zitternd auf das launenhafte Urteil eines Türstehers zu warten.

T. und ich standen an der Straße und beobachteten die Menge. Viele Frauen in dünnen Jacken. Frierend, aber voller Erwartung. Viele Männer, in dicken Jacken, scherzend, aber nicht minder frierend. Mittlerweile war es 01.30 Uhr und wir angetrunken. In nicht allzu ferner Zukunft musste ich wieder im Büro sein. Trotzdem blieben wir wie selbstverständlich voreinander stehen und wollten uns nicht so recht verabschieden.

»Und nun?«, fragte ich.

Er sah mich an und küsste mich. Oder ich ihn? Ich weiß es nicht mehr. *Oh ... okay, na, jetzt will ich erst recht nicht gehen,* schoss es durch mein Hirn.

Das sah er genauso und es führte dazu, dass wir die nächste Stunde knutschend, lachend, umarmend und aneinander rumnestelnd auf der Stelle verharrten. Uns diverse Male verabschiedeten und doch nicht gingen. *Das ist eine schöne Entwicklung des Abends. Wer hätte das gedacht*, flöteten Kopf und Bauch in seltener Harmonie.

Unsere Gespräche, der gesamte Abend in diesem Lokal spiegelte so viel Interesse wider. Mir wurde schlagartig klar, dass ich mich kaum noch daran erinnerte, wann sich ein Mann das letzte Mal so für mich interessiert hatte. Damit meinte ich nicht die teeniemäßige Knutscherei in nächtlicher Kälte. Er wollte wissen, wie ich ticke. Wie ich die Welt sehe, was ich will – und wer ich bin. In manchen Momenten durchbohrte mich fast sein Blick, sodass ich meinen abwenden musste. Und in so etwas bin eigentlich ich gut. Ich spürte seinen Versuch, mich einzuschätzen. Sein Interesse überforderte und freute mich zugleich. Zusammen mit der gegenseitigen vorhandenen Anziehung war das eine gute Basis für mehr. Wie auch immer dieses »mehr« dann aussehen könnte. Das konnte nur ein genaueres Kennenlernen zeigen.

Nach einer Stunde war ich, trotz Dauerknutscherei, so durchgefroren, dass ich zu N. wollte. Ich bestellte ein Taxi und wir liefen ein paar Schritte. T. hielt meine Hand. Bis mein Taxi ein paar Minuten später kam, schlenderten wir bei Minusgraden auf und ab. Noch während ich mich reinsetzte, küsste er mich und hielt meine Hand fest. Als wollte er mich nicht gehenlassen. Als ich dann losfuhr, hatte ich ein eigenartiges, diffuses Bauchgefühl. *Der denkt jetzt aber hoffentlich nicht, wir wären ein Paar, oder? Das ginge mir dann doch etwas zu schnell,* schaltete sich mein Kopf eine Sekunde später dazu. Ich schob Gedanken und Gefühle hastig beiseite. *Abwarten.* Es war ein schöner Abend. Nicht mehr, aber auch nicht weniger.

Der nächste Tag im Büro war hart, aber nach so einem Abend gab es Schlimmeres, was man durchstehen müsste. Das war ein guter Grund, um sich endfertig zu fühlen. Kurz ließ ich ihn wissen, dass ich zwar müde, aber grinsend im Büro saß und den Abend sehr schön fand.

»Fand ich auch. Hätte dich gerne noch weiter geküsst und gespürt.«

Ich fühlte mich überraschend leicht und war von Zuversicht erfüllt. Ich versuchte, A´s wortlosem Verschwinden einen Sinn zu geben. Ohne wäre ich nicht wieder in diese Dating-App gegangen. Und T. und ich wären uns nicht erneut begegnet. Das machte es ein klein bisschen weniger schmerzhaft und ich konnte alles, was damit zu tun hatte, besser vergraben.

In der nächsten Woche versicherten wir uns gegenseitig, dass wir uns weiter kennenlernen wollten. Mir gefiel der Gedanke immer mehr. Wir tauschten Fotos von uns aus und suchten nach einem Termin, wann wir uns sehen konnten. Das war aber gar nicht so leicht. Er war sehr verplant und schrieb nach wie vor wenig.

»Reiner Freizeitstress. Es fehlt immer die Zeit alles unterzubringen. Auch wenn das alles schöne Dinge sind, wäre es besonders schön, dich zu sehen«, betonte er. Als wollte er mich mit solchen Nachrichten von seinem anhaltenden Interesse überzeugen. Trotzdem fanden wir in naher Zukunft keine Möglichkeit, an dem er Zeit für ein Date hatte. *Hmmm ...* Und langsam, leicht und zunächst ganz leise, meldete sich wieder meine Vorahnung. Jetzt aber mit weniger schmeichelhaften Gefühlen und Gedanken.

Ein Wochenende später fuhr T. in die Berge. Er wollte eine Skitour machen. Ich wünschte ihm viel Spaß, er solle auf sich aufpassen, da ich ihn durchaus noch einmal sehen und küssen wollte. Er las meine Nachricht erst, als das Wochenende fast wieder vorbei war. Reagierte aber auch dann nicht. *Autsch!* Jetzt flüsterte mein Bauchgefühl nicht mehr leise, sondern machte sich laut und rücksichtslos über meine Zuversicht her, zwang sie in den nächsten Tagen, in denen mein Telefon gnadenlos schwieg, endgültig zur Kapitulation.

Na toll. Wie passt das denn jetzt zusammen? Verpisst der sich ohne ein Wort? Sinn ergab das nicht. Auf beiden Dates hatten wir uns gut unterhalten, viel gelacht und uns anziehend gefunden. Warum sollte er plötzlich keine Lust mehr haben, mich weiter kennenzulernen? Ich hatte mittlerweile schon viele Erfahrungen beim Dating und traute mir zu, zu merken, wann eins gut war und wann eben nicht. Ich spürte schnell das Potenzial hinter einer Begegnung und konnte es mir ehrlich eingestehen. Positiv und negativ. Klar, es bestand die Möglichkeit, dass er eine andere kennengelernt hatte, die er toller fand. Aber warum sollte er mir das nicht sagen? Es passte nicht zu ihm, ich glaubte nicht daran. Wie ich es drehte und wendete, klar war, dass er sich zurückgezogen hatte. Unklar war, warum.

Ich hätte ihn gerne angerufen. Ihn gefragt, warum er das tat. Aber ich traute mich nicht. Lieber feilte ich an einer Nachricht an ihn. Zwischen Enttäuschung, Verunsicherung und Ärger trieb es mich an, dieses plötzliche Schweigen nicht so stehen zu lassen. Ich glaube nicht, dass ich mich jemals an diese Art der Kommunikation gewöhne. Sein Gegenüber zu ignorieren ist psychologische Höchststrafe. Ich fühle mich durch sie unsichtbar. Nicht ernst genommen. In meinem Wert als Mensch verletzt.

So fragte ich ihn ein paar Tage später, was los sei. Ich schrieb ihm, dass ich enttäuscht sei, nichts mehr von ihm zu hören. Dass ich ihn lieber angerufen, aber mich nicht getraut hätte. Wenn kein Interesse mehr an mir bestünde, könnte er das bitte sagen. Es wäre dann zwar schade, weil ich das Gefühl hatte, wir beide hätten unsere Dates vielversprechend gefunden. Zumindest so gut, dass sie

Grund genug waren, sich mehr kennenzulernen. Aber trotzdem sei es okay.

Und siehe da. Diesmal las er es zügig und seine Antwort ließ nicht lange auf sich warten. Dadurch wurde sie aber leider nicht schmeichelhafter.

Es täte ihm leid. *Aha* ... das wäre wirklich nicht sehr rücksichtsvoll von ihm gewesen. *Nope.* Ich sei eine tolle Frau, attraktiv, es wäre klasse gewesen, mit mir zu reden ... *wann kommt das »Aber«?* und verdammt aufregend, mich zu küssen. *Ja sicher, und warum hat sich dein Interesse dann so plötzlich verflüchtigt?* Aber ... *shit, da ist das »Aber«,* es hätte ja nicht so richtig Klick gemacht ... *ähmm ... okaaayyy ...? Was erwartest du denn nach zwei Dates? Liebe auf den ersten Blick?* ... was er wirklich blöd fände. *Na, ja ... ich find das eher normal nach zwei Dates.* Er wisse ja auch, dass man das eigentlich auf sich zukommen lassen müsse ... *ja, du Arsch, das nennt man Kennenlernen.* Aber er hätte in letzter Zeit öfter Sachen erlebt, bei denen irgendwer, irgendetwas auf sich zukommen ließ und hinterher gab es nur »Aua und leer« ... *mhmm ... sprichst du jetzt von den Frauen? Oder von dir?* Ob wir nicht am Abend telefonieren könnten? Er wolle lieber mit mir sprechen. *Hmm ... ernsthaft?* Zwischen den Zeilen fühlte sich sein Wunsch nicht überzeugend an.

Als meine Tochter abends im Bett lag, setzte ich mich mit einem Glas Wein auf meine Couch und dachte nach. *Ruf ihn an. Was soll schon passieren?* Nach fordernden Minuten innerlichem Gezerre griff ich nach meinem Handy und wählte leicht nervös seine Nummer. Freizeichen ... einmal ... zweimal ... sechsmal. Stille. *Vielleicht bringt er noch seinen Sohn ins Bett,* beruhigte ich mich. Er rief nicht zurück.

Am nächsten Vormittag schrieb er mir. Er wäre beim Vorlesen neben seinem Sohn eingeschlafen. *Aha* ...

Die Idee zu telefonieren fand ich sehr erwachsen und viel zielführender, es ließe nicht so viel Raum für Missverständnisse. Es ermöglichte einen Dialog. Das musste aber zeitnah geschehen. Sonst würde es immer mehr in einem Verschiebechaos versickern. Das wollte ich nicht. Es gäbe dem Ganzen einen üblen Beigeschmack. Dann lieber gar nicht.

Ich schrieb ihm meine Gedanken und kurze Zeit später versicherte er mir, dass er das auch so sah. Er schlug vor, am Wochenende zu telefonieren. Er würde sehr gerne mit mir sprechen, aber halbwegs ausgeschlafen und in Ruhe. Er würde sich darüber freuen. *Freuen? Was soll das wieder heißen? Hast du nur Angst vor deiner eigenen Courage? Vor Enttäuschung?*

Wann das genau sein sollte, ließ er offen. Mir war schleierhaft, wie wir zufällig einen Moment finden sollten, in dem wir beide kinderlos waren und entsprechend Zeit und Ruhe für ein derartiges Gespräch hätten. Das störte mich und mein Bauchgefühl muckte kurz auf. Ich nahm ihm seinen Wunsch, mit mir zu telefonieren, nicht so ganz ab. *Na ja ... mal sehen.*

Als ich Freitag zu später Stunde ins Bett ging, sah ich, dass er mir gegen 23.00 Uhr kurz geschrieben hatte, ob ich noch wach sei. *Herrje, ich schau nicht ständig auf mein Handy. Warum hast du nicht direkt angerufen?*

»Ja, aber du schätzungsweise nicht mehr. Kann ich dich morgen am späten Nachmittag oder Abend erreichen?«, schrieb ich ihm zurück.

Seine Antwort kam in den frühen Morgenstunden. Er hoffte, bei mir wäre der Zustand des Verschiebechaos noch nicht erreicht. Manchmal wäre es schwierig, den richtigen Zeitpunkt zu finden. Er hätte momentan einen merkwürdigen Rhythmus, aber er wollte wirklich gerne mit mir sprechen. *Aha. Und warum sagst du mir dann nicht, wann ich dich erreichen kann? Das weiß ich jetzt immer noch nicht,* schwirrte es durch meinen Kopf.

Am Samstagabend versuchte ich es erneut bei ihm. Erfolglos. Es überraschte mich nicht, dass er nicht ans Telefon ging. Ich wusste auch, dass er nicht zurückrufen würde. Ich schrieb ihm, dass wir das noch nicht aufgeben sollten, aber es dafür sehr hilfreich sei zu erfahren, wann er Zeit und Ruhe für ein Telefonat hätte.

Wieder las er meine Nachricht erst am nächsten frühen Abend. *Puhhh ... was soll das denn? Was willst du?* Ich war in der Küche und machte gerade meiner Tochter etwas zu essen.

»Hast du jetzt Zeit für ein Telefonat?«, schrieb er direkt zurück.

Nein, habe ich nicht. Und ich werde das Gefühl nicht los, dass dir das absolut klar ist.

»Leider nicht. Ich koche gerade für meine Tochter. Wie wär´s gegen 20.30 Uhr?«

Keine Reaktion. Er las es nicht. Ganz diffus flüsterte mir dieser Instinkt zu, dass er es absichtlich zu keinem Gespräch kommen ließ. Nicht böswillig. Eher unbewusst. Aber warum wollte er mir mehrmals weismachen, dass er gerne mit mir sprechen wollte? Sich freute, mit mir zu reden? Es ergab wenig Sinn. Ich hatte dieses Telefonat, dieses Gespräch nicht bei ihm eingefordert. Er hätte es bei seinem »Nein, ich habe kein Interesse« belassen können. Warum so kompliziert?

Es war so, als hätte ich es mit zwei verschiedenen Personen zu tun. Etwas ratlos und enttäuscht wurde mir trotzdem immer klarer, dass es nicht mehr zu einem Gespräch kommen würde. *Aber warum dieser Aufwand?* Das musste ich mir alleine beantworten.

Genervt öffnete ich ein paar Minuten später Facebook. Ich war dort schon länger nicht online und sah, dass ich eine Nachricht hatte. Ahnungslos klickte ich sie an. Schneller, als mein Kopf realisiert hatte, was ich da von wem las, hatte mein Körper schon darauf reagiert. Ich hörte und spürte den Puls dröhnend in meinen Ohren. Laut. Verräterisch. Mich verhöhnend. Ohne Rücksprache, ob das angebracht sei. Ohne dass ich eine Chance hatte, es zu verhindern. Dabei wollte ich es nicht fühlen. Aber jenseits des Bewusstseins hat der Körper sein eigenes Gedächtnis.

A. hatte mir geschrieben. Es sei schon so viel Zeit vergangen, er wollte sich mal melden, wie es mir ginge? *Was zur Hölle? Na, toll. Was soll das denn jetzt?* Ich schob es zunächst so weit weg wie möglich. Wusste aber, dass ich das nur bedingt konnte. Früher oder später musste ich mich damit befassen. In welcher Form auch immer. *Super Wochenende.*

Ich schlief schlecht in dieser Nacht. Fand keine Ruhe. Mir rauschten zu viele Gedanken durch den Kopf. Unterschiedlichster Art. Begleitet von wirren, verzerrten Traumsequenzen. Groteske, schemenhafte Bilder, die nicht mehr hinterließen als ein mieses Gefühl im Bauch. Das miese Gefühl war ein treues und blieb. Begleitete mich am nächsten Morgen zur Arbeit. Mit ihm saß ich schlecht gelaunt und schweigend im Büro vor meinem Monitor und retuschierte langweilige Bilder. Als mein Handy vibrierte, hörte ich dem Brummton mal wieder an, dass da nichts kam, was meine Laune heben würde.

Ja. Da war sie und mir alles andere als willkommen. Missmutig öffnete ich die Nachricht von T. und spürte direkt, wie parallel der Ärger in mir hochstieg. *WTF! Spinnt der? Was ist das denn für eine bescheuerte Nachricht? Ich glaub's ja nicht.* Die las sich so: Für ihn wäre jetzt das Verschiebechaos erreicht. Unsere Leben lägen einfach zu weit auseinander, da würde eine rein körperliche Anziehungskraft nun einmal nicht reichen. Und bevor es jetzt komplett murksig würde, wäre es besser, es ganz zu lassen. *What? Willst du mich verarschen? Was redest du denn da für wirres Zeug? Unsere Leben liegen zu weit auseinander? Was soll das denn heißen? Und du kommst mir jetzt mit Verschiebechaos? Vor einer Woche wusstest du nicht einmal, was das überhaupt ist.*

Das hörte sich alles für mich total konfus an. Ich glaubte ihm kein Wort davon und fand seine Worte absurd. Aber das tat nichts mehr zur Sache. Kurz antwortete ich ihm, was ich von seinem Statement hielt. Und das war's dann. Ich war enttäuscht. Sauer und wütend.

Auf ihn. Auf den Zufall. Auf Begegnungen dieser Art. Auf die Angst. Auf Ausreden. Auf mich.

Ich hatte es nicht kommen sehen. Warum konnten wir uns nach diesen zwei schönen Dates nicht weiter kennenlernen, um rauszufinden, wie wir uns mochten? Wie kompatibel wir waren? Ohne Druck. Ohne Erwartung. Aber offen für das, was geschehen durfte.

Passiert überall und ständig. *Shit.* Also, was blieb? Wunden lecken und wieder aufstehen. Und halbwegs verstehen, was das alles sollte. Dafür brauchte ich nicht zwangsläufig ein Gespräch mit ihm.

Es ist wie ein Puzzle. Ich setze die Erlebnisse, Reaktionen, Worte und Bauchgefühle zusammen. Und wenn alles an der richtigen Stelle liegt, entsteht ein klares Bild. Zwar ein unschönes, aber in sich ist es stimmig und logisch. Mir hilft es immer, die Beweggründe anderer Menschen zu verstehen. Egal, wie absurd sie mir erscheinen. Egal, wie wenig sie mir ähneln. Es sind die meines Gegenübers und meist erlernte Muster und Ängste. Aber das dauert. Mal mehr – mal weniger lange. Abhängig von der Komplexität, der Tiefe und vor allem der Stärke der investierten Gefühle. Und dem Mut zur Selbstreflexion. T. und ich kannten uns nicht gut. Wir hatten nur zwei Dates und eine heftige Teenieknutscherei. So dauerte es bloß ein paar Tage, bis das verschwommene Bild vor meinem inneren Auge scharf wurde.

Ich glaubte nicht, dass eine andere Frau im Spiel war. Dafür war sein Verhalten zu kompliziert. Ich glaubte, dass er ein paar Tage nach unserem zweiten Date unsicher geworden war. Irgendetwas, was ich gesagt oder worüber wir diskutiert hatten, hatte er zum Anlass genommen, infragezustellen, ob aus uns was werden könnte. Was aus uns werden könnte. Aber ohne, dass ich der wirkliche Grund gewesen war, eher der Auslöser. Und diese ausgelöste Unsicherheit hatte subtil in ihm gearbeitet.

Für sich genommen war sein Kopfkino kein vernünftiger Grund, mich nicht weiter kennenzulernen. Denn genau dafür lernt man sich kennen. Um all das herauszufinden. Aber dafür braucht es Offenheit. Die wollte oder konnte er nicht zulassen. Ohne sich das einzugestehen. Also hat er das Haar in der Suppe gesucht. Hat absichtlich zu Zeiten nachgefragt, an denen er fast sicher sein konnte, dass kein Gespräch möglich wäre. So fand er seinen Beweis und redete sich schön, dass es sich nicht lohnte, mich genauer anzusehen. Dass er Recht mit seiner Befürchtung und seiner Entscheidung hat.

Dass er nichts dafürkann. Es ihm anders auch lieber gewesen wäre.

Ein Teil von ihm hatte die Dates mit mir genauso genossen. Doch ein anderer Teil von ihm war dafür blind gewesen, hatte sich auf all die Unwägbarkeiten gestürzt. Hatte mich nicht geküsst und mich weniger toll gefunden. Dieser andere Teil hatte Angst gehabt und sich eingeredet, dass nur die Liebe auf den ersten Blick der Weg zum Erfolg und darüber hinaus der bestmögliche Schutz vor Enttäuschung sei. Ist natürlich totaler Schwachsinn – wenn man älter als 12 Jahre ist.

Beide T.'s waren überzeugend. Der Interessierte war charmant, geerdet, reflektiert und authentisch. Der Desinteressierte kühl und rigoros. Ohne den Hauch von Verhandlungsspielraum. Ob das schon pathologisch war? Ich weiß es nicht. Ich meine, wie groß ist die Wahrscheinlichkeit, zwei von solchen Menschen über den Weg zu laufen? Aber wer kann das schon sagen.

Zumindest empfand ich diese beiden Seiten, die sich ihn teilten, als unberechenbar. Ich fand es besser, schon zu dieser Zeit mit ihnen Bekanntschaft zu machen. Denn säße ich bei solch einer Konstellation nicht auf einem Pulverfass? Müsste ich nicht ständig auf einen Wechsel gefasst sein? Ohne zu erfahren, was der Auslöser war oder zukünftig sein könnte? Klang nach toxischen Zukunftsaussichten. Und ob man das braucht, sollte man sich wahrlich gut überlegen. Ich musste nicht lange darüber nachdenken. Ich brauchte und wollte es ganz sicher nicht. Dann lieber gar nicht.

»Sollen« und »Wollen« können zankende Geschwister sein. Die Vernunft streitet mit Bedürfnissen und beide glauben, die ultimative Lösung auf einem Silbertablett präsentieren zu können.

Der Musiker 2.0

Die kurze Nachricht von A., verbunden mit der Abfuhr von T., hatten mich aufgewühlt. Zwar war es mir in den letzten Wochen ganz gut gelungen, die Gedanken an A. zu verdrängen, doch hatte er dies mit nur zwei kurzen Sätzen ins Wanken gebracht. *Shity Shit, was nun?*

Auch war ich überrascht. Ich dachte, er wüsste nicht einmal mehr, wer ich überhaupt war. Nicht wirklich. Nicht in der Tiefe. Dieser Gedanke war rein pragmatisch und für mich eine logische Folge. Er hatte beschlossen, wortlos zu gehen. Sein konsequentes Schweigen war für meinen Kopf der Beweis gewesen, dass er nicht viel für mich übrighatte. Nicht nur ein Indiz, sondern ein stichhaltiges Beweisstück, dem sich keine Jury der Welt verschließen konnte. Ich hatte nichts bei ihm hinterlassen. So wurde ich ihm egal. Und Menschen, die uns egal sind, vergessen wir schnell. So einfach war das.

So einfach war es aber offenbar doch nicht. Seine Nachricht rüttelte an meiner Theorie und sie geriet ins Wanken. Ein Teil von mir freute sich auch über seine Worte. *Pfff ... Warum freust du dich? Das ist sowas von unpassend.* Ich kam nicht daran vorbei, zu reagieren. Ich musste nicht. Ich wollte es. *Ahhh! ... wird ja immer besser. Es sollte dir egal sein.* Das war jedoch nicht alles. Wollte ich mir aber zunächst nicht eingestehen. Es fühlte sich schwach und fremdbestimmt an. *Oh je ...*

Eine knappe Woche später antwortete ich ihm. Zunächst beschränkte ich mich nur darauf, ihm meine Überraschung mitzuteilen. Dass er doch noch wusste, wer ich war. Nach ein paar Stunden dachte ich aber, dass meine Worte latent zickig auf ihn wirken könnten, ohne meine Theorie zu kennen. So schrieb ich einen Tag später hinterher, dass es schön sei, von ihm zu hören.

Seine Antwort kam prompt. Als wäre seine Nachricht ein Versuch abzuschätzen, ob und wie sauer ich auf ihn war. Und jetzt, da er wusste, dass ich ihn nicht verteufelte, sondern mich sogar freute, ging er einen weiteren Schritt voran.

Er hätte sich schon öfter melden wollen, es aber immer wieder verworfen. Er hätte nicht einfach so verschwinden wollen. Aber irgendwann gedacht, dass es vielleicht besser so wäre. Es hätte sich einiges getan bei ihm. Er wüsste ja nicht, ob ich noch Kontakt zu ihm halten wollte, auch wenn wir uns nicht mehr so treffen würden wie damals. Obwohl er schon Lust dazu hätte. Er müsste sich bei einigem vielleicht noch klar werden, was er überhaupt wollte. Auch deshalb hätte er sich zunächst zurückgezogen. Wie es mir ginge? Er hätte seinen Musik-Keller hergerichtet, falls ich an einer Besichtigung interessiert sei, sollte ich es ihn wissen lassen.

Puhhh ... A., was willst du mir denn damit sagen? Ich verstand nur die Hälfte und WhatsApp war für derartige Themen auch das falsche Medium. Bot viel zu viel Raum für Missverständnisse. *Du wolltest dich schon öfter melden? Was hat dich denn davon abgehalten? Und für wen sollte das besser sein? Für mich? Für dich? Für uns? Bullshit. Es war für keinen besser. Und über was musstest du dir klar werden?*

Konnte es möglich sein, dass er gar nicht vorhatte, es zu beenden? Meinte er das »Pausieren« wörtlich? Das hätte zumindest diese unbedarfte Weihnachtsnachricht etwas logischer gemacht. Andererseits klang sein »auch wenn wir uns nicht mehr so treffen werden wie damals« stark nach einer anderen Frau. Oder sagte er das, weil er nach seinem stillen Fortgehen davon ausging, dass ich ihn niemals mehr wollte? Seine Bemerkung, dass er jedoch Lust dazu hätte, widersprach etwas der Theorie der anderen Frau. Zumindest konnte dann alles nicht so toll sein mit dieser anderen Frau. Und warum sollte er sich in diesem Fall überhaupt wieder bei mir melden? Wollte er nur sein Ego stärken, weil es nicht so gut mit ihr lief wie erwartet? Oder meldete er sich aus purer Langweile?

Das waren viele Spekulationen. Ein Versuch, Licht ins Dunkle zu bringen. Aussichtslos. Ein Zeichen von Überforderung.

Was war denn überhaupt mit mir? Wie sollte ich mit dieser Wendung umgehen? Wie wollte ich damit umgehen? »Sollen« und »Wollen« können zankende Geschwister sein. Die Vernunft streitet mit Bedürfnissen und beide glauben, die ultimative Lösung auf einem Silbertablett präsentieren zu können. Werfen jede Menge Argumente ein.

Vor allem sein Schweigen hatte viel in mir ausgelöst. Ich war verletzt, wütend, stellte meine Wahrnehmung infrage, fühlte mich nicht ernst genommen, klein und unwichtig. Vieles hatte ich durch T. in die hintersten Winkel verbannt. Ich wollte es nicht spüren. Jetzt kam alles zurück. Er – und all diese unangenehmen Gefühle. Ich musste das alles erst einmal sacken lassen. Zur Ruhe kommen.

Die nächsten Tage dachte ich viel nach. War oft abwesend. Die unterschiedlichsten Empfindungen nahmen von mir Besitz. Um Gefühle zu verstehen, müssen wir sie alle zulassen. Müssen erkennen, welche es sind. Besonders die, gegen die wir einen spontanen Widerstand spüren ... *boah, hab ich da Bock drauf ...*

Ich versuchte nicht, mir sein Schweigen schönzureden. Aber als ich zutiefst ehrlich zu mir war, merkte ich, dass er mir trotzdem noch wichtig war. Wir alle machen Fehler. Ich wollte seine Beweggründe verstehen. Ich war mir sicher, dass es welche gab. Es gibt sie immer. Die Frage war eher, ob sie ihm klar waren. Und wenn sie ihm klar waren, ob er sie mir verriet.

Ich wusste nicht, ob und wie ich Kontakt zu ihm haben wollte. Das würde ich erst wissen, wenn wir uns sahen. Ich würde spüren, wie es sich anfühlte, wenn er wieder in meiner Nähe wäre. Einen Teil meiner Ansichten schrieb ich ihm. Ich fand, wir sollten uns treffen.

Ihn irritierte die Flut meiner Gedanken. Es schien, als überforderte ich ihn. Oder als fände er sie lächerlich. *Autsch!*

»Puhhh Emma, du machst dir echt viel zu viele Gedanken!«

Ja A.! Das weiß ich, es ist auch nix Neues. Aber du zu wenig.

Sonst wäre ich jetzt gar nicht in dieser Situation, schoss es mir durch den Kopf. Aber wieder sagte ich es nicht.

Er fragte, ob ich mit Treffen den gleichen Abend meinte oder eher generell? *Ähmm, was? Nee, an heute hatte ich nicht gedacht.* Ob ich nicht kommen wollte? Wäre schon cool. Sein Musik-Keller wäre sehr gemütlich geworden. *Ernsthaft jetzt?*

»Mhmm ... mir scheint, du willst mich gerade doch zum gewohnten, aber lange nicht erlebten Meer von Lust und Leidenschaft verführen.«

»Das ist gut möglich. Die ganze Nacht in Ekstase.«

Du willst wortlos da weitermachen, wo wir aufgehört haben?, staunten Kopf und Bauch einvernehmlich. Es löste ganz unterschiedliche Reaktionen in mir aus. Ganz automatisch kamen direkt viele Bilder mit den dazugehörigen Gefühlen hoch – und das mit voller Wucht. Farbgewaltig und explosiv. Sie lockten mich. *Emma ... bitte! Bis jetzt hat er sich mit keinem Wort bei dir entschuldigt.* Ja. Er hatte mit keinem Wort zum Ausdruck gebracht, dass es ihm leidtat. Er hatte es nicht einmal versucht. Vielleicht tat es ihm nicht leid?

Die Versuchung war groß. Sehr groß. *Tu es nicht, Emma.* Hinfahren und all den Mist vergessen. Sich restlos fallenlassen, nichts bereden und sich mit der gleichen Intensität wieder ineinander verlieren.

Darauf wäre es hinausgelaufen. Da war ich mir sicher. Denn wenn ich erneut abgrundtief ehrlich zu mir war, wollte ich nichts lieber, als wieder diese Leidenschaft mit ihm erleben. Mit ihm versinken – in all dieser sinnlichen Leichtigkeit und unseren Berührungen. Entgegen meiner Vernunft, die mir ganz klar sagte, dass das nicht okay wäre. Aber das Herz verdrehte nur die Augen und hörte gar nicht zu.

Und wenn ich ein weiteres Mal abgrundtief ehrlich zu mir war, wollte ich gerne genau da weitermachen, wo wir aufgehört hatten.

Aber nicht so. Vorher musste ich ein paar Dinge verstehen. Und das war nicht viel. Und schon gar nicht viel verlangt. Also sagte ich ihm ab. Ohne es zu begründen.

So richtig traute ich mir selber nicht über den Weg. *Na, wenigstens etwas ...*, triumphierte mein Kopf Sekunden nach dieser Einsicht. Ich hatte Angst, einen Rückzieher zu machen und doch noch zu ihm zu fahren. Also beschloss ich, etwas dagegen zu unternehmen. Ich holte mir eine Flasche Wein, öffnete sie und trank zügig ein Glas. Schon Sekunden später stieg er mir in den Kopf. Jetzt konnte ich nicht mehr fahren und meine Entscheidung war unwiderruflich. Mein Kopf war stolz auf mich. Mein Bauch beleidigt.

Ein paar Tage später fragte ich ihn, ob er nicht einmal nach der Bandprobe zu mir kommen wolle, er wäre doch bestimmt immer noch oft in der Nähe.

»Mhmm ... diese Versuchung ist schon sehr verführerisch. Ja, ich bin in der Tat oft in der Nähe und hab des Öfteren daran gedacht. Bin aber bis spät mit den Jungs im Proberaum. Ich kann mich ja mal melden, wenn ich etwas Luft habe. Aber ich verspreche es lieber nicht. Mal sehen was die Tage so passiert.«

Was die Tage so passiert? Wie meinst du das? Hmm ... Ganz kurz hörte ich eine warnende Stimme. Aber die Aussicht, ihn wiederzusehen, war stärker und verjagte sie schnell. Meine Phantasie startete. Der Gedanke, seine Beweggründe zu erfahren, zu verstehen, was passiert war, schuf Verständnis. Noch bevor ich sie kannte. *Du spinnst, Emma.* Die Vorstellung, sich erneut mit ihm in den Rausch der Gefühle zu begeben, machte mich high. Noch bevor ich diese Droge nahm. *Du spinnst aber so was von!* Plötzlich war ich mir sicher, dass ich mich doch nicht in diesem erlebten Jahr getäuscht hatte. Dass auch er noch die Bilder im Kopf hatte. Dass auch er mich nicht vergessen hatte und so leicht abhaken konnte. Und dieser Gedanke fühlte sich gut und heilsam an.

Am nächsten Tag ließ ich ihn wissen, dass er schauen sollte. Dass ich mich schon freuen würde, wenn er käme.

Das war an einem Freitag. Ich saß im Büro vor meinem Monitor und kümmerte mich um Klamotten- und Gesichtsfalten.

Ein paar Minuten nachdem ich ihm geschrieben hatte, ging ich wieder in unseren Chat und las mir diese letzten beiden Wochen durch. Grinste vor mich hin. A. war gleichzeitig online. Dann verschwand plötzlich sein Profilbild. Und ebenso verschwand dieses kleine Wörtchen »online«. Hektisch. Ruckartig. Anders als sonst. Es dauerte nur den Bruchteil einer Sekunde, bis mir instinktiv klar war, was da gerade geschah. Jede Zelle signalisierte es mir unmissverständlich. Blitzartig drang dieser Stromstoß durch jede Faser meines Körpers. Völlig unkontrolliert. Von außen kaum sichtbar. Ich zitterte und mir war schlecht. Richtig schlecht. Mein Kopf kam nicht mit. *Das kann doch nicht sein. Warum sollte er?* Es ergab überhaupt keinen Sinn. *Was geht hier vor?* Aber wie ich es drehte und wendete, ich wusste in jenem Moment, in dem sein Profilbild verschwand, Bescheid. Ich wusste, dass schlagartig alles anders war. Schon wieder.

Er hatte mich blockiert. Aus dem Nichts. Einfach so. Und so oft auch mein Kopf und Bauch miteinander zankten, in diesen Minuten verschlug es beiden die Sprache und sie hielten zusammen. Geschwister eben. Mein Kopf war nicht imstande, diesen Fakt in einen sinnvollen Gesamtzusammenhang zu bringen. Mein Bauch war in Schockstarre. Und selbst meine Vernunft versuchte zunächst, ein Missverständnis in Betracht zu ziehen. Wen sperrt man? Vielleicht jemanden, auf den man stocksauer ist. Obwohl das schon infantil genug ist. Oder jemand, der einen bedrängt, beleidigt, womöglich stalkt und nicht in Ruhe lässt. Aber nichts davon traf auch nur im Entferntesten auf mich oder uns zu.

Ich wusste, dass er die Mutter seines Sohnes schon einmal gesperrt hatte. *Vielleicht hat er gerade mit ihr Streit und als deine Nachricht parallel kam, hat er wutentbrannt versehentlich die Falsche gesperrt?* Es klang nicht einmal in meinen eigenen Ohren überzeugend. Und war doch das Einzige, was zumindest im Ansatz einen Sinn ergab. *Es ist technisch ausgeschlossen ... es war Absicht.*

Du weißt es, machte sich die Logik breit. Ich war so verwirrt und sprachlos wie selten in meinem Leben.

Nur mit Mühe brachte ich den restlichen Arbeitstag hinter mich. Die Gespräche um mich herum hörte ich kaum. Ich wollte nicht, dass jemand merkte, wie es mir ging. Konzentrierte mich nur darauf. Hoffte, dass kein Kunde anrief. Ich starrte auf meinen Monitor, sah die verschiedenen Motive, die ich retuschieren sollte. *Mach schon, Emma.* Neue Ebene, Stempel, Pickel weg, Taille shapen, Falten reduzieren, Farbe, Kontrast. Abertausende Male gemacht. Ich funktionierte. Wie in Trance. Keiner bekam es mit.

Als ich endlich in meinem Auto saß, konnte ich die Tränen nicht mehr aufhalten. Immer wieder schaute ich nach, ob ich mich nicht doch getäuscht hatte. Ob er es rückgängig gemacht hatte. Hatte er nicht.

Ich sah auf Facebook, dass er mir da weder entfolgt noch mich blockiert hatte. Am nächsten Morgen fragte ich ihn, ob ich was Entscheidendes verpasst hätte, was ich wissen sollte. Oder ob er mich versehentlich gesperrt hätte. Etwas in mir hoffte das immer noch. *Das ist lächerlich, Emma.* Nichts, was jemals zwischen uns war oder zukünftig sein würde, war auch nur im Ansatz eine Grundlage für so eine Handlung.

Schon kurze Zeit später las er es – und hüllte sich in Schweigen. Der letzte Rest der innerlichen Ausreden war Geschichte. Die Absicht schmerzhaft klar. *Warum?* Ich war dermaßen vor den Kopf gestoßen wie selten in meinem Leben. Verletzt. Ich zermarterte mir mein Hirn in alle erdenklichen Richtungen und kam doch nicht einen Millimeter weiter.

Die Gefühle, die er damit in mir auslöste, waren vielschichtig. Ich fühlte mich abgestraft und verstoßen. Als hätte ich ihm etwas Unverzeihliches angetan. Als ob ich für ihn etwas wäre, was die Katze reingeschleppt hatte. Was ihn anwidert und er schnell loswerden muss.

Es war für mich ein klares Signal, dass er nie wieder in seinem Leben irgendetwas mit mir zu tun haben wollte. Es fühlte sich so kalt an. Aggressiv. Ungerecht. Demütigend.

Das Wochenende nahm ich nur durch einen Nebel wahr. Mein Bewusstsein war wie betäubt. Und doch war der Schmerz die ganze Zeit da. Die Tränen gingen nicht. Nicht lange genug. Meine Ratlosigkeit darüber, was geschehen war, drückte wie eine zentnerschwere Last auf mir. Die Welt war mir plötzlich zu groß geworden. Nur die Nacht passte mir. Sie umhüllte mich wie eine warme Decke und schottete mich vom Rest der Welt ab. Versuchte mir durch ihre Schwärze und Stille Frieden zu geben. Damit ich wieder zu mir finden konnte. Schützte mich. Im Licht, am Tag war alles so bunt. Zu bunt. Das Lachen, was aus jedem Fenster zu kommen schien, war lauter als sonst, glücklicher als sonst. Ich war unendlich traurig. Ich kam mir wie eine Versagerin vor. Schämte mich. Ohne zu wissen, wofür. Ich wusste nur, dass man dieses Gefühl, was mich heimsuchte, so nannte. Dann kam die Wut dazu. Auf mich. Auf ihn. Auf das Leben.

Wieder konnte ich nur reagieren und musste zusehen, wie ich mit diesem Scherbenhaufen umging. Mit all diesen verknoteten Gedanken und Empfindungen. *Wie konntest du so blöd sein? Wie konntest du so eine Idiotin sein, auch nur eine Sekunde daran zu denken, er hätte bloß pausieren wollen? Wie konntest du so naiv sein zu glauben, er hätte an dich gedacht, hätte dich wirklich wiedersehen wollen? Wissen wollen, wie es dir geht?*

ICH HABE ES SO SATT!

Wieder ignorierte er mich, anstatt mit mir zu sprechen. *Du willst der harte, coole Kerl sein, aber hast nicht den Mut, einen fairen, ehrlichen Cut zu machen? Warum tust du das?* Mir fiel nicht viel dazu ein. Ich erwartete nicht von ihm, das Atom zu spalten. Bloß Fairness.

Es schien, als wollte er das Gefühl nicht aushalten, das Ehrlichkeit und Offenheit mit sich brächte. Als ob er meine Reaktion nicht aushalten wollte. Sie könnte unangenehm sein. Als ob er nicht die Verantwortung für seine Entscheidung tragen wollte. Als ob er die Folgen, die sie mit sich brachte, nicht spüren wollte. Und solange er das alles nicht sah, konnte er sich schönreden, dass es keine gäbe.

Und machte sie dadurch nur viel, viel schlimmer. Denn jetzt war ich nicht nur traurig, sondern auch verletzt. Wütend. Und viel mehr. Er löste eine Kettenreaktion aus.

Zwei Tage später antwortete er mir doch noch. Und wüsste ich es nicht besser, hätte ich angenommen, dass er es nicht geschrieben hatte. So weit war es von dem Menschen entfernt, den ich mittlerweile schon so lange kannte. Aber seine Worte verletzten mich noch mehr.

Es hätte ihn erwischt. Er hätte schon vor längerer Zeit jemanden kennengelernt ... *aber, warum hast du mir das denn nicht gesagt? Das wäre fair und ehrlich gewesen und du weißt, wie wichtig mir das ist ...* und mit der Zeit wäre sie ihm wichtig geworden. *Mit der Zeit? Also vor drei Tagen wolltest du noch, dass ich dich besuche.* Fairerweise wollte er mir das mitteilen. *Hast du aber nicht, sondern mich blockiert.* Sorry fürs Blockieren, nichts für ungut! Tschau Emma! *Nichts für ungut??? Puhhh ...*

Ich spürte seine Worte mehr, als dass ich sie klar las und objektiv bewertete. Ich verstand sie nicht, aber sie trafen mich tief ins Mark. Sie klangen eisig. Als sollten sie seine ganze Gleichgültigkeit widerspiegeln. Mehr noch. Als hätte er nichts als Abscheu für mich übrig. Als wollte er mir unmissverständlich klar machen, wo ich stand. Wer ich für ihn war.

Mir war, als wäre das alles sein Ziel gewesen. Auch diesmal ergab nichts von seinen Worten Sinn. Keins ließ durchscheinen, was ihn dazu bewog, sich so zu verhalten.

Aber da war es also. Das erneute Aus. Mit einem so unpassenden Ende. Ich konnte nicht gut damit umgehen und wusste, dass ich dafür einige Zeit brauchen würde. Es fühlte sich so falsch an. Alles daran fühlte sich falsch an.

Vielleicht schießt jetzt vielen durch den Kopf »Na was hast du denn erwartet? So ist das eben mit diesem unverbindlichen Kram«.

Das nicht. Das sicherlich nicht. Und ich denke, dass es mit »Unverbindlichkeit« auch nichts zu tun hat. Wir alle haben eine

Verantwortung für und auch in den Beziehungen, die wir eingehen. Egal, ob etwas unverbindlich oder verbindlich ist. Egal, ob wir eine Paarbeziehung oder eine F+ haben. Egal, ob wir eine Affäre haben oder befreundet sind. Und diese Verantwortung ist umso größer, wenn wir uns etwas vertraut gemacht haben. Da hat der gute Antoine de Saint-Exupéry schon weise gesprochen. Was geschehen war, passte so wenig zu dem Mann, den ich über ein Jahr kannte. Es passte so wenig zu dem Menschen, mit dem ich so viel intensive Zeit verbracht hatte. Der mir wichtig war. Es passte so wenig zu dem Menschen, mit dem ich so oft in dieser rauschhaften Lust versunken war. Der sich mir gezeigt hatte, den ich hinter allem sah. Und ich sah ihn. Seine Reaktion damals im Mai, als er es schon einmal beenden wollte – das passte zu ihm. Aber das? Nein. *Nein, Emma.* Kopf und Bauch waren sich darüber einig.

Ich glaube, unterbewusst hatte ich immer ein Bild vor Augen. Wie der Tag wäre, an dem er uns nicht mehr wollte. Ein Bild, was uns gerecht geworden wäre.

Er hätte es mir persönlich gesagt. Die Gründe genannt. Versucht, es mir zu erklären. Wir hätten uns umarmt und uns für all diese intensive Zeit bedankt. Uns versichert, dass sie außergewöhnlich war. Dass wir den anderen in guter Erinnerung behalten würden. Ich hätte geweint. Vielleicht hätte sogar er geweint. Heimlich. Stiller. Dann wäre ich gefahren. Traurig, aber dankbar. Denn seine Offenheit wäre ein Zeichen der Wertschätzung für mich gewesen. Ein Beweis der Wahrhaftigkeit unserer Leidenschaft. Sie hätte sie konserviert. So wären wir im Guten auseinander gegangen. Und hätten uns nie ganz aus den Augen verloren. Später. Wenn Zeit vergangen wäre.

Kurz kam mir einmal der Gedanke, ob sein Verhalten viel mehr mit ihm zu tun hatte als mit mir. Dass es ihm nur auf diese kalte Art möglich war zu gehen. Weil er sich im tiefsten Innern doch nicht so sicher war, was er wollte. Ob er uns nicht mehr wollte. Weil er es sonst vielleicht nicht geschafft hätte, mich wegzuschicken.

Aber vielleicht war dieser Gedanke auch nur ein Selbstschutz meiner Seele. Weil es sich so schöner und ein klein bisschen weniger schmerzhaft dachte und anfühlte. Weil ich dann nicht so austauschbar mit all den vorherigen Frauen gewesen wäre, so fürchterlich unwichtig. Weil ich mich dann in diesem Jahr nicht getäuscht hätte. Aber selbst wenn, machte das überhaupt einen Unterschied? Er war weg. Er hatte sich dafür entschieden, auf diese Art zu gehen.

Ich musste ihn loslassen und mich wieder aufrappeln. Ich wollte dieses Jahr, diese Zeit zusammen als eine extrem schöne, außergewöhnliche Zeit in Erinnerung behalten. Eine Zeit, in der es Momente gab, die zu den freiesten und glücklichsten in meinem ganzen Leben gehörten. Unabhängig davon, ob er es ganz anders empfunden hatte. Aber ob das gehen würde? Ob sich dieses Ende vom ganzen besonderen Rest trennen ließ? Ich wusste es nicht.

Es würde dauern, bis ich dieses Puzzle so weit zusammengesetzt hätte, dass es zumindest Sinn ergab. Und manchmal dachte ich, dass mir dafür einige wichtige Teile fehlten und ich sie auch niemals bekommen würde. Ich müsste sehen und verstehen, wie und welches Ereignis das darauffolgende ausgelöst hatte. Wie die Motivsuche bei einem Verbrechen. Die Beweggründe für seine Handlung kennen. Die Gefühle, die sie auslösten. Es gibt sie immer.

Ich glaube, Menschen handeln selten aus Bösartigkeit. Dann wird es psychopathisch. Meist stecken Angst oder Scham dahinter. Tief unten. Unbewusst. Aber es ist leichter, um sich zu hauen, als sich das einzugestehen. Sobald ich die Beweggründe verstehe, ergibt die Handlung einen Sinn. Sie wird in sich logisch. Auch wenn dieser Sinn unschön für mich ist. Trotzdem brauche ich ihn. Um zu beenden – innerlich. Um leichter loslassen zu können. Damit aus »Aus« auch »Vorbei« werden kann.

06.30 Uhr. Der Wecker reißt mich aus meinem nächtlichen, zweiten Leben. Ich träume intensiv. Letzte Nacht hatte ich wieder einen dieser Träume. Einen von denen, die sich wie ein Blockbuster anschauen lassen. Klar, deutlich und realistisch. In Träumen gibt es nichts Absurdes. Alles ist logisch.

Er kam auf mich zu. Jahrzehnte waren vergangen. Er war ein alter Mann, trug seine silbrigen, schütteren Haare selbstbewusst zu einem dünnen Dutt. Sein Gang, mühevoll und ungelenk, spiegelte sich schmerzhaft in seinen Augen. Das Leben hatte tiefe Falten in sein Gesicht gegraben. Sie zeigten all seine Erlebnisse. Er trug immer noch seinen Vollbart, er war ganz weiß und sah noch genauso weich aus wie damals.

Ich war eine noch ältere Frau, auch meine faltige Haut spiegelte mein Leben wider. Jede Schönheit längst vergangen. Seine Augen waren wach und voller Freude, als er mich erkannte. Ich konnte es ganz deutlich sehen. Wir gingen langsam aufeinander zu. Nichts aus diesen dunklen Tagen war noch wichtig. Ich kannte schon lange alle Antworten. Instinktiv. Als wir voreinander standen, griffen seine knochigen Hände die meinen, die schwer von Arthritis gezeichnet waren. Die Gelenke geschwollen, die Finger krumm. Aber in dem Moment unserer Berührung verschwomm das alles und wurde bedeutungslos. Immer klarer und greifbarer durchströmte uns die farbenprächtige Erinnerung an unsere längst vergangene Zeit. Wir lächelten uns an, innig und voller Frieden. Endlich nahmen wir uns in den Arm, nach so vielen Jahren. Hielten uns. Alberten wieder herum. Waren wieder leicht und Leichtigkeit. Plötzlich wurde er ernst, ich war kurz irritiert. Doch dann grinste er mich an, um mich kurz darauf in rheinländischem Platt aufzufordern: »Mädsche, kumm, loß m´r ´ne lecker Dröppke trinke.« Kichernd hielten wir uns fest. Wir waren wieder wir. Die Gedanken an unsere wilden Nächte trugen uns fort, wir schwelgten in ihnen.

Wir hatten uns nicht vergessen. Endlich war alles wieder gut zwischen uns. Und diesmal blieb es gut. Ich lächelte. Jedes Atom meines Körpers war wieder an seinem vorbestimmten Platz. Ich war glücklich.

Es ist, wie es ist, sagt das Leben.

Während Männer mit ergrauenden Haaren nur ihr Melanin, aber nicht ihr Charisma einbüßen, werden Frauen auch heutzutage mit zunehmendem Alter mit vielen Tipps bombardiert, um begehrenswerter und faltenfreier zu werden.

Emmas Glossar

Was ist Ghosting, Benching, Pigging und Love Bombing? Wer schreibt die erste Nachricht? Was ist ein Spucksonntag und sind Frauen komplizierter als Männer? Was ist eine Beziehungskaste und was war eigentlich dieses Frauengold? All das und noch viel mehr erkläre ich in meinem ganz persönlichen Glossar. Ich werde nicht spoilern, sondern will nur kurz erwähnen, dass meine nachfolgenden Darlegungen, Erfahrungen und Überlegungen absolut subjektiv, total unwissenschaftlich – und auch nicht immer völlig ernst gemeint sind.

A ...

... wie **Anonymität.** Das lässt sich nicht schönreden. Der digitale Erstkontakt ist sehr anonym. Das macht uns mutiger und kann vielen Menschen helfen, ihre Scheu etwas abzulegen. Aber es sorgt auch dafür, dass bei einigen Usern die Phantasie federführend wird. Digital ist es so viel einfacher, sein eigenes Profil nicht nur etwas aufzuhübschen, sondern bis zur Metamorphose zu perfektionieren, um als heißer Schmetterling seinen realen, aber manchmal überstrapazierten Kokon abzustreifen. Okay – ein bisschen Selbstüberschätzung gehört auch noch dazu.

... wie **Algorithmus.** Nicht grundlos fiel meine Wahl auf Dating-Apps und nicht auf klassische Partnerbörsen. Okay, für kurze Zeit war auch ich bei einer angemeldet und für noch kürzere Zeit bei zwei anderen registriert. Aber viele Partnerbörsen sind nicht nur erblindend teuer und für mein Verständnis wenig transparent bezüglich ihres Preisleistungsverhältnisses. Auch konnten mich die wissenschaftlichen Tests, die errechnen, wie gut Wolfgang zu

Cornelia passt, nicht überzeugen. Diese setzen voraus, dass Männer und Frauen gleichermaßen selbstkritisch und -reflektiert ihre Häkchen setzen und damit die Testfragen wahrheitsgemäß beantworten. Allerdings habe ich immer wieder erlebt, dass Männer ihre eigene Attraktivität, ihre Vorzüge und Besonderheiten gerne durch eine rosarote Brille betrachten. Nicht in ihrem Innersten, da gibt es sicher genauso viel Unsicherheit wie auf der weiblichen Seite. Aber sie kommen seltener mit diesem Gefühl in Kontakt. Nach außen schütteln sie fleißig ihr Gefieder und strecken selbstbewusst ihren Bierbauch heraus. Wie soll so ein wissenschaftlicher Test herausfinden, ob McDreamy auch wirklich McDreamy für mich sein kann? So manch Eigenschaft oder Vorliebe lässt sich schnell mit ein bisschen Feingefühl aus den Profilbildern erkennen. Ganz ohne Test. Und die allentscheidende Chemie erfasst sowieso kein Algorithmus dieser Welt. Schade.

B ...

... wie **Benching.** Das bedeutet nichts anderes, als sich den anderen warmzuhalten. Es werden Dates oder eine Zukunft in Aussicht gestellt, ohne dass es dazu kommen wird. Gegeben hat es so etwas schon immer, aber im Zeitalter von Social Media und Smartphones ist dies viel leichter und bequemer. Wo man früher noch persönlich die Brotkrumen fallen lassen musste, reicht heute eine kleine Textnachricht, um dem anderen wieder (unbegründete) Hoffnungen zu machen.Das theoretische Überangebot an potenziellen Partner*innen durch Dating-Apps hemmt sicher oft unsere Bereitschaft, uns festlegen zu wollen. Bewusst, aber auch unbewusst. Denn wer weiß schon, welch überirdisches Wesen der übernächste Swipe hervorzaubert. Leiden wir mittlerweile an einem Cinderella Syndrom? Dabei hat das Märchen von der »Liebe auf den ersten Blick« keinen zweiten Teil. Wir wissen nicht, wie es mit den beiden weiterging. Vielleicht gingen sie sich mächtig auf den Zeiger, als sie sich näher kennenlernten. Vielleicht merkten sie plötzlich, dass sie nicht viel gemeinsam hatten und nicht kompatibel waren. Vielleicht flogen dann die Fetzen.

... wie **Breadcrumbing.** Das ist im Grunde eine Steigerung des Benching. Es werden immer wieder ein paar Krümel ausgeworfen. Aber nicht nur, um beim anderen im Gedächtnis zu bleiben, sondern auch, um ihn anzufüttern und zu triggern. Um exakt die Knöpfe zu finden und zu drücken, damit dieser immer mehr Interesse an einem entwickelt, welches man selber nicht oder nur bedingt teilt. Nur um das eigene Ego aufzupolieren? Oder aus tiefer liegender Bindungsangst? Es gibt sicherlich viele Gründe. Aber auch das hat es schon immer gegeben. Aber auch das ist heute leichter.

C ...

... wie **Corona.** Klar. Auch auf Onlinedating wirkte sich das Virus aus. Plötzlich wurden reale Treffen schwieriger. Zumindest für diejenigen, die Corona realistisch einschätzten. Praktischerweise bot es direkt ein Thema, worüber man sich austauschen konnte. Unpraktisch war, dass es schnell nervte.

Im Laufe der Pandemie zog auch ein schärferer Ton ein. Ich sah immer häufiger Coronagegner und -leugner, die sich klar in ihrem Profil positionierten. Die »all die Corona-Panikerinnen« aufforderten, direkt nach links zu swipen. Ich will nicht gendern und gehe davon aus, dass sich solche Kommentare auch auf weiblichen Profilen finden ließen. Zweimal kam ich mit derlei Gedankengut in Kontakt. Überraschenderweise. Ihre Profile ließen nichts von ihrer Überzeugung erahnen. Sonst wäre ich der Bitte nach links zu swipen mit Vergnügen nachgekommen. Erschreckend fand ich zum einen die Aggressivität, mit der diejenigen ihren Standpunkt darlegten. Zum anderen war ihnen eine totale Verweigerung gemein, mit der sie sich gegen jegliches Argument der Logik verschlossen.

Aber es geht bei derlei Geplärre selten um sachliche Diskussionen. Letztlich war ich froh über diese Art von Statement im Profiltext. Ersparte mir Zeit und Mühe.

D ...

... wie **Dickpic**. Das ist die umgangssprachliche Abkürzung für ein Penisbild, meist im erigierten Zustand. Das unaufgeforderte Versenden solcher Bilder ist mir am Anfang häufiger begegnet, ließ aber im Laufe der Zeit nach. Möglicherweise hat sich mittlerweile herumgesprochen, dass es hierzulande sogar eine Straftat ist (§ 184 StGB) oder aber ich hatte einfach Glück. Ich habe noch nie gehört, dass sich eine Frau dadurch animiert fühlt. Aber schätzungsweise ist das auch nicht das Ziel, sondern eher der Drang, Macht und Dominanz zu demonstrieren. Hat bei mir nicht funktioniert. Ich hatte eher Mitleid.

... wie **Depp**. Also ich. Kam vor, dass ich mich so fühlte. Dann brauchte es eine Pause. Gehört zum Gesamtpaket Onlinedating. Manchmal ist man eben der Hund und manchmal ist man der Baum. Oder der Wald auf der Hundewiese.

E ...

... wie **Energie.** Um Onlinedating optimal zu nutzen, muss man neben Geduld auch Zeit investieren. Zeit kostet Energie und ist man gerade der Baum, saugt es die Energie heraus.

F …

…wie **Freundschaft+.** Es ist die Abkürzung für die sogenannten »Friends with Benefits«, die »Freunde mit gewissen Vorzügen«. Einfach nur ein fancy Wort für eine Beziehung mit Sex, aber ohne Verpflichtungen. Mit wahrer Freundschaft hat es nicht viel zu tun. Es ist eher der nette Bekannte, der gute Kumpel, mit dem man um die Häuser zieht und der gelegentlich für den Ausgleich des eigenen Hormonhaushalts beiträgt – aber ohne dabei in Ekstase zu verfallen.

… wie **Franzosen.** Nicht irgendwelche Franzosen. Sondern ausgesprochen attraktive Franzosen. Plötzlich hielten sie in Scharen Einzug. Logisch. Französische Frauen sind ja geradezu legendär für ihre Unattraktivität, klar, dass die männliche Bevölkerung ins Nachbarland schielte!

All diese Männer namens Philippe oder Fabrice wohnten angeblich alle in der Nähe, sprachen manchmal angeblich deutsch, manchmal nur französisch. Die Bilder zeigten alle einen ähnlichen, sehr gut aussehenden Typ Mann. Sehr hübsch. Sehr sportlich. Sehr sympathisch. Aber inszeniert. Mitunter noch ein Kind an seiner Seite. Es scheint ein schmückendes Beiwerk zu sein, um seine Familien- und Alltagstauglichkeit zu demonstrieren. Was dahinter steckte, habe ich nicht rausgefunden. Ich habe ein paar Mal einen dieser Franzosen gematcht, wurde dadurch aber nicht schlauer. Alle Männer waren auf der Suche nach der großen Liebe und prahlten mit ihrer Ehrlichkeit und Verbindlichkeit. Die Chats waren stets kurz und verliefen zügig wieder im Sande. Falls der Franzose auf deutsch schrieb, hörte sich das stark nach automatischem Übersetzer an und im Gespräch kamen sie dann schnell an ihre Grenzen. Abends noch 30 km entfernt, wurde ihr Standort am nächsten Morgen mit 1649 km angegeben. Ich rechnete damit, dass ich entweder auf kostenpflichtige Seiten gelockt oder zu irgendetwas anderem aufgefordert würde, womit sich Geld verdienen ließe. Aber nichts dergleichen geschah. Es geschah gar nichts. Diese französischen

Profile ließen sich schön ansehen - den Rest habe ich dann ignoriert.

G ...

... wie **Ghosting.** Es beschreibt den Umstand, dass aus heiterem Himmel und ohne Vorwarnung jeder Versuch einer Kontaktaufnahme ignoriert wird. Es ist so, als wäre der andere urplötzlich vom Planeten verschwunden.

Allerdings wird es mehr und mehr zu einem Modewort und zieht nicht selten in die ersten eigenen vier Wände der Generation Z ein. Als gut gemeinter Tipp der besten Freundin oder des besten Freundes, um sich bequem eines nervenden Verehrers (oder einer Verehrerin) zu entledigen.

Und genau da liegt der Unterschied. Es ist zwar nicht die mutigste Reaktion, die Versuche der Verehrer*innen zu ignorieren, anstatt ihnen zu sagen, dass man kein Interesse hat. Ich finde es auch nicht gut. Am anderen Ende der Leitung ist ein Mensch aus Fleisch und Blut. Aus Gedanken und ganz viel Emotionen. Jeder hat ein ehrliches Statement verdient. Aber solange man in keinerlei Beziehung zu ihnen steht, sie womöglich gar nicht oder nur flüchtig persönlich kennt, finde ich es nicht dramatisch. Habe ich auch öfter erlebt und wie gesagt, zimperlich darf man beim Onlinedating nicht sein. Unter diesen Umständen würde ich aber nicht von Ghosting sprechen.

Das gibt es in viel extremerer Form. Bei flüchtigeren Affären bis hin zu Paarbeziehungen. Man trennt sich nicht. Man verschwindet. Wortlos. Ohne die kleinste Erklärung. Ohne erkennbaren Grund. Aus dem scheinbaren Nichts. Jede Verbindung, jede Möglichkeit der Kontaktaufnahme wird ausgelöscht oder ignoriert. Damit stürzt man den anderen meist in ein Gefühlschaos, das traumatische Ausmaße annehmen kann. Denn man entzieht ihm damit die Chance, auf normalem Weg eine Trennung zu verarbeiten. Der Betroffene muss schon über ein übermenschliches Selbstbewusstsein verfügen, um in solch einer Situation nicht in Selbstzweifeln zu ertrinken. Das Vertrauen in sich selbst und die Welt wird stark erschüttert. Kopf und Herz taumeln im Schwindel. Doch ist das ein neues Phänomen? Ist es nicht genau das, was wir früher so lapidar mit »Der ist mal eben Zigaretten holen« bezeichnet haben?

Neu sind die Grautöne. Viele Trennungen werden heute anders gelebt und praktiziert. Als ich Teenie oder Anfang 20 war, galt es als normal, mit jemandem persönlich »Schluss« zu machen. Wir trafen uns mit unserem Freund oder unserer Freundin, unserem Flirt oder unserer Affäre und erklärten, warum wir nicht mehr wollten. Wir sprachen darüber und versuchten, die hilflosen Fragen zu beantworten. Es war völlig klar, dass unser Gegenüber eine Erklärung verdiente. Dass wir sie ihm oder ihr schuldeten. Aus Respekt. Aus Anstand. Es war völlig klar, dass wir selber diese unangenehme Situation aushalten mussten. Servierten wir jemanden am Telefon ab, war das schon sehr arschig. Heute können wir fast froh sein, wenn wir überhaupt informiert werden, und sei es nur per Textnachricht. Bei Paarbeziehungen ist das noch die Ausnahme. Hoffentlich bleibt das auch so.

Schön sind Trennungen nie. Einfach auch nicht. Aber die Gefühle, die sie bei uns auslösen, gehören dazu. Der Schmerz ist für den anderen meist unausweichlich. Er bleibt nicht aus, nur weil wir selber durch Abwesenheit glänzen und ihn somit nicht sehen. Aus den Augen ist nur aus dem eigenen Sinn. Da können wir uns noch so sehr ein- und schönreden, dass wir aus Rücksicht schweigen.

H ...

... wie **Hyping.** So nennt man das, was man früher mit »Zwischenmann« bzw. »Zwischenfrau« oder Lückenfüller*in beschrieb. Die vergangene Beziehung wurde noch nicht verarbeitet. Die neue

Errungenschaft ist die Übergangslösung bis zur nächsten. Oftmals wird dem/derjenigen aber schnell ein überschwängliches und unpassendes Interesse gezeigt. Zukunftspläne werden geschmiedet. Doch nur als Balsam für die verletzte Seele und das angeknackste Selbstbewusstsein, welches sich aus der letzten Partnerschaft noch nicht erholen konnte. Sobald die Wunden geheilt sind, wird die frische »Liebe« bald entthront und verlassen, um nun ernsthaft eine neue Beziehung einzugehen – mit jemand anderem.

Verständlicherweise führt diese Erfahrung bei der gehypten Person oftmals zu einem Gefühl des Ausgenutzt-worden-Seins. Es kommt zu Vertrauensverlust in die eigene Zukunft und Bindungsfähigkeit. Denn die wenigsten Hyper schenken dem anderen schon zu Beginn reinen Wein ein. Vielen wird gar nicht bewusst sein, in welcher Situation sie sind und was sie ihrem Gegenüber antun. Es geschieht nicht aus Böswilligkeit. Eher aus Angst, alleine zu sein.

Vielleicht hätte diese Beziehung zu einer anderen Zeit sogar eine Chance gehabt. In der die vergangene Vergangenheit wäre.

...wie **Humor.** Falls vorhanden, erlebt sicher jeder beim Onlinedating irgendetwas, worüber es sich herzerfrischend lachen lässt. Ohne jemand anderen damit zu schaden.

I ...

... wie **Isar.** Oder andere Gewässer. Im Sommer ein super Treffpunkt für eine erste Verabredung. Es ist so herrlich undatig, sich mit einem kühlen Getränk inmitten von Scharen zu hocken und sich eine Zeit zu begutachten und zu unterhalten. Möglicherweise vergehen Stunden und man zieht gemeinsam weiter. Oder aber nicht. Aber auch dann ist es unkomplizierter, wieder seiner eigenen Wege zu gehen.

... wie **Intelligenz.** Könnte schon noch mehr sein. Überall. Sollte geschult werden.

J ...

... wie **jüngere Partner.** Nicht Männer mit jüngeren Frauen. Das ist ein alter Hut und so selbstverständlich wie die Erdanziehungskraft. Sondern umgekehrt. Immer häufiger hören wir von Paaren mit einem größeren Altersunterschied. Und zaghaft rümpfen wir weniger die Nase und spekulieren vorurteilsfreier über die Beweggründe des Paares. Es scheint sich etwas zu tun in unserer Wahrnehmung. Das wird auch höchste Zeit. Schließlich haben wir erfolgreich »Frauengold«, welches Ende der 50er der überforderten und zur Hysterie neigenden Hausfrau, Mutter und Sekretärin empfohlen wurde, hinter uns gelassen und seit 1977 dürfen wir sogar ohne Erlaubnis unseres Angetrauten arbeiten gehen!

K ...

... wie **kompliziert.** Früher dachte ich immer, dass es mehr komplizierte Frauen als Männer gibt. Schließlich wird uns das von klein auf mitgegeben. Wir sollen weder schwierig noch zickig oder unbequem sein. »Sei brav«. Welche Frau kennt diesen Satz nicht aus ihrer Kindheit?

Heute muss ich das revidieren. Es sind mir so viele komplizierte Männer begegnet, dass mir bereits nach kurzer Schreiberei jegliche Lust auf weiteren, geschweige denn intensiveren Kontakt verging. Ob jemand kompliziert ist oder nicht, ist eine Charakterfrage und nicht geschlechtsspezifisch. Darüber hinaus unterscheide ich gerne zwischen »kompliziert« und »komplex«. Das erste nervt – das zweite fordert auf.

... wie die **Kiste mit der Beziehungskaste**. Auch heutzutage und hierzulande verbinden wir mit dem Beziehungsstatus eines Menschen immer noch eine soziale Wertschätzung und geben ihm damit einen Platz auf einer Rangliste. Hier ist meine. Die erlebte, nicht die erwünschte.

1. Paare: Junge Paare. Aber erreicht ein Paar ein gewisses Alter, steigt die gesellschaftliche Erwartung an Nachwuchs. Spätestens wenn die Frau 38 ist und die frohe Botschaft noch nicht im Familien- und Freundeskreis verkündet wurde, fragen wir uns, warum. Dann rutschen sie auf Platz 2 und tauschen mit den Familien den Platz.

2. Paare mit Kindern.

3. Singlemänner: Selbst den ewigen Singlemann umweht ein Hauch von wildem Freiheitsdrang – es sei denn, er lebt mit 30 noch bei Mutti. Dann sehen wir einen nestbesetzenden Freak oder denken irgendwann an Norman Bates. Der ja auch irgendwie ein Freak war.

4. Singlefrauen: Je nach Alter und Attraktivität wittern Männer Beute, Frauen Konkurrenz. Doch den weiblichen Langzeitsingle umweht kein Hauch von Freiheit, sondern eher der Geruch von Frustration und Bedürftigkeit. Wir schließen unsere Augen und sehen sie ein paar Jahre später als verrückte Katzenlady.

5. Der Singlepapa: Er steht zwar auch schon recht weit unten in diesem Kastensystem, doch er ist noch der tolle Held, der sich herzerwärmend um seine Brut kümmert. Er wird gerne integriert und bringt andere Mütter- und Frauenherzen zum Schmelzen.

6. Die Singlemama: Ist sie jung und attraktiv, vermuten andere Mütter eine unterschwellige Gefahr für das eigene Familienglück. Solange die Brut noch klein ist, bleibt Singlemamas sowieso

kaum Zeit für irgendwas. Spontanität Fehlanzeige. Das lässt weder Männer- noch Väterherzen höherschlagen. Wird der Nachwuchs langsam autarker, hat oft auch die gesellschaftliche Attraktivität gelitten. Während Männer mit ergrauenden Haaren nur ihr Melanin, aber nicht ihr Charisma einbüßen, werden Frauen auch heutzutage mit zunehmendem Alter mit vielen Tipps bombardiert, um begehrenswerter und faltenfreier zu werden.

L ...

... wie **Love Bombing.** Die Emotionen des Partners oder der Partnerin werden von Anfang an in die gewünschte Richtung gelenkt. Man wird überschüttet mit Aufmerksamkeit und Zuneigung. Man wird idealisiert und auf einen Sockel gehoben. Dieses Verhalten kann durchaus pathologische Züge annehmen. Nicht jeder empfindet diese extremen Liebesbekundungen als zu viel. Im Gegenteil. Möglicherweise fühlt man sich nach langer Zeit wieder geliebt. Begehrt. Auf Händen getragen. Man saugt die Liebesbekundungen auf wie ein Schwamm. Man merkt nicht, dass das gezeigte Interesse unangemessen zum gelebten Beziehungsstadium ist. Dazu kommt, dass Love Bomber oft ein sicheres und charmantes Gespür dafür haben, welche Knöpfe beim Gegenüber zu drücken sind. Und je niedriger das Selbstwertgefühl des Partners oder der Partnerin ist, umso schwerer wird es für ihn/sie, die Manipulation zu erkennen und handlungsfähig zu werden. Um Grenzen zu ziehen. Denn nach Love Bombing kommt die unkontrollierte Talfahrt und aus himmelhochjauchzend wird zu Tode betrübt. Läuft etwas plötzlich nicht nach Wunsch, reagiert man nicht so, wie der/die Partner*in es möchte, folgt der Liebesentzug. Man wird abgestraft, bis hin zur massiven Abwertung der eigenen Person. Spätestens da ist fachkundiger Rat gefragt.

Love Bombing ist auch nicht neu, aber ich finde, es ist eine der schwierigsten Verhaltensweisen. Denn je nach Intensität stecken dahinter nicht nur egoistische bis narzisstische Menschen. Dahinter können massive Persönlichkeitsstörungen stehen, die in fachmännische Hände gehören. Unbewältigte Traumata, die weit zurückliegen. Die aber dieses destruktive Beziehungsmuster auslösen. Ich glaube, dass in diesem Fall alle Beteiligten leiden und jeder am Ende verliert.

M ...

... wie **Mosting.** Dieses Wort setzt sich aus »Ghosting« und »Love Bombing« zusammen. Der Partner wird völlig idealisiert, um sich dann wortlos aus dem Staub zu machen und alle Verbindungen zu kappen. Auch hier wird es zahlreiche Abstufungen geben. Von purem, rücksichtslosem bis hin zu pathologischem Verhalten.

N ...

... wie **Nachricht.** Wer schreibt zuerst? Ab und an las ich von »ungeschriebenen Gesetzen«. Wer hat nach einem Match zuerst zu schreiben? Er? Sie? Oder derjenige, der zuletzt geliked hat und so das Match herbeigeführt hat? Wie lange nach dem Match wartet man, bis man schreibt? In welchem Zeitraum ist eine Antwort akzeptabel? Ich konnte nie viel damit anfangen. Das war bei mir immer eine Frage von spontaner Lust und damit auch dem Grad der Sympathie, aber auch von Zeit.

Bei den Erstnachrichten war alles dabei. Persönliche, fragende, interessierte, nichtssagende, unbeantwortete oder auch richtig dumme Nachrichten. Zum Beispiel für den (imaginären) Freund, der gerade zufällig neben einem sitzt. Oder die Frage, was ich machen würde, wenn ich grad schwanger sei? Er würde sich sehr freuen, mit mir eine Familie zu gründen. Irgendwann habe ich aufgehört, über Sinn und Intention solcher Nachrichten nachzudenken. Es gibt so viel eindimensionale Menschen auf dieser Welt, warum sollte das bei Nachrichten anders sein?

O ...

...wie **Orbiting.** So wird das neue »Ghosting« genannt. Es unterscheidet sich nur darin, dass der »Ghoster« zwar erklärungslos von der Bildfläche verschwindet und uns ignoriert, aber auf Social Media Plattformen noch weiterhin aktiv ist. Er sieht sich unsere Storys an, möglicherweise kommentiert er sie sogar. Wir erhalten Likes auf unsere geposteten Bilder. Das führt verständlicherweise zu Verwirrung, wir fragen uns, was die Person denn nun von uns will. Das wird sie aber selber nicht wissen. Ihr Verhalten ist nichts anderes, als sich uns warmzuhalten. Warum auch immer.

P ...

... wie **Pigging**. Dieses Wort setzt sich aus »Pig«, englisch für »Schwein«, und »to pick«, jemanden aussuchen, zusammen. Es beschreibt den Umstand, jemanden zu bezirzen und zu einem Date zu animieren, nur um ihn dann während des Dates zu schikanieren, herabzusetzen und zu degradieren. Das pusht wohl das eigene Ego und dient zur Belustigung. Vorausgesetzt, das eigene Ego ist etwas aus der Spur geraten.

Q …

… wie **Quasselstrippe**. Noch so ein Mythos über Frauen und Männer. Doch die Fähigkeit, ohne Punkt und Komma zu sabbeln, ist nicht geschlechtsspezifisch. Um das zu wissen, brauche ich keine groß angelegte Studie. Es reicht, einfach nach rechts und links zu schauen. Im Alltag, bei Dates oder auch im Job. Manch Mann hat erstaunlich viele Wörter zur Verfügung und nutzt sie auch frei nach dem Motto »Alles muss raus«. Unabhängig davon, ob ich dem Monolog noch folgen möchte bzw. kann oder ob es inhaltlich wertvoll ist. Selbst wenn ich mit all meiner Körpersprache bereits signalisiere, dass eine Redepause oder eine Frage an mich durchaus sexy sein kann.

R …

… wie **Rechts-Links-Schwäche.** Ist beim Swipen eher suboptimal und kann fürchterlich nach hinten gehen.

… wie **Respekt.** Es ist der Bruder von Empathie und verwandelt sich online auch mal in ein Pubertier.

S …

… wie **Slowdating.** Ein Trend, der aus der Coronakrise entstanden ist. Man konzentriert sich auf ein Date. Lernt einen Menschen behutsamer kennen, schaut weniger nach links und rechts, was da sonst noch alles zu haben wäre. Schreibt intensiver, bevor man sich trifft. Eine Entscheidung, sich jenseits aller Hast und scheinbarem Überangebot an potenziellen Partner*innen genauer kennenzulernen.

... wie **Stashing.** Die neue Beziehung wird den Bekannten und Freunden nicht vorgestellt, sondern vorenthalten. Vielleicht wird sie nicht einmal erwähnt. Der andere glaubt aber, eine Paarbeziehung eingegangen zu sein. Mir stellt sich dabei die Frage, ob dem nicht eher eine missverständliche Kommunikation zugrunde liegt. Innerhalb einer Affäre finde ich es durchaus legitim, die Beziehung nicht den Freunden vorstellen zu wollen. Bei einer Paarbeziehung ein No-Go oder besser gesagt ein sicheres Indiz dafür, dass man keine Paarbeziehung führt.

... wie **Spucksonntag**. So nenne ich einsame (Single)Sonntage. Aus irgendeinem Grund wache ich schon leicht genervt auf. Weder Ingwertee, Durchatmen noch Kaffee steigern meine Laune. Trotzdem motiviere ich mich alleine rauszugehen, um dem Tag die Chance zu geben, doch noch nett zu mir zu sein. Meine Bemühungen werden dann aber hinterrücks angegriffen. Denn ein Heer ausschließlich glückseliger, grinsender und kuschelnder Paare und Familien bedroht mein Vorhaben. Jeder Vierbeiner scheint verliebt und begehrt und selbst die Fliegen fliegen als Bonnie und Clyde um meine Ohren und verspotten mich. Ich sehe mehr freudestrahlende Lebewesen, als gesund sein kann. Egal, wo ich hinschaue. Dann verspüre ich den boshaften Drang, all dieser vor Entzückung triefenden Fröhlichkeit ins Gesicht zu spucken. Natürlich sehr achtsam.

T ...

... wie **Toleranz.** Ein großes Wort. Gerade online treffen wir jede Menge andersdenkende Menschen. Wir müssen nicht einer Meinung sein, wir müssen nicht die gleichen Dinge mögen. Aber jeder sollte so sein dürfen, wie er möchte und wie es seiner Natur entspricht. Vorausgesetzt, wir fügen keinem anderen damit Schaden zu.

... wie **Tinder-Blues.** Ich glaube, jeder, der sich länger mit Dating-Apps beschäftigt hat, kennt diesen Zustand. Der eine gibt es zu, der andere nicht. Man ist genervt, man ist erschöpft und hat keine Lust mehr, empfindet seinen Einsatz als vergebene Liebesmüh. Das ist völlig okay. Die einzig kluge Lösung ist, wie immer, wenn einen der Blues erwischt, der Pause-Button.

U ...

... wie **Unverbindlich.** Egal wie unverbindlich eine Begegnung oder eine Beziehung ist. Daraus sollte kein unfairbindlich werden. Die kurzen Momente, bei denen Ehrlichkeit möglicherweise unangenehme Gefühle mit sich bringt, sind uns allen zuzumuten. Ist auch gar nicht so schwer. Punkt.

V ...

... wie **Veränderung**. Sie ist die einzige Konstante in unserem Leben und läuft doch stark gegen unser menschliches Sicherheitsbedürfnis. Das konstruktiv zu akzeptieren, ist vielleicht eine Lebensaufgabe. Wir wollen die schönen Dinge und Erlebnisse festhalten. Am liebsten in ihnen baden. Aber leider wird auch das herrlichste Badewasser irgendwann kalt.

W ...

... wie **Wünsch-dir-was.** Hat bei mir das letzte Mal auf meinem Wunschzettel für Weihnachten funktioniert – mit 12. Beim Onlinedating eher unwahrscheinlich.

X ...

... wie X-Chromosom. Die weibliche Sicht. Gefolgt von ...

Y ...

... wie Y-Chromosom. Der männlichen Sicht. Doch so unterschiedlich Männer und Frauen auch ticken, so unterschiedlich ihre Bedürfnisse auch sind. Ich bin der festen Überzeugung, dass die Wahrheit in der Mitte liegt. Dass Männer und Frauen so unterschiedliche, aber auf beiden Seiten so phantastische, wundervolle Vorzüge, Talente und Besonderheiten haben. Dass wir voneinander lernen und profitieren können, unsere Defizite verwandeln können, um gemeinsam viel stärker, mutiger und empathischer zu sein. Dass wir zusammen kluge Lösungen für Probleme finden können, die alleine aussichtslos erscheinen.

Z ...

... wie »**Zu guter Letzt**«. Es ist doch so. Ob wir wollen oder nicht, ob wir jammern oder nicht. Es ist egal. Wir leben in einer schnelllebigen Zeit. Bindungen werden zögerlicher eingegangen, Risiken vermieden und Entscheidungen hinausgeschoben. Das eigene Herz wird geschont. Unser Drang nach Selbstoptimierung grenzt schon manchmal an Wahn.

Wir alle wollen uns gut fühlen – am liebsten immer und zu jeder Zeit. Das ist ein tief verankertes, menschliches Grundbedürfnis. Und in einer Zeit, in der das eigene, ach so erfolgreiche, tolle, glückliche Leben geschönt und reichlich präsentiert wird, sind »schlechte« Gefühle erst recht nicht en vogue. Aber das alles macht uns immer bindungsscheuer – und das ist doch käse! Ob wir uns das eingestehen oder nicht, letztlich möchten wir alle Liebe und Anerkennung – und zwar nur um unser selbst willen.

Also lasst uns Wahres fühlen, lasst uns lernen bunt und mutig zu denken, unerschrocken zu wagen, zu riskieren, hinzufallen und wieder aufzustehen, zu weinen, zu fluchen und zu lachen. Oder kurz gesagt:

L(i)ebet wild & schön!

Ich weiß viel genauer, was ich möchte, was ich für eine Beziehung brauche, zu was ich bereit bin und wer mit mir kompatibel ist.

Epilog

Mit 25 dachte ich, dass ich maximal fünfzehn Jahre später bereits überaus weise und obendrein ausgesprochen gelassen in Liebesdingen sein würde. Im Nachhinein auch ein bisschen lustig. Heute glaube ich, es ist ein Trugschluss, zu denken, es kommt der Tag, an dem wir Bescheid wissen über die Liebe und was sie so alles mit uns anstellen kann.

Meine bisherige Reise in der Onlinedatingwelt war schon kurios. Mitunter war ich genervt, ratlos und traurig. Aber all das hätte genauso passieren können, hätte ich diese Männer analog kennengelernt. Denn abseits der erfüllten Stereotypen, die es online zweifelsohne gibt, sieht man den wenigsten Usern an, wie es um ihre Kommunikations- und Konfliktbegabung bestellt ist. Und mehr Begegnungen in kürzerer Zeit bedeuten auch eine größere Wahrscheinlichkeit, dabei bizarre Erfahrungen zu machen und zuweilen auch desillusioniert zu sein. Das wird sich auch nicht ändern. Onlinedating erfordert Toleranz, Offenheit und ganz viel davon, nicht zu viel zu erwarten. Es bündelt die Problematiken unserer heutigen Zeit, und spiegelt sie uns. Gerade dort spüren wir die kollektive Jagd nach guten Gefühlen.

Aber ich habe durch Onlinedating auch sehr viele schöne Begegnungen, Unterhaltungen, Einblicke und Erfahrungen gehabt und gemacht. Habe viel gelacht und gestaunt. Ich habe so viele bunte Facetten an Reaktionen, Verhaltensweisen und Einstellungen anderer Menschen kennengelernt. Meinen Horizont erweitert. Zeiten der Nähe erlebt – Leichtigkeit gespürt.

All diese Momente hätte es nie gegeben, all diese Menschen hätten analog mit zu 99 %-iger Wahrscheinlichkeit nicht meinen Weg gekreuzt und ihn ein Stück oder manchmal auch nur einen Schritt weit begleitet.

Und durch all meine Erlebnisse habe ich auch noch etwas anderes gelernt.

Ich weiß nicht nur, welche Menschen so gar nicht zu mir passen und was ich nicht mehr an Beziehungen möchte – nein. Ich weiß viel genauer, was ich möchte, was ich für eine Beziehung brauche, zu was ich bereit bin und wer mit mir kompatibel ist.

Ich möchte Nähe, Leidenschaft, aber auch Freiraum – emotional und physisch. Ich glaube nicht, dass dies ein Widerspruch ist. Ich möchte eine Verbindung, in der wir uns beide lassen, wie wir sind, und den anderen auch genauso wollen. Ich will einen Mann, der genauso viel Lust auf mich hat, wie ich auf ihn. Der sich nicht scheut herauszufinden, wer man denn zusammen sein wird – sein kann. Der sein Leben schöner findet, wenn ich ein Teil davon bin. Mit Mut, Leidenschaft und Offenheit – denn die gehören zweifelsohne dazu, wenn man einander guttun und aneinander wachsen will.

Keine Ahnung, ob er mir begegnen wird. Ob es ihn überhaupt gibt. Ob ich nun »suche« oder nicht. Ob digital oder analog.

Wer weiß das schon!

Printed in Germany
by Amazon Distribution
GmbH, Leipzig

26477525R00178